Dix minutes après l'amour

Christine Kerdellant

Dix minutes
après l'amour

© Flammarion, 2003

À Jean-Max, l'homme que j'aime depuis 15 ans.
À notre fils Pierre-Alexandre.
À Nadette et Yvonne, pour les semaines de retraite dorée
qui m'ont permis de finaliser ce roman.

CHAPITRE 1

Dix minutes après l'amour, les hommes détestent les femmes. Surtout celle qui est là. Mon ex-petit ami me l'a avoué, un soir où il avait fumé. Cet aveu a changé ma vie. Maintenant, je sais ce qui se passe dans leur tête. Quelques secondes plus tôt, ils sont en train de vous dire qu'ils vous aiment (ou « c'est bon, conti-nue », c'est selon) ; maintenant, ils donneraient n'im-porte quoi pour être ailleurs. Moi, je me sauve avant qu'ils aient repris leurs esprits. Je me cache dans la salle de bains, à la cuisine, sous l'escalier. Je me tais, je me terre, je rentrerais dans un trou de souris si je pouvais. J'attends qu'ils viennent me chercher. Mais ça ne marche pas toujours. Parfois, ils en profitent pour s'enfuir.

D'accord, j'exagère. Pour qui va-t-on me prendre, avec cette manie de généraliser ? Le coup de la fuite, ça ne m'est arrivé qu'une fois, mais elle est encore dou-loureuse. C'était hier soir. En entendant la porte d'en-trée se refermer, j'ai compris que j'étais vieille. À trente-trois ans (vingt-neuf l'été : l'âge aussi se corrige des variations saisonnières), il vous arrive des choses inconcevables à vingt. Pour tout arranger, ce bruit de porte a réveillé en moi une foule de mauvais sou-venirs.

Cela fait deux ans que Julien m'a quittée. Ou plutôt qu'il est parti, car nous nous sommes séparés d'un commun accord, mais comme il habitait dans mon appartement, c'est lui qui a déménagé. Évidemment, c'est moi qui ai eu droit aux mines d'enterrement et aux sourires constipés des copains. Je ne sais pas ce qu'il leur a raconté, mais certains jours, je finis vraiment par croire qu'il m'a vraiment quittée. Pire, il me manque parfois. Par exemple lorsque le facteur refuse de me donner une lettre recommandée sous prétexte qu'elle est au nom de monsieur. Ou quand je ne suis pas invitée à une fête parce que les filles sont en surnombre. Dans cette société, les célibataires sont quantité négligeable. Surtout s'ils n'ont ni enfant, ni chien, ni job à la télé.

Ce matin, donc, je me suis réveillée en pensant à Julien, et aux érections matinales dont il était si fier. Dans notre langage intime, on appelait cette situation « être en pleine possession de ses moyens ». (« S'il te plaît, ne me regarde pas comme ça, sinon je vais être en pleine possession de mes moyens. ») Avant de le connaître, j'avais eu pour fiancé un prof de maths qui, lui, disait : « se mettre en équation ». (« Allez, avoue : elle te met en équation, Madonna, quand elle lance sa petite culotte ? ») Quand une relation se termine, c'est une langue qui s'éteint.

J'ai branché la radio sur Chérie FM, la station la plus réconfortante lorsqu'on cherche à interpréter les signes du destin (à n'écouter que lorsque vous êtes seule, évidemment). Je suis tombée sur un vieux tube de Joe Dassin :

On n'était pas faits pour vivre ensemble
Ça n'suffit pas toujours de s'aimer bien...

Je suis vite passée sur Oui FM, la radio du rock (moins romantique, mais plus utile pour frimer avec les copains), et là, deuxième couche :

J'ai accepté par erreur ton invitation, j'ai dû me gourer dans l'heure, j'ai dû me tromper dans la saison.

La réalité me rattrapait, difficile de le nier. Il fallait faire quelque chose. Devant la glace, j'ai commencé par m'attaquer à ma peau. Je m'étais découvert une légère proéminence à la base du menton. Je l'ai triturée consciencieusement du bout des ongles. J'ai pressé le monticule. Il a suinté. J'ai laissé le sébum sécher et durcir, puis je l'ai arraché. Julien appelait cette manipulation suicidaire un « carnage ». Quand je suis partie travailler, à huit heures, le carnage s'étendait sur tout le menton, devenu rouge-violet.

Il fallait faire quelque chose, donc. Mais après tout, c'est exactement ce que j'avais tenté hier soir. Pour la deuxième fois en quinze jours, j'avais accompagné ma copine Blandine au cours Blomet. Un club de célibataires où, depuis six mois, tous les samedis de dix-huit à vingt heures, elle apprend le rock et le tango. Et rencontre des gens. Enfin, en théorie. Car comme il y a à peu près trois fois plus de femmes que d'hommes, on danse le plus souvent avec une cavalière.

Hier, coup de chance, je me trouve un cavalier. Un nouveau. Assez beau gosse, un faux air de Bruce Willis, le genre je suis-petit-mais-je-me-soigne (le Gymnase Club fait des miracles). Les cheveux presque rasés. Pas maladroit de ses mains ni de ses pieds, à se demander s'il venait vraiment pour apprendre. Un peu plus jeune que moi, mais rien d'alarmant. Il essayait de parler tout en dirigeant les opérations :

— ... aillez où ?

— Je suis journaliste dans un hebdo féminin, *Eva*, vous connaissez ? Et vous, vous faites quoi ?

— ... chez sur les pieds... bras sous le mien... tendez !.... Oui, c'est mieux... dier dans la police nationale.

Mince, il était flic ! J'ai eu un mouvement de recul. C'est fou ce qu'un uniforme, même virtuel, vous remet en mémoire tous les franchissements de ligne jaune de votre vie : les trois ou quatre contraventions qui attendent la prochaine amnistie, le remboursement de sécurité sociale encaissé sans rien dire alors qu'il comportait un zéro de trop, l'époque où vous avez traumatisé votre petit frère en lui racontant qu'un loup se cachait sous son lit – et ma voiture, je m'en souvenais soudain, garée à cheval sur le trottoir. Le policier n'avait pas l'air méchant, et quand il a relevé ses manches, il n'avait pas de tatouages. Pour autant, il était loin de mon idéal masculin (le sourire de Brad Pitt + le corps de Steven Seagal + l'humour de Woody Allen). Mais il avait de beaux yeux, et il était intéressé : il me collait un peu trop, laissait sa main traîner sur mes hanches, et respirait fort contre mon oreille. Blandine, qui valsait avec une fille de deux fois son poids, m'adressait des signes de connivence, pas discrets du tout. Nous nous sommes retrouvées aux toilettes au moment de la pause.

— Attends, il est topissime ! m'a-t-elle lancé avec un enthousiasme qui ne semblait pas forcé.

Blandine est une Méditerranéenne, expansive et rentre-dedans. Je ne connais personne dont le prénom colle aussi peu à la physionomie : avec ses cheveux noirs taillés en brosse, sa peau mate et ses pantalons de cuir, on a du mal à l'imaginer en martyre dévorée par les lions. Blandine n'a pas dû acheter une jupe depuis dix ans

— Il a une démarche de plantigrade, ai-je rétorqué pour la décourager. Et il est flic.

— Et alors ? On doit se sentir en sécurité avec lui. Ce n'est pas comme ce type que j'ai rencontré à Marbella et qui...

Elle allait me raconter pour la énième fois ses déboires de l'été précédent avec un *serial* détrousseur de célibataires. Pauvre Blandine : elle sera quadragénaire (quel mot affreux) dans quelques semaines et va devoir renoncer aux âmes sœurs de moins de trente ans. Pourtant, elle aime les garçons qui « assurent » deux ou trois fois dans la soirée. Limite nympho. D'ailleurs, elle collectionne les cactus pointus. Son appartement est rempli de symboles phalliques. Même la forme du portemanteau de l'entrée est éminemment suggestive. Lorsque je le lui ai fait remarquer, elle a répondu sans rire :

— Tu as raison. D'un autre côté, s'il avait la forme d'un dirigeable, ce serait moins pratique pour accrocher les manteaux.

Bref, nous étions toujours devant les lavabos quand j'ai coupé court à ses mésaventures sexuelles de l'été dernier.

— Écoute, il est peut-être craquant, ce flic, mais je te jure que je n'ai pas envie.

— L'appétit vient en mangeant.

— J'aurais parié que tu répondrais ça !

— Qu'est-ce qu'il te faut, ma grande ? Que Tom Cruise se pointe au club Blomet ?

Blandine se prend volontiers pour mon coach. Jugeant que la situation était désespérée, elle a largué son Scud :

— Voilà deux ans que tu joues les nonnes. Tu ne crois pas que tu pousses un peu ?

Touché. C'était la première fois qu'elle me jetait la triste vérité à la figure. Non, je n'étais pas inconsolable de Julien. Mais après son départ, je m'étais dit qu'une nouvelle erreur de casting serait fatale.

— J'attends de tomber sur le bon, le seul, l'unique. Je ne peux plus me permettre de me tromper.

— Tu oublies que 100 % des gagnants ont tenté leur chance !

Blandine adore les maximes, les « signatures » publicitaires et les slogans radiophoniques. Elle travaille dans une agence de pub et le moins qu'on puisse dire, c'est qu'elle prend son métier à cœur, au moins en dehors des heures ouvrées.

— De toute façon, tu as raison, ai-je repris en retournant son argument. Ma dernière partie de jambes en l'air remonte à si longtemps que j'ai perdu le mode d'emploi.

— T'inquiète, c'est comme le vélo, ça ne s'oublie pas.

Je me suis regardée dans le miroir avant de remonter dans la salle de danse. Seul mon buste était visible, mais c'était assez pour ressasser mes vieux complexes : des seins trop gros et pas tout à fait de la même taille, une bouche trop épaisse, un nez trop fin. Et ces cheveux frisés comme un mouton, pas vraiment de mon âge. J'ai monté l'escalier en articulant X-U dix fois (une gymnastique des muscles du cou pour éviter le double menton après trente ans). En haut, le policier acceptable dansait avec une boulotte décolorée. Et la collait avec la même application que moi dix minutes plus tôt. J'ai été piquée au vif.

La prof nous a fait signe de nous rassembler pour apprendre un nouveau mouvement. J'en ai profité pour récupérer mon cavalier perdu. Il m'a adressé un sourire engageant. Finalement, il ne m'a plus quittée jusqu'à la fin du cours. Quand je suis sortie des vestiaires, il m'attendait, son sac de sport à la main. Avec ses cheveux mouillés et aplatis, il avait l'air d'un adolescent un peu trapu.

— C'est quoi ton nom ? a-t-il demandé.

— Marianne.

Je le lui avais déjà dit en début de soirée. Moi, je n'avais pas oublié le sien, mais nous n'allions pas partir sur de mauvaises bases. J'ai donc dit lâchement :

— Et toi ?

— Martial, ça sonne presque pareil. Tu veux boire un verre, Marianne ?

Son nom lui allait bien. Je me voyais déjà chez lui, en train d'enlever mon string au son d'une marche militaire. J'ai accepté son invitation : de toute façon, il était trop tard. « Chez Zidane », le café d'en face, nous tendait les bras. Le patron s'appelait vraiment Zidane. En voilà un dont les affaires avaient dû profiter de la Coupe du Monde. Il fournissait au moins un sujet de conversation.

— Tu étais sur les Champs le soir de la finale ? a demandé Martial, comme s'il était vraiment intéressé.

— Oui, les deux fois, ai-je répondu avec un enthousiasme bien réel. C'était géant.

Et plus encore. Ce match fait désormais partie de mon panthéon personnel, mon *best of* des dix plus grands moments de sport, loin devant la finale de la Coupe Davis de tennis en 1992 à Lyon (j'y étais) et d'un France-Allemagne de football en demi-finale de la Coupe du Monde, dix ans plus tôt (j'avais quatorze ans, mais je m'en souviens comme si c'était hier). Après, il y a la finale de la Coupe du Monde de handball de l'année dernière, une demi-finale de rugby il y a deux ans... De toute façon, dès que la France joue, je me sens une âme de hooligan. J'enfile le tee-shirt et l'écharpe devant ma télé quand je ne peux pas aller au stade. Julien, qui détestait le « sport par procuration », prétendait qu'il ne me manquait que la bière pour être un parfait beauf. Mais il était influencé par sa sœur jumelle, qui lui servait de directeur de conscience : c'est elle qui décidait si ses petites amies

12

étaient dignes de lui ou pas, et mon penchant rédhibitoire pour le sport par procuration m'avait à tout jamais empêchée de franchir la barre.

Seule consolation, sa sœur jumelle trouvait des défauts à toutes les filles, mis à part celles qu'il n'avait pas réussi à avoir, et une héritière russe dépressive avec laquelle il était sorti pendant une semaine à dix-huit ans.

Pendant que je rêvais aux soirées sur les Champs – cette ambiance d'agence matrimoniale géante, où tout le monde se tombe dans les bras et s'embrasse sur la bouche –, Martial s'est lancé dans une longue comparaison entre le jeu tactique de Lemaire et celui de « Mémé » Jacquet. Je savais que ma présence dans ce café était une erreur monumentale mais Blandine avait raison, je n'allais pas me morfondre éternellement à attendre l'homme idéal. Il fallait que je me « remette sur le marché » avant d'être rouillée, comme elle l'avait cyniquement conclu en quittant les lavabos. Ne serait-ce que pour me redonner confiance en moi-même. La dernière fois que j'avais accepté l'invitation d'un garçon – un grand type au nez de boxeur rencontré devant la machine à friandises, dans le hall de l'immeuble –, la sortie avait tourné au vinaigre. Je l'avais planté en bas de chez moi à minuit après avoir passé une soirée abominable : pendant quatre heures, il s'était lamenté sur le prix du café, l'augmentation de tarifs du ciné (j'avais pourtant payé ma place), et l'absence de menu du soir dans le resto qu'il avait choisi. Mais je ne pouvais m'en prendre qu'à moi : on ne sort pas avec un contrôleur de gestion, à moins d'être masochiste.

Bref, j'aurais pu trouver pire que ce clone de Bruce Willis, comme remise en jambes. En tout cas, c'est ce que je me suis dit après les deux gin-tonic qui m'ont dévasté l'œsophage. J'étais désormais assez gaie pour juger ses blagues plaisantes, et assez inconsciente pour trouver excitant le désir qui s'était allumé dans ses yeux. Échauffée par le gin – le deuxième verre me fait toujours l'effet de ces fléchettes anesthésiantes qui immobilisent les lions et les chimpanzés –

j'ai retiré mon pull. En dessous, je ne portais qu'un tee-shirt rose sans manches et décolleté. Un morceau de soie échancré en V « extrêmement féminin », avait dit la vendeuse.

Si Blandine avait été là, elle n'aurait pas manqué de rappeler le slogan de Beigbeder pour Wonderbra : « Regardez-moi dans les yeux... J'ai dit : dans les yeux. » Ceux de mon compagnon remontaient rarement au-dessus de mes épaules. Il y avait longtemps que je ne m'étais autant réjouie de mon soutien-gorge à trois crochets. Ces derniers mois, mon 90D m'avait surtout fait pester : j'adore jouer au volley sur la plage, et je ne me résigne pas à porter des maillots bleu marine avec des baleines.

En fait, j'ai toujours rêvé de seins à géométrie variable : du 85A pour le footing ou l'escalade, et du 95E pour sortir le samedi soir. Ces derniers temps, la première version m'aurait été plus utile que la seconde.

Ensuite, Martial a récupéré sa moto (une Harley, toujours équipée de deux casques, pour ne pas gâcher une occasion) et m'a emmenée dîner à la Coupole, avec les touristes américains et les Parisiens sans imagination. Nous étions dans notre élément. Dès l'entrée – une salade de gésiers pour lui, des carottes râpées pour moi – Martial s'est coincé un morceau de salade entre deux incisives. Il l'a gardé pendant tout le repas. Tout comme son regard sur mes pectoraux. Dans les yeux d'un homme, j'ai toujours du mal à savoir à quels critères – ou quelle absence de critères – je corresponds. Mais là, pas de doute, je pouvais cocher la case « sex only ».

Il ne m'a pas pris la main, n'a pas essayé de m'embrasser, mais lorsque nous sommes sortis du restaurant, il paraissait clair que nous allions passer la nuit ensemble (enfin, je croyais). C'était une impression bizarre. Comme il habitait Clichy et moi rue Bonaparte, on s'est retrouvés dans mon salon sans que j'aie le temps de m'habituer à cette idée. Dans l'ascenseur, j'ai pensé que j'allais découvrir son sexe bien avant son âme. Mais était-ce si surprenant ? Après tout, son âme était dissimulée par des couches de peau, de muscles, de chair alors que son sexe n'était caché que par un morceau de tissu (blanc à pois rouges, comme je le découvrirais un peu plus tard).

J'avais copieusement arrosé le dîner, mais ce taux d'alcoolémie élevé ne suffisait pas à me faire « rentrer dans le match », comme aurait dit mon compagnon. Quand il s'est mis à m'embrasser, sur le rocking-chair, après avoir posé sur la table basse le dernier verre qu'il était monté prendre, j'ai senti une démangeaison familière derrière mes oreilles : des plaques rouges faisaient irruption sur mon cou et mon torse, comme si j'avais mangé des fraises ou des huîtres. Étais-je devenue allergique aux hommes ? Blandine avait raison : je me rouillais. Après tout, il ne s'agissait que d'un des cent vingt millions de rapports sexuels qui se déroulent quotidiennement sur la planète. J'ai essayé de mettre un peu plus d'entrain dans mes baisers. Il a semblé apprécier.

Mon visiteur a passé sa main sous mon tee-shirt, et il a fait claquer l'élastique de mon soutien-gorge en glissant trop brusquement ses doigts entre les bonnets. De l'autre main, il a baissé son pantalon. Cinq minutes plus tôt, je ne savais même pas s'il aimait la mer ou la montagne, et maintenant je voyais ses fesses en gros plan.

Dans une superproduction hollywoodienne, les rideaux auraient été baissés, la lumière tamisée, une douce musique d'ambiance aurait couvert les bruits de fermeture éclair et de chaussures qui s'écrasent sur le plancher, le couinement de mes genoux quand j'ai déplié les jambes, les borborygmes de ses viscères ou, bien pire, des miens. On n'aurait pas vu la phase intermédiaire : ses efforts désespérés pour venir à bout du double crochet qui tenait mon sarouel ou pour dégrafer mon soutien-gorge (le test du soutien-gorge est infaillible pour juger de l'adresse d'un garçon : je n'en ai connu qu'un capable de le détacher d'un seul coup, d'un geste sûr, mais il était champion de France de basket-ball junior). D'ailleurs, dans les films, on arrache tout, il y a un budget pour ça.

On n'aurait pas vu les héros retirer leurs chaussettes. Ni courir, à peu près nus, du salon à la chambre à coucher pour éviter de consommer sur la table basse encombrée de journaux ou la moquette pleine de miettes. Les rites amoureux, c'est comme le lapin à la moutarde : personne n'aurait l'idée de les manger crus. Imaginez un lapin entier écorché sans le joli plat, la sauce crémeuse, et les olives vertes ! Mais voilà : mon problème hier soir, c'est que je vivais la scène comme un spectateur obligé de visionner tous les rushes.

En plus, Martial a tenu longtemps. Il s'obstinait, transpirait, changeait de rythme, tentait l'impossible, je souffrais pour lui. William, mon meilleur ami, m'a expliqué que les hommes consciencieux s'efforcent de penser à autre chose pour retarder l'explosion finale : un pilote de ligne se récitera le manuel de l'Airbus A320, un chirurgien évoquera une ablation complexe de la rate avec suppression de deux mètres de gros intestin, un fonctionnaire recomptera ses points de retraite.

Martial avait dû trouver un sujet vraiment austère. Il n'en finissait pas. Il faisait l'amour en solitaire, comme il devait conduire sa Harley. C'est elle qui le transporte, mais c'est lui qui décide où il faut aller et à quel rythme.

Une chanson de Brassens, que mon père écoutait autrefois, m'est inopinément revenue en mémoire :

Quatre-vingt-quinze fois sur cent
La femme s'emmerde en baisant
Qu'elle le taise ou le confesse
C'est pas tous les jours qu'on lui déride les fesses

J'ai eu honte de moi, et je l'ai chassée de mon esprit. J'ai essayé de me concentrer sur un fantasme infaillible : Richard Gere dans la légende du roi Arthur (Lancelot est couché dans la forêt près de Guenièvre, l'épée est posée entre eux pour qu'ils ne se touchent pas, mais la tentation est trop forte et le preux chevalier finit par embrasser la belle). Avec la scène d'*His-*

toire d'O où l'héroïne est menottée et accrochée au radiateur, c'est l'image qui fonctionne le mieux chez moi.

Rien à faire, pourtant, Brassens revenait en boucle dans ma tête, avec ses rimes à vous refroidir les scènes les plus *hot* :

> *À l'heure de l'œuvre de chair*
> *Elle est souvent triste, peuchère*
> *S'il n'entend le cœur qui bat*
> *Le corps non plus ne bronche pas...*

J'ai failli dire à Martial d'arrêter, qu'une veine, sur sa tempe gauche, menaçait d'éclater, lorsque j'ai réalisé que c'est moi qu'il attendait. Alors j'ai simulé, pour lui simplifier la vie. De toute façon, la soirée était fichue. Je me suis souvenue de cette scène de *Quand Harry rencontre Sally* – Meg Ryan grimpant aux rideaux sur la banquette d'un snack-bar – et j'ai essayé d'être aussi convaincante.

Je n'ai jamais compris pourquoi les féministes partaient en croisade contre la simulation, comme s'il fallait en tenir les hommes pour responsables, ou que c'était une preuve de soumission à leur égard. C'est notre propre confort qui nous pousse à simuler. Parfois par charité : pour récompenser les bonnes volontés. Plus souvent par commodité : vous aimez quelqu'un, vous n'avez pas envie d'entrer dans la spirale infernale des questions et des remises en cause simplement parce que ce jour-là votre libido est en berne. Inutile de casser l'ambiance sous prétexte que vous n'êtes montée qu'au degré 6 de l'échelle de Richter.

J'ai dû simuler deux ou trois fois dans ma vie, mais je ne le regrette pas. C'était, chaque fois, un pieux mensonge qui sauvegardait la paix des ménages. Hier soir, il s'agissait d'autre chose : je ne voulais pas qu'un innocent paie mon incapacité à me concentrer sur mes fantasmes favoris. Mais devant cette débauche d'efforts stériles quoique méthodiques, j'ai repensé à ces moments où j'avais senti la terre trembler dans le compartiment d'un train Corail ou une voiture garée sur un passage clouté, sous les caresses furtives d'un garçon dont j'étais bêtement amoureuse. La vie est injuste.

Les hommes simulent-ils parfois ? Voilà une question qu'on ne leur pose jamais, je devrais lancer le débat dans *Eva*. Évidemment, quand leur chair est trop triste, ils ne peuvent pas le cacher – mais il doit bien exister des cas moins tranchés où eux non plus ne veulent pas faire d'histoires pour ce qui n'est, on en conviendra, qu'un détail.

CHAPITRE 2

J'ai des petits yeux en arrivant au bureau ce matin à neuf heures, pour la réunion de direction du lundi. Claudine, ma rédactrice en chef, une femme de tête au postérieur monumental, ne manque pas de le noter.

— Où notre Marianne nationale a-t-elle encore traîné cette nuit pour avoir l'air de sortir du camping de Palavas-les-Flots un jour de rationnement d'eau ? Bigre ! Tu t'es coiffée avec une clé à sardines ?

Claudine est une peau de vache qui a le physique de l'emploi. Je ne devrais pas le dire, puisque c'est elle qui m'a promue au rang d'adjointe, l'année dernière. Mais c'est un fait. Elle profite de la gratitude que j'éprouve à son égard pour m'humilier dix fois par jour en me faisant remarquer mes kilos superflus ou mon incapacité à trouver un compagnon acceptable. Si elle savait ce qui m'est arrivé samedi soir, j'aurais droit au sermon en bonne et due forme. Je l'entends d'ici : « Enfin, ma petite Marianne, pourquoi crois-tu que les filles, autrefois, ne couchaient jamais le premier soir ? Elles avaient les pieds sur terre, elles. Une fois monté au sommet, on ne peut que redescendre. »

Claudine a quarante-huit ans depuis deux ou trois ans, une carrière derrière elle et une autre devant, mais elle envie les mèràgosses qu'elle croise au parc Monceau pendant son footing du matin. Il faudrait la torturer pour qu'elle l'avoue, mais le statut de *ménagère de moins de cinquante ans* lui semble, certains jours, plus enviable que celui de *manager* de moins de cinquante ans.

William, que j'ai appelé hier soir, s'est montré à peine plus réconfortant. Will est mon MAG (meilleur ami gay). Un garçon adorable.

— Ah, la fuite des hommes après le coït... Il y a longtemps que je me suis fait une raison. Et même une typologie. Pour commencer, il y a ceux qui fuient parce qu'une fois revenus à eux ils ne pensent plus qu'à ce qui les attend (la scène où ils rentrent à la maison, avec le conjoint encore debout, qui s'inquiète) ; ensuite, ceux qui sont trop égoïstes pour passer une nuit hors de leur lit solitaire et spacieux ; enfin, ceux qui regrettent déjà leur geste... si l'on peut appeler ça un geste. Console-toi, c'est encore pire quand on fait l'amour sur le Net : dès qu'il a eu ce qu'il voulait, l'autre se déconnecte illico, sans au revoir ni merci.

Will est mon plus vieil ami. Nous étions ensemble en sixième. Je sais à peu près tout de lui, y compris la manière dont il a viré sa cuti. Parfois, je culpabilise (à tort, car il est parfaitement épanoui) : peut-être qu'il aurait davantage cru aux filles que si je ne l'avais pas pris pour confident il y a vingt ans. Peut-être qu'il n'aurait pas eu envie des garçons si je l'avais initié aux joies de l'hétérosexualité, au lieu de laisser Anne-Laure Bernard, cette méchante truie, lui sauter dessus quand il avait douze ans. La tâche n'aurait pas été désagréable : Will est plutôt joli garçon, avec son visage fin, ses pommettes saillantes, ses taches de rousseur et son menton légèrement proéminent.

Ma mère professe que les garçons deviennent homo par dépit, pour un chagrin d'amour, et que les femmes le deviennent par résignation, parce qu'elles sont trop laides. Je change toujours de pièce quand je l'entends aborder le sujet en public (j'ai renoncé à lui faire changer d'avis ou même à la convaincre de garder ses réflexions pour elle ; ce n'est pas faute de l'avoir implorée). Je coucherais bien avec une fille simplement pour lui prouver que cela peut arriver à tout le monde. Avoir une relation lesbienne est l'une des trois expériences que Blandine considère comme indispensables pour ne pas mourir idiote, avec se marier en blanc et coucher avec un inconnu dans un hôtel de passe en pleine journée. Je veux bien la croire, puisqu'elle a tout essayé (sauf la deuxième). Mais je n'en ai guère envie (sauf de la deuxième). C'est plus fort que moi, je n'arrive pas à ressentir le moindre désir pour une femme. Pire, je hurle *in petto* au gaspillage lorsque je surprends un beau mec en train d'en embrasser un autre dans un café.

D'ailleurs, je ne désespère pas de voir William revenir dans le camp hétéro car il change de positionnement à peu près tous les mois, en même temps que de petit ami. Il s'est vu écrivain, peintre, pianiste – il est doué dans les trois domaines –, il a été noceur impénitent puis ermite désespéré. Et je ne parle pas de la trottinette, du roller, du Palm Pilot, toutes ces modes qu'il précède et abandonne dès qu'elles deviennent trop communes. Julien avait d'ailleurs le même défaut : il a eu sa période zen (six mois de cours avec un maître zen, mais il a renoncé après une engueulade mémorable pour un jus d'orange renversé), puis une phase tantrique suite à notre voyage en Thaïlande (j'adorais, on passait notre temps en préliminaires), et enfin une période d'abstinence totale (là, j'ai compris que ça sentait le roussi). Aux dernières nouvelles, il serait dans une phase mystique.

William, lui, est en plein trip Internet. Au début, le web était « un incubateur de plans cul », comme il disait. Maintenant, il ne se déplace même plus : il fait l'amour à distance en se filmant avec sa webcam. Il rencontre des Thaïlandais, des Canadiens, des Australiens, il participe à des partouzes planétaires.

— Je ne me fais plus cocufier, je me fais cookifier, c'est moins douloureux, explique-t-il, depuis qu'il a découvert que les sites de rencontres plaçaient des petits espions électroniques – des cookies – sur le disque dur de son ordinateur afin de suivre ses surfs à distance.

Je ne suis pas sûre que tout cela soit très sain, mais c'est moins dangereux pour sa santé que les rencontres à la va-vite dans le bois de Boulogne qu'il affectionnait ces derniers temps. Il ramenait n'importe qui chez lui. Résultat, il a été dévalisé à trois reprises ;

et je ne compte pas les fois où le partenaire inopiné est parti, dix minutes après, avec sa montre ou son porte-feuille. Ce genre de mésaventure aurait bien pu m'arriver hier soir, avec mon flic. Qui sait si ce n'était pas un ripou ? Inutile de me biler et de battre ma coulpe à retardement : j'ai été suffisamment punie par son départ précipité.

Maintenant, Will risque seulement de devenir un « accro », un toxicomane de l'Internet. Mais les Américains ont cet avantage qu'ils créent généralement l'antidote en même temps que le poison : il existe déjà, aux États-Unis, des centres de désintoxication pour les drogués de la vie en ligne. Ceux qui ne peuvent pas se déplacer peuvent même suivre des cures en ligne. Rien de tel que de soigner le mal par le mal.

Je m'entends bien avec William et ses copains gays. Je les envie un peu. Ils sortent tout le temps, ils sont beaux, ils soignent leur peau, ils n'ont pas de ventre, ils sont artistes ou écrivains ou vedettes de cinéma – ou rêvent encore de l'être. Sans compter qu'avec eux, une femme célibataire sait où elle met les pieds (ou plutôt où elle ne les met pas). C'est reposant intellectuellement. Et puis, on peut aborder plus de sujets avec un copain gay qu'avec une copine, puisqu'on peut parler mecs sans rivalité : on n'a pas les mêmes cibles.

L'été dernier, je ne les ai pas quittés d'une semelle : les *mégateufs* au bois de Boulogne, les soirées *Respect*, les nuits au Scorp, le Batofar en *after*, à sept heures du matin... Quelquefois, je me sentais un peu déphasée avec ma trentaine : ils avaient tous l'air si jeunes, ou si vieux. Et puis je me disais qu'à passer mon temps à *schmoozer* – nouer des relations et discuter, en langage branchouille – je ne risquais pas de trouver le HIC.

Le HIC, c'est l'Homme idéal célibataire, le rêve de toutes les filles de plus de trente ans non casées mais qui ont l'intention de l'être un jour (à peu près toutes, à ma connaissance). Le HIC est gentil, beau mec, il n'a ni gosses cachés ni épouse éplorée, il n'est ni macho ni prétentieux ni radin ni joueur ni alcoolique ni fumeur de cigares (cochez les cases inutiles s'il y en a). Pour me rattraper de cet été improductif, j'ai consacré l'hiver à la recherche du mouton à cinq pattes, avec des filles cette fois. Curieusement, je me suis retrouvée dans les mêmes rave parties, sur les aires de repos des autoroutes, avec des gens trop jeunes pour moi. Quand on danse sur la techno, les transes sont collectives ou ne sont pas. Rien de tel pour tuer le flirt. On se sent sexuellement transparent : c'est rassurant, mais un peu frustrant.

Au bureau aussi, j'ai l'impression d'être asexuée. La rédaction d'*Eva* n'est composée que de femmes. Non que nous ayons envie de rester entre nous, au contraire. « Un monde de filles, je n'y peux rien, je trouve ça fade », répète Claudine à l'envi. Par malheur, le seul journaliste mâle que notre rédactrice en chef ait jamais réussi à embaucher n'a pas convaincu. Il était plein de bonne volonté, mais passait son temps à téléphoner à ses copines pour leur demander des trucs du genre : les pertes blanches, c'est douloureux ? Le blush, ça se met sur les paupières ? Les règles, ça dure combien de jours ? Ce qui divisait sa productivité par deux. Lorsque je retravaillais ses articles, j'avais l'impression de lire des textes japonais ou russes correctement traduits mais non transposables.

Il est parti de lui-même, un soir où il n'arrivait pas à finir un papier sur l'épilation du maillot. Depuis, Claudine a renoncé à recruter des garçons. C'est d'autant plus regrettable que la productivité est toujours meilleure dans les services mixtes, tous les gourous du management le disent. Pourquoi ? Parce que la présence de femmes pousse les hommes à se surpasser (voyez le paon). Quant aux femmes, elles sont moins souvent malades quand il y a des hommes au bureau, allez savoir pourquoi. Claudine se console en rappelant qu'*Eva* n'est pas un cas isolé : dans les journaux féminins, il n'y a que le rédacteur en chef qui soit souvent de sexe masculin (dans la presse féminine comme ailleurs, les femmes, à l'inverse des edelweiss, ont tendance à disparaître dans les hauteurs).

Le comité de direction, en revanche, est à forte concentration en testostérone. C'est bien simple, mis à part Claudine, il n'y a que des hommes. Et moi, ce matin. Après les habituels « point pub » et « point diff » – les responsables de la publicité annoncent combien de pages ils ont vendu dans les prochains numéros, ceux de la diffusion combien d'exemplaires ils ont écoulé les semaines précédentes – je dois me fendre d'un exposé. J'ai préparé un topo sur les nouveaux magazines masculins, les « masculins-féminins », comme disent les sociologues (autrement dit, les masculins qui sont faits comme des féminins, avec conseils de régime et de séduction). Les autres magazines lus exclusivement par des hommes (les journaux de sport, les économiques, les scientifiques...), on les appelle des magazines tout court.

Ce topo est une corvée dont m'a chargée Claudine. Quand elle délègue quelque chose, c'est rarement un cadeau.

— Je ne comprends pas le but du jeu. Les masculins ne sont pas une menace pour *Eva* !

— Détrompe-toi ! Là-haut, ils sont tous convaincus qu'il y a danger, aussi bien dans les kiosques où les nouveaux magazines ont pris les meilleures places devant la caisse, que pour la pub.

— Mais on s'adresse aux femmes, ce n'est pas le même public.

— Encore perdu. Tous les hommes qui achetaient nos numéros sur le régime sont passés sur les masculins. Normal, ils leur parlent des « poignées d'amour », pas de la cellulite et de la culotte de cheval. Et puis, comme le gâteau publicitaire n'a pas grossi, il faut le partager avec plus de monde.

C'est idiot, j'ai le trac à l'idée de prendre la parole. J'ai beau invoquer toutes les recettes douteuses qu'on vous apprend dans les séminaires de formation (« les pontes qui sont en face de vous sont des gens comme les autres, imaginez-les en train de se doucher, de se raser »), etc., impossible de rester zen. Autour de la table, il n'y a que du beau linge. En face de moi, affalé sur son siège, le rédacteur en chef de « Familles & modes » un arriviste prétentieux qui passe la moitié de la journée à potiner au téléphone. Il pourrait tenir la rubrique « qui couche avec qui » de *Gala*. Ses journalistes disent qu'il n'arrive jamais avant midi, qu'il a une idée tous les trois mois, mais qu'il n'a pas son pareil pour tirer la couverture à lui lorsque le magazine réalise un bon score. À côté de lui, le Pdg du groupe, Bernard Murdy, un technicien pur jus. Une réputation d'intégrité et de rigueur. Très fier de rappeler qu'il a débuté dans le groupe comme chef de fabrication, il y a trente-cinq ans. Petite moustache bien taillée, visage carré encadré de cheveux poivre et sel, il pourrait être séduisant s'il n'était totalement asexué (encore un).

— Murdy, a depuis longtemps décrété Claudine, ce n'est pas par héroïsme qu'il est chaste, c'est parce qu'il ne lui vient pas à l'idée de faire autrement.

À ses côtés, justement, ma rédac chef, toujours bougonne. Depuis le début de la réunion, elle prend des notes avec application. Elle s'est assise près de Simon Destouches, le directeur commercial du groupe, l'archétype du garçon-bien-sous-tous-rapports. Simon est l'homme qui monte, pas encore quadra et déjà numéro deux de la boîte. Les gens de la pub sont toujours beaux – c'est leur métier – mais lui, il en rajoute. Grand, brun, mince, avec juste assez de muscles pour qu'ils saillent sous les manches de la veste ou le bas du pantalon : je ne serais pas étonnée qu'il ait été champion de hockey sur glace ou de water-polo dans une vie antérieure. Un visage plastiquement sans défaut : nez droit, lèvres fines, sourcils fournis, et une petite cicatrice près de la bouche qu'on croirait ajoutée exprès, comme le grain de beauté d'une jolie fille. Avec ça, toujours tiré à quatre épingles, tout droit sorti d'un casting Hugo Boss. Son bureau se trouve au même étage que les nôtres, et je le vois souvent partir déjeuner avec des créatures de rêve. Le genre blonde aux cheveux de nymphe avec des jambes interminables, mon fantasme. Claudine m'a résumé en greffier la vie privée du beau Simon :

— Divorcé. Deux filles jumelles de quinze ans qui vivent avec leur mère. Lui habite dans le 8e arrondissement, rue Balzac, avec la fille qui anime ce jeu sur la 3, derrière Julien Lepers, tu vois qui je veux dire ? Héléna Marigny. Ils doivent se marier cet été.

Quand Simon a un différend avec Claudine – ce qui arrive régulièrement puisqu'il défend les annonceurs, et elle les lecteurs, c'est du moins ce qu'elle croit –, il lui envoie des bouquets somptueux. Payés par la boîte, mais quand même. Je la soupçonne parfois de chercher la bagarre pour le plaisir de voir débarquer quelques heures plus tard le livreur d'Interflora. Toute la rédaction sait qu'un bouquet est arrivé, parce que ça la met de bonne humeur pour la journée.

Simon Destouches se lève et éteint la lumière. Un écran géant glisse électroniquement le long du mur. Le vidéoprojecteur s'active tout seul. Simon sort un pointeur laser de sa poche, pour indiquer, à distance, les passages qu'il commente. L'agent 007 – version Pierce Brosnan – est parmi nous. Je ne serais pas surprise qu'à la fin il s'envole dans un nuage de fumée.

Les chiffres et les diagrammes bougent dans tous les sens, des pyramides se succèdent avec un effet zoom qui donne l'impression qu'elles vont nous exploser à la figure. À la fin de l'exposé, tout le monde a le vertige, et une conviction : notre équipe de pub maîtrise la situation et bat tous ses concurrents à plate couture. Quand Simon rallume la lumière, personne ne fait remarquer qu'au final les résultats sont moins bons que l'an passé à pareille époque.

La patronne du service diffusion, Carole Zannier, qui succède à Simon, parle sans notes et sans support. Sans enthousiasme non plus. Ses résultats à elle sont bons, mais on dirait qu'elle n'a pas envie que ça se sache. Avec sa voix monocorde et son visage figé, elle pourrait sans entraînement présenter le journal télévisé dans un pays de l'Est. Je me réjouis de passer derrière elle plutôt qu'après le champion, ma poignée de transparents paraîtra moins ridicule. En attendant, mon esprit vagabonde. Je repense à la nuit de samedi soir. Ou plutôt à *l'erreur* de samedi soir. Le moins que l'on puisse dire, c'est que l'expérience n'a pas vraiment été concluante. Avant de coucher avec Martial, je me croyais redevenue vierge (on dit que l'hymen se reconstitue, comme le permis à points : vous retrouvez tout votre capital lorsque vous êtes bien sage pendant très longtemps). Maintenant, je me demande si je ne suis pas frigide. Je n'irai pas le dire aux copines, mais j'ai honte.

Murdy enchaîne :

— Très bien, bravo à tous les deux. Simon, on se revoit tout à l'heure pour les détails.

Il enchaîne :

— On passe à l'étude des masculins ? Je crois que c'est vous, Marianne, qui...

Claudine l'interrompt.

— Effectivement, nous avons étudié avec Marianne cinq nouveaux magazines masculins : *Maxou*, *H magazine*, *FMH*, *Men's World*, *Maximum*.

La chienne ! Je lui ai donné vendredi soir la note que je comptais présenter ce matin, et elle l'a potassée en douce. Voilà qu'elle la résume, plutôt mal, comme si c'était son œuvre. Je peux ranger mes transparents, mes belles phrases et mon trac.

— Si l'on veut établir un parallèle, explique-t-elle, j'ai le sentiment que leurs marronniers sont moins nombreux que dans les journaux féminins, et leur saisonnalité moins marquée. Les mensuels féminins ont au moins six incontournables dans l'année : *Spécial Maigrir* en mars, *Spécial Mode d'été* en avril, *Spécial Maillots de bain* en mai, *Spécial Bronzage* en juin, *Spécial Mode rentrée* en septembre, *Spécial Chocolats* en novembre et *Spécial Réveillons* en décembre. Éventuellement, les spéciaux *Chocolats* et *Réveillons* peuvent être suivis d'un *Spécial Régimes*, mais ce n'est pas systématique. Chez les masculins, pas de programmation, mais deux obsessions permanentes et persistantes : avoir un corps de rêve et être un amant idéal. Ces deux thématiques représentent à elles seules entre 40 et 70 % du contenu des sommaires.

Simon Destouches et Bernard Murdy me jettent des coups d'œil gênés. Le premier profite d'un silence de Claudine pour demander, en lorgnant avec insistance dans ma direction :

— Je me suis toujours demandé ce qu'ils apportaient de vraiment nouveau par rapport aux masculins traditionnels... Vous avez étudié la question, Marianne ?

Cette fois, Claudine n'essaie pas de me court-circuiter. Et pour cause, elle ne connaît pas la réponse.

— Je pourrais dire que les nouveaux venus sont à leurs prédécesseurs ce que *Pretty Woman* est à *Huit femmes en chaleur*. Les deux films durent deux heures et racontent des histoires d'amour, mais la part d'histoire et la part d'amour ne se trouvent pas dans les mêmes proportions. Autre différence : les magazines traditionnels vendent du rêve (ils vous mettent plein la vue des seins et des fesses à jamais inaccessibles) et leurs concurrents du pragmatique : ils vous expliquent comment les faire venir dans votre lit en devenant un bel et bon amant (pour cela, il faut, en gros : entretenir ses abdos, manger équilibré, et savoir identifier un clitoris).

Blandine a émis un avis sans appel en feuilletant le vieux *Newlook* qui traînait chez moi.

— Comment aller plus loin ? L'étape suivante, c'est la radio du côlon.

Quant à William, il a laissé tomber, avec une moue de dégoût :

— De la daube. Chacun dans leur genre.

Devant le comité de direction, ma réponse est nettement plus mesurée.

— La différence, clairement, ce sont les conseils pratiques. Ces magazines en regorgent. Les traditionnels, eux, vendaient surtout des photos érotiques.

— Avez-vous évalué la proportion de pages dévolues au pratique/utile chez chacun des nouveaux venus ?

— J'ai essayé, mais ce n'est pas si simple. Vous allez comprendre. Certains sujets sont de toute évidence pratiques : « Je me fabrique des fessiers d'enfer », « Comment déguster proprement la pasta » ou « Apprenez la balançoire moscovite ».

Murdy me regarde par-dessus ses lunettes. Difficile de savoir ce qu'il pense. Simon Destouches, lui, sourit de toutes ses dents (qu'il a parfaites). Je continue :

— D'autres sont, indiscutablement, des sujets de culture générale : « Comment Beineix a initié Hélène de Fougerolles au SM », « Un condamné à mort vous parle » ou « La fin du poil dans la pub »... Mais dans quelle famille classeriez-vous « Testez vos chances de vous faire violer en prison » ou « Comment enlever un string ficelle avec les dents » ?

Tout le monde s'esclaffe, sauf Claudine. Je conclus en projetant les derniers chiffres de vente : l'effet mode a fait long feu, certains titres masculins ont vu le nombre d'exemplaires vendus en kiosque diminuer de moitié depuis un an. Les féminins résistent mieux, peut-être parce que leurs thèmes sont moins répétitifs (si, si).

La réunion se termine et je retourne dans mon bureau, pour entendre une mauvaise nouvelle de la bouche de notre rédactrice en chef technique : comme on a vendu moins de pages de publicité que prévu cette semaine (quel mystificateur, ce Simon) il faut réduire le nombre de pages de rédaction. Donc raccourcir les textes. Je commence par m'atteler à la chronique de Docteur *Eva* sur l'effet placebo et l'effet nocebo. Le placebo, tout le monde connaît : quand on donne à un groupe de malades un médicament qui ne contient aucun principe actif, un quart d'entre eux guérissent quand même. Et, plus fort encore, le faux médicament diminue la souffrance perçue par le patient. L'effet nocebo, c'est le contraire : des symptômes apparaissent simplement parce que le patient est convaincu qu'ils vont apparaître. Ainsi, 80 % des gens qui ont avalé de l'eau sucrée en croyant ingurgiter un vomitif vomissent dans le quart d'heure qui suit. Julien, à l'époque où il terminait ses études de médecine, était régulièrement la victime de l'effet nocebo : il se découvrait généralement les symptômes de la maladie qu'il était en train d'étudier.

Je réécris le texte sans conviction. Je ne crois pas au système nocebo. La preuve ? Souvent, je m'autopersuade inconsciemment qu'une chose négative va arriver – par exemple, que mon petit ami (quand j'en avais un) va me quitter – pour conjurer le sort. Ma mère m'a dit un jour que c'était la recette du bonheur :

— Si l'événement arrive, il est moins douloureux, puisqu'on est prévenu. Et s'il n'arrive pas, on apprécie vraiment sa chance.

Le texte est trois fois trop long pour entrer dans la demi-page impartie, mais mon principal talent journalistique (le seul, je le crains) consiste à réduire les textes sans les abîmer. Un peu comme les Indiens réducteurs de têtes. J'ai d'ailleurs hérité d'un surnom dans la rédaction : Docteur Jivaro.

Je déclenche donc l'opération Jivaro sur tous les textes de la rubrique « Santé et Psychologie ». À deux ou trois reprises, pendant que je m'évertue à résumer ce qui ne se résume pas (avez-vous déjà essayé de faire rentrer les rapports gendre-belle-mère en trois mille signes ?), une fenêtre « vous venez de recevoir un message, voulez-vous le lire ? » surgit sur mon écran sans crier gare. Je ne peux m'empêcher de cliquer sur « oui ». C'est le contraire de ce qu'on vous enseigne dans les stages de gestion du temps (désamorcer cette fonction perturbatrice est le premier conseil que donne tout bon enseignant). Mais la curiosité est la plus forte. Comme lorsqu'on ouvre sa boîte aux lettres : qui n'a jamais espéré, en trouvant une enveloppe qui ne vient ni d'EDF ni de La Redoute, que ce soit une déclaration d'amour de Vincent Lindon ou une proposition de Spielberg qui vous a repérée dans la foule du dernier festival de Cannes ?

Il y a d'abord deux communiqués de presse. L'un à propos d'une nouvelle crème antivieillissement japonaise à trois cents euros (quand j'en achète une à soixante-dix euros, il me faut déjà sauter trois repas pour que mon portefeuille s'en remette). Le deuxième concerne un site de rencontres en mal de candidates pour ses permanences. J'ai déjà surfé dessus. Des centaines d'annonces à la queue leu leu, vantant les mérites de beautés aux noms évocateurs : « Câlinette », « Sapho 22 », « Chloé la sans-culotte », ou plus directement leurs attraits : « les plus ronds », « les plus fermes », « le plus humide », « le plus frais ». Ce n'est pas un lupanar en ligne, c'est Rungis à cinq heures du matin.

Un troisième message, laconique, est signé Simon Destouches : « Bravo pour votre présentation. La psychologie masculine n'a plus de secrets pour vous ! »

Il y a de l'ironie là-dessous. Claudine a dû lui parler de mon incapacité à trouver l'âme sœur. Elle ne rate jamais une occasion de m'humilier. Mais je croyais qu'elle ne le faisait qu'en public, jamais derrière mon dos. Je ne vais pas répondre à Simon.

Juste avant l'heure du déjeuner, je reçois un message de lectrice frustrée. Depuis qu'Internet existe, elles se multiplient ; ou, du moins, elles n'hésitent plus à nous contacter ; c'est si simple d'envoyer un mail. Certains jours, je pourrais ouvrir un cabinet de psy. Mais la lectrice en question veut nous attaquer en justice parce que notre horoscope de la semaine lui a prédit un vendredi fabuleux (« une bonne nouvelle, une rentrée d'argent ou une rencontre que vous n'espériez plus »). Alors, elle s'est offert une séance de coiffeur, deux tranches de foie gras et une bouteille de Mercier, et elle est rentrée chez elle le compte-chèques à sec, dans l'attente de la bonne surprise. Elle a trouvé un mot de son mari sur la table de la cuisine. Il avait filé avec la fille de la concierge, et les économies du ménage.

J'appelle la pauvre femme pour la réconforter. J'ai en mémoire toutes les phrases qu'on vous fait apprendre par cœur à SOS Amitié pour éviter de prononcer les « mots qui tuent » face aux grands dépressifs. Mais elle balaie d'une phrase toutes mes intentions secourables. Elle est en train de monter une contre-attaque avec la concierge :

— La fille est mineure. On va les dénoncer à la police. Il va revenir la queue entre les jambes, c'est moi qui vous le dis. Et qu'il ne compte pas sur moi pour lui apporter des oranges.

Je comprends qu'aux États-Unis il n'y ait pas d'horoscopes dans les magazines. Les Américains font des procès à leurs amis lorsqu'ils glissent sur leur paillasson ou se brûlent la langue en buvant leur thé. Pour des avocats un peu accrocheurs, les prévisions astrologiques constitueraient un filon inépuisable.

Personnellement, je ne crois pas à l'astrologie. Ce qui ne m'empêche pas de regarder les prédictions de mon signe, par curiosité. Je suis Vierge, mais je lis plutôt le Lion, qui me correspond mieux. Logique : j'ai vu le jour un 24 août à zéro heure cinq, mais je serais née avant minuit le 23 si le médecin n'avait pas traîné au bistrot qui jouxte la maternité. La soirée de samedi m'en a apporté une nouvelle preuve : le 3e décan du Lion était censé « connaître un passage à vide en fin de semaine », tandis que la Vierge « profiterait de toutes les joies de la vie ». Impossible, avec la meilleure bonne volonté du monde, de classer l'épisode Martial dans la seconde catégorie.

En général, je consulte aussi les prévisions du Verseau, mon ascendant. C'est souvent le meilleur des trois, alors j'ai tendance, lorsqu'il faut choisir entre des conclusions contradictoires, à arbitrer en sa faveur. Tous les astrologues le disent : l'ascendant a souvent une plus forte influence que le signe lui-même.

Je regarde aussi, en général, le paragraphe correspondant à mon petit ami du moment (ou celui dont je rêve qu'il le devienne). Mais je garde pour moi ce que j'apprends. Quand Julien vivait chez moi, il ne supportait pas que je le prévienne de ce qui allait lui arriver, surtout s'il s'agissait d'« un malentendu avec un supérieur hiérarchique » ou d'« une rencontre inattendue qui impliquera une remise en cause douloureuse ».

— C'est n'importe quoi, Marianne, tu perds ton temps avec ces conneries.

— Je n'y crois pas non plus, mais il arrive que ça se réalise.

— Simple coïncidence statistique.

— Je sais bien, mais regarde hier : ils disaient que ma situation financière risquait d'empirer. J'ai

32

consulté mon compte ce matin, c'est la cata dans les grandes largeurs.

— Banale prophétie créatrice.

— Que veux-tu dire par là ?

— Tu es convaincue que tu vas avoir prochainement des soucis financiers et que tu ne pourras plus t'acheter la petite robe rose que tu as repérée au BHV ou l'écharpe Kenzo devant laquelle tu baves depuis une semaine. Alors tu profites de tes derniers moments d'insouciance, et tu plonges toi-même tes comptes dans le rouge...

Je sais bien qu'il avait raison. Je le sais même mieux que personne : c'est moi qui relis la rubrique Astro de *Eva* avant parution. Si je racontais comment elle est faite... D'abord, notre astrologue Christiane Hazen, qui touche mille euros par mois pour écrire une page, se considère comme sous-payée et rend toujours ses textes en retard (elle a toujours une bonne raison, qu'elle me décrit dans les moindres détails : son mari qui s'est cassé une jambe en débouchant le lavabo, sa sœur traumatisée par son beau-frère au point de souffrir d'anémie graisseuse, etc.). Quand je la relance, je constate généralement qu'elle n'a pas commencé, ce qui ne l'empêche pas d'envoyer ses prévisions dans la soirée, ce qui suppose qu'elle les bâcle en deux heures. Difficile de croire qu'elle aura le temps de regarder à la loupe la configuration des planètes. Ensuite, quand les textes sont mis en page (à la dernière page d'*Eva*, car c'est la rubrique la plus consultée : il faut pouvoir la trouver rapidement), ils sont toujours quinze fois trop longs. J'ai beau rappeler à Christiane qu'elle doit nous remettre mille signes par signe (c'est-à-dire mille caractères d'imprimerie pour chacun des signes du zodiaque), ça ne rentre jamais dans les cases. Alors c'est Isabeau, une de nos secrétaires de rédaction, qui coupe les phrases, les résume ou les simplifie. C'est une fille pragmatique et, en réalité, c'est elle qui donne le ton de la rubrique. Pourtant, l'autre jour, elle en avait assez de ce travail de dentellière et je l'ai surprise à tailler dans le dur. Pour le Taureau, elle avait enlevé l'adjectif « roses » pour faire rentrer la dernière ligne de texte dans sa case. L'ennui, c'est que la phrase d'origine était : « Mettez vos lunettes roses le 27... » Juste au-dessus, chez le Scorpion, elle avait enlevé « neptunien » dans une phrase qui disait : « Méfiez-vous du brouillard neptunien le 1 et le 2. » Quand c'est Isabeau qui s'en occupe, l'horoscope ressemble à un bulletin météo.

Les horoscopes sont faits de la même façon dans tous les journaux, et pourtant je lis tous ceux qui me tombent sous la main. Par acquit de conscience. C'est peut-être un jeu de hasard, mais j'aime bien que le hasard confirme mes intuitions. Et puis, cela peut éviter des drames. Ainsi, il y a quelques mois, Marjorie devait se rendre à New York pour un reportage. Marjorie est une de nos journalistes seniors. Elle a cinquante ans, un ton autoritaire qui est la première chose que l'on remarque chez elle, avec sa stature (un mètre cinquante au garrot) et ses cheveux coupés en brosse et orangés (je crois qu'elle laisse poser trop longtemps ses masques capillaires au henné). Malgré tout, je la connais depuis dix ans et il me semble qu'en vieillissant elle embellit. Sûrement un effet d'optique dû au nivellement du temps : il est un âge – soixante-dix ans, quatre-vingts ? – où les plus laides d'entre nous prennent leur revanche. Non seulement elles ne souffrent pas de perdre la beauté qu'elles n'ont jamais eue, mais elles sont enfin aussi regardables que les poupées qui les snobaient.

Marjorie est surtout une fille bien, fiable et tout. Elle suit depuis vingt ans les problèmes liés à la condition féminine et connaît les mouvements féministes par cœur dans tous les pays du monde. Elle devait partir aux États-Unis le lendemain, un mardi, ou le surlendemain.

— On regarde ton horoscope ? ai-je suggéré en plaisantant (à moitié).

— Ça n'engage à rien.

Elle a lu à voix haute les vingt lignes concernant le Bélier, signées Élisabeth Teissier, dans *Télé 7 jours*.

« Reposez-vous en fin de semaine, et évitez les voyages trop fatigants. Attention aux mauvaises surprises mardi. »

Elle a négligemment refermé *Télé 7 jours*.

— Je crois que je vais partir mercredi, finalement.

Le mardi, le Concorde s'est écrasé sur un hôtel de Gonesse. Marjorie aurait de toute façon volé sur un 747, mais avouez que c'est troublant.

Même lorsqu'on n'y croit pas, autant prendre ses précautions puisque ça ne coûte rien. C'est comme ces gens qui ne veulent pas entendre parler de l'homéopathie pour les maladies chroniques. S'il y a une chance sur mille pour que ça marche, pourquoi ne pas la tenter ?

Cela dit, je n'irais pas consulter un médium. Il m'arrive, dans les fêtes foraines, d'entrer chez une diseuse de bonne aventure, pour lui faire plaisir, quand elle insiste. Son discours a généralement le même effet antidépresseur qu'une tablette de chocolat. Mais si grande que soit mon envie de trouver l'âme sœur, je ne me marierai jamais en m'appuyant sur des prévisionnistes ou des psys, comme ces deux jeunes gens des West Midlands qui ont fait la une des journaux britanniques. Tout le monde n'a pas envie de jouer les cobayes, même pour une expérience capitale pour le genre humain – encore plus forte que *Loft Story*. L'organisateur, une station de radio en mal de notoriété, avait proposé à deux auditeurs célibataires et de sexe opposé un mariage clés en main, tous frais payés, avec location d'un appartement luxueux à Londres pendant deux ans et lune de miel dans les Caraïbes. Seule condition : ils ne devaient pas se connaître avant le mariage (et pas seulement au sens biblique du terme). Deux cents candidats, cent trente hommes et soixante-dix femmes, se sont inscrits pour cette épopée matrimoniale du troisième type. Après avoir examiné leurs dossiers, un jury dans lequel figuraient des conseillers matrimoniaux et un astrologue a choisi un mannequin à mi-temps et un VRP free-lance. Les deux tourtereaux ont fait connaissance une demi-heure avant la cérémonie et, par chance, se sont plu. La radio a multiplié son audience par cent le jour de l'événement. Seul un membre de l'épiscopat et deux hommes politiques du parti conservateur ont protesté contre cette atteinte à l'institution du mariage.

La suite leur a donné raison : les jeunes mariés ont tenu quatre mois. Neuf jours après le mariage, il la trompait déjà avec une assistante dentaire rencontrée aux Caraïbes. Et trois mois plus tard, ils s'envoyaient des chaises à la figure. Ils ont renoncé, non sans regrets, à l'appartement près de Westminster Abbey. « Nous ne supportions plus les paparazzi », a expliqué la belle, les yeux gonflés, avant de retourner chez ses parents. L'astrologue, lui, s'est reconverti dans la répartition des semences de taureau chez les vaches laitières du Dorset.

Je termine la journée en beauté, en mettant la dernière main à mon papier sur la mort de Don Juan. Il y a longtemps que j'avais envie de lui régler son compte. J'ai essayé de dépasser la psychologie masculine à la petite semaine (si, si). Depuis deux mois, j'ai étudié tous les *serial séducteurs* de la littérature classique. Pour arriver à la conclusion qu'il n'existe que deux grands modèles : Don Juan, le personnage de Tirso de Molina repris par Mozart, et Casanova, le libertin italien qui, contrairement à Don Juan, a réellement existé.

En fait, les deux personnages sont diamétralement opposés. Casanova n'est pas méchant, ses mémoires éveillent même parfois la pitié du lecteur. C'est un faible. Il aime plaire aux femmes et leur faire plaisir. Don Juan, à l'inverse, est malfaisant. C'est un égoïste, un collectionneur qui accumule les conquêtes sans aimer ni tenir compte des conséquences dévastatrices de son caprice. Quid de Valmont, Lovelace et autres séducteurs de la littérature ? Ce sont des clones, plus ou moins panachés, de ces deux modèles. Voilà pour l'introduction.

Ma théorie, celle qui est au cœur de l'article, est la suivante : au XXIe siècle, don Juan ne peut plus exister. Il a commencé à souffrir avec la pilule et la libération de la femme, dans les années soixante. Les décennies suivantes, qui ont vu la prise de pouvoir des femmes, l'ont achevé. Les séducteurs n'ont pas disparu, mais comme les femmes sont désormais libres de disposer de leur corps, ils ne possèdent plus de pouvoir maléfique. Oubliées, les filles reniées par leur père pour avoir « fauté », les filles-mères honteuses, les femmes adultères répudiées par leur mari. Le séducteur peut encore blesser affectivement ou psychologiquement ses victimes. Mais il ne peut plus les briser socialement.

Ensuite, je développe l'autre évolution majeure de la fin du xxe siècle : le rôle de séducteur en série n'est plus réservé aux hommes. Les femmes peuvent accumuler les conquêtes et même s'en vanter. Dans les romans, on ne trouve plus que ça.

Bref, Don Juan est mort, vive Casanova, créature bisexuelle et démocratique.

Je passe le fichier Don Juan à Claudine à dix-huit heures. À dix-huit heures trente, elle m'appelle pour me dire qu'il sera monté à la une la semaine prochaine.

— Je suis bluffée, ajoute-t-elle.

À la une ? C'est moi qui suis bluffée !

On retire le sujet sur l'impuissance qui devait faire la couverture, on met une photo de Bernard-Henri Lévy et on titre : « Don Juan est mort » (BHL ne va peut-être pas apprécier, mais il préférera sûrement être amalgamé avec ce sujet qu'avec le précédent). À moins qu'on ne trouve un meilleur intitulé, car les titres négatifs aboutissent rarement à de bonnes ventes. Je sais bien que *Paris Match* fait son miel avec les catastrophes. Mais dans la presse féminine, celle dans laquelle je baigne depuis dix ans, le bonheur vend mieux que le malheur.

Je quitte le bureau sur un nuage. Rien de tel que les satisfactions professionnelles pour vous remplir la vie. Que ferais-je d'un mari, franchement ?

CHAPITRE 3

Il y a quelques années encore, Auteuil était pour moi un champ de courses et Passy une chanson de Reggiani dans laquelle des enfants se font dévorer (*Les Loups*) : « il nourrit ses deux cents petits... avec les enfants de Passy ». D'accord, c'est un peu limité comme vision. Mais il y a une foule de lieux où je ne suis allée que parce qu'un chanteur les a d'abord fait exister : Knokke-le-Zoute à cause de Brel (une ville grise au bord d'une plage grise et une mer grise où personne ne semble se baigner jamais), Marienbad pour Barbara (une jolie ville de carton-pâte, douce et alanguie, avec des robinets d'eau soufrée à chaque coin de rue), Cherbourg pour Michel Legrand (des parapluies, des bateaux, des marins, et cette bruine vivifiante en plein mois de juillet), et même San Francisco pour Maxime Le Forestier (en vain : je n'ai pas trouvé la maison bleue adossée à la colline). J'aime les pèlerinages presque autant que les chansons. Quand j'aurai soixante ans, juré-craché, je ferai celui de Compostelle.

Pour l'instant, je quitte mon 6e arrondissement pour aller dîner dans le 16e, chez les Vigier-Lebrun, entre Auteuil et Passy, justement. Et comme toujours, le téléphone sonne au moment où je mets mon blouson. C'est Alicia. Elle a l'air mal en point. Je ne peux pas lui dire de rappeler.

Alicia travaille dans un salon de coiffure du Quartier latin ; la première fois qu'on s'est rencontrées, il y a trois ans, la boutique venait d'ouvrir, et j'étais venue pour un article-corvée sur les nouvelles coiffures de Noël. Je l'avais remarquée : avec sa voix douce et son air de madame-tout-le-monde (un mètre soixante-cinq pour soixante kilos, visage lymphatique, maquillage et blondeur sous contrôle), c'est elle qui faisait tourner la boutique. Elle avait formulé deux ou trois remarques judicieuses sur mes cheveux (à l'époque, ils étaient courts, roux, et raides : tout le contraire d'aujourd'hui !). Comme elle ne préconisait ni nouvelle coloration ni nouvelle coupe mais au contraire un retour au naturel, je suis retournée la voir, intriguée. Elle m'a alors bâti un plan d'attaque que seul un coiffeur masochiste peut conseiller à une cliente (heureusement que sa patronne n'en a rien su) : comment se laisser repousser les cheveux pendant un an ou deux, sans avoir l'air négligé. Un soir où j'étais la dernière dans le salon, on est allées manger un panini ensemble et elle m'a raconté sa vie : elle avait vingt-huit ans, en paraissait cinq de moins, et son compagnon s'était enfui six mois plus tôt avec sa meilleure amie au moment où ils venaient de décider d'avoir un bébé et faisaient tous les efforts nécessaires.

— Je crois que ce qu'il n'a pas supporté, c'est le coup des températures. Les « garde tes forces pour demain » et « si tu pouvais faire un effort aujourd'hui » ; et puis le coussin à glisser sous les hanches *avant* pour optimiser l'angle...

Gros soupir.

— La première fois que j'ai fait les pieds au mur, dix minutes après l'amour, ça l'a fait rire. La deuxième fois, il m'a gentiment appelée « la chauve-souris » ; à la troisième, il ricanait. Pourtant, ça augmente de 50 % les chances de fécondation.

Quand elle est honnête avec elle-même, Alicia reconnaît que leur grand amour avait de toute façon mal supporté l'épreuve du quotidien :

— Personne n'a encore trouvé la bonne manière de dire : « Je t'aime plus que tout au monde, mais est-ce que ça t'ennuierait de vider le lave-vaisselle, de descendre la poubelle, et de changer la litière du chat... c'est ton tour je crois ? »

Alicia a tout essayé pour se dénicher un nouveau compagnon prêt à tenter l'expérience : les annonces du *Nouvel Obs*, le Minitel, et évidemment les *chats* sur Internet, qui ne sont pourtant pas l'endroit idéal pour quelqu'un qui se traumatise d'un regard leste dans le métro. C'est ainsi qu'elle a rencontré un homme marié, avec qui elle a vécu tout récemment une liaison aussi torride que douloureuse.

— On imagine toujours qu'une histoire avec un type marié est pénible le dimanche et pendant les vacances scolaires. Ces moments-là étaient difficiles, c'est vrai, mais je me disais que lui aussi trouvait le temps long et se languissait. En réalité, je souffrais bien davantage quand nous étions réunis : dans la file d'attente, au cinéma, quand on avançait les yeux dans les yeux, jamais la main dans la main... chaque fois qu'il sursautait en apercevant une silhouette qui ressemblait à sa femme (ou à sa mère, à un cousin, à un collègue...). Et puis, je ne pouvais pas lui téléphoner (sa femme aurait pu consulter ses appels sur son portable), ni lui envoyer des mails (à cause de son assistante et du service informatique). Alors je lui écrivais en poste restante. Il disait qu'au XXIe siècle, les liaisons épistolaires étaient les plus sûres.

Depuis, elle aussi est à la recherche du HIC. Je lui ai présenté quelques copains de mon frère, un collègue de bureau obsédé par les petites blondes type Marilyn, et même un de mes ex. Mais ça n'a pas accroché. Et il y a quinze jours, elle l'a trouvé. Après avoir dialogué avec trois ou quatre partenaires de vie potentiels sur les *chats* de Yahoo !, elle a rencontré sur Netclub.fr un Canadien installé à Orléans. Elle est convaincue que ce René est l'homme de sa vie. Elle l'alimente quotidiennement en e-mails qu'il lit, comme il dit, « avec son dos » (ils lui provoquent des frissons tout au long de la moelle épinière).

Elle m'appelle pour me demander conseil : il lui a demandé une photo, mais elle hésite à l'envoyer. Un vrai cas de conscience. Elle craint de tout gâcher, et n'a pas fermé l'œil depuis qu'elle a reçu son mail, la veille au soir.

— Tu comprends, je lui ai dit que j'étais une grande blonde...

— Et alors ? Tu n'es pas très grande, mais tu es blonde, actuellement !

— ... avec une belle poitrine, des yeux bleus... J'ai dit aussi que j'étais intelligente, douce, bonne cuisinière, sportive, adorant le bateau, les marches en montagne...

Sa description frise la méthode Coué, mais pour rien au monde je ne ferais de la peine à ma meilleure amie. Je la rassure.

— Alicia, tu sais bien que sur Internet toutes les femmes font du 95D et les hommes un mètre quatre-vingt-cinq. Le portrait de toi-même est plutôt honnête par rapport à la moyenne. Envoie ta photo, il ne sera pas déçu.

Nous dissertons quand même une bonne heure sur ce sujet épineux. Je développe les arguments « pour », les arguments « contre », les alternatives (« et si tu gonflais tes seins dans Photoshop ? Sur Internet tout le monde truque ses photos »), bref, toutes ces réflexions avisées que l'on est censé faire à sa meilleure amie, et qui sont le prix à payer pour pouvoir ensuite lui parler de vos flirts à vous. Quoique, vu le désert affectif dans lequel je vis, je n'aie guère besoin de solliciter son oreille compréhensive.

Alicia est une fille loyale dont j'ai pu mesurer la générosité dans les moments difficiles. Côté sentimental, elle est l'antithèse de Blandine, pour qui un couple, ce sont des gens qui passent leur temps à résoudre à deux des problèmes qu'ils n'auraient pas s'ils étaient seuls. La première fois que j'ai mis mes deux amies en présence, j'ai craint le pire. Blandine est arrivée en racontant sa dernière infortune :

— Dans le métro tout à l'heure, un type m'a pincé la cuisse (juste là, en haut, au niveau de la cellulite et la peau d'orange). Je ne sais pas ce qui m'a le plus énervée : qu'il y ait encore des mecs assez vicieux pour peloter les nanas en ville (entre les K7 vidéo, les sites roses et les poupées en silicone, ils ont de quoi se défouler), ou qu'il tombe pile sur mes bourrelets de graisse.

En fait, passé le premier moment de stupeur, elles s'entendent assez bien, même si Blandine se moque des illusions d'Alicia sur les hommes. Elle, sa spécialité, c'est le décryptage.

— Quand un type se dit « viril et tendre », tu peux traduire « macho et mou ».

De toute façon, pour elle, il n'existe que trois sortes d'hommes : les « coincés » (elle les reconnaît au premier regard), les « droit au but » (ils court-circuitent les préliminaires) et les « malaxeurs fastidieux » (ils perdent leur temps en préliminaires). L'autre jour, elle a déposé sous mon paillasson une petite annonce découpée dans le *Nouvel Obs* qui disait en substance : « Jeune homme trente ans, doux, sensible, romantique, poète, aimant les soirées au coin du feu et les promenades en forêt, cherche jeune femme sensible pour partager moments de douceur. Gros seins appréciés. » Elle avait ajouté dans la marge, à la main : « Tu vois bien, tous des détraqués. »

Nous décidons, avec Alicia, de nous rappeler demain pour qu'elle me raconte les réactions de son René à la photo. Puis je pars pour Auteuil avec une demi-heure de retard.

Anne et Pierre Vigier-Lebrun sont des amis de longue date de mes parents. Comme nous, ils viennent de Cholet, et ont émigré en région parisienne pour favoriser les études de leurs enfants. Ils ne se sentent pas parisiens. De toute façon, à Paris, personne ne se sent parisien : les racines qui durent le plus longtemps sont celles qu'on importe dans la capitale.

Il y a plusieurs années que les Vigier-Lebrun me reçoivent indépendamment de mes géniteurs. Histoire, sans doute, d'avoir un journaliste dans la tablée, car ils ne voient guère mon frère Loïc (vingt-six ans, célibataire, ingénieur nucléaire) et ma sœur Muriel (trente-six ans, un mari et quatre enfants). À moins que je ne sois l'alibi populo dans ce paysage de serre-tête et de tailleurs Chanel.

Pour être honnête, ils ont une autre bonne raison de m'inviter : je suis célibataire, et ils respectent toujours scrupuleusement l'équilibre hommes-femmes. Or ils ont un fils, Norbert, timide et taciturne, qu'ils n'arrivent pas à caser. Norbert a deux ans de plus que moi – trente-cinq ou trente-six ans – mais j'ai l'impression de l'avoir toujours connu au même âge. Même à vingt ans, le visage colonisé par l'acné, il semblait en avoir quarante. Il est né vieux. En plus, la différence d'âge ne s'efface jamais pour les gens qu'on a connus à l'époque des balançoires : en souvenir du temps où il savait lire tandis que vous faisiez des pâtés, on se sent toujours un gamin par rapport à son aîné de deux ans.

Quant à son look... Avec ses lunettes d'écaille, sa coupe de cheveux militaire, son costume gris et sa chemise blanche, Norbert est au mieux, comme dit ma mère, « de ceux dont on ne dit rien ». Il habite dans la même cour que ses parents, l'appartement d'en face, acheté par papa, meublé par maman, payé par les stock-options d'Usinor, dont son père dirige les usines depuis vingt ans. Norbert est d'ailleurs entré chez Usinor à sa suite, dès sa sortie de l'École des hautes études commerciales. Car à défaut d'être un HIC, Norbert est un HEC, et on ne risque pas de l'oublier. C'est tout juste si son diplôme n'est pas accroché dans le salon.

— Il est indépendant, précise aussi Anne Vigier-Lebrun lorsqu'elle présente son fils à un nouvel invité.

Drôle d'indépendance qui le pousse à venir dîner chez papa-maman un samedi soir. Au secours, Mireille Dumas.

— Il ne dîne quasiment plus ici, mais je lui avais dit que tu viendrais, me glisse-t-elle en m'embrassant.

Si l'on peut appeler ça embrasser. Picorer serait plus juste. Le code des bises – surtout celles du soir, quand les femmes sont maquillées – est un point crucial du savoir-vivre parisien. Notre hôtesse le maîtrise mieux que quiconque. Elle vous embrasse dans le vide, les lèvres en cul-de-poule, comme si vous étiez un marmot barbouillé de chocolat. Je me demande ce qu'elle craint le plus : laisser une trace de rouge à lèvres sur une joue étrangère, ou se retrouver avec un trou dans sa couche de fond de teint (plus grave que celui de la couche d'ozone qui n'est, lui, qu'un sujet de conversation). Dans le 16e, quiconque embrasse vraiment est un fou dangereux ou un provincial.

Norbert me lance un regard d'oiseau mazouté. Comme toujours, je vais me retrouver près de lui à table, et je peinerai à lui arracher trois phrases d'affilée.

Je suis arrivée à vingt et une heures quinze ; le carton précisait vingt et une heures trente, mais je suis la première. Je ne me ferai jamais à cette habitude parisienne du retard obligatoire. Les Vigier-Lebrun ont trop bien pris le pli. Je sais déjà, avant d'entrer, que nous serons une dizaine, que les retardataires arriveront après vingt et une heures trente, que nous ne passerons pas à table avant vingt-deux heures et que nous ne sortirons pas de table avant minuit et demi.

Bingo. Il est vingt-deux heures et nous sommes toujours dans le salon, la faim au ventre, agglutinés autour d'un ramequin de cacahuètes et d'un bol de chips dans lesquels survivent respectivement une demi-cacahuète et une chip (doit-on dire une chip ou une chips ? Je demanderai aux secrétaires de rédaction demain matin). Chacun les regarde avec envie, mais se ferait couper la main plutôt que de les prendre. Je rêve d'une panne de courant qui nous rendrait à l'état sauvage.

Depuis le début de la soirée, assis sur des chaises trop hautes pour la table basse, nous avons abordé successivement les sujets suivants :

La politique *soft* : avec un maire homosexuel à Paris, les enfants des écoles maternelles fabriqueront-ils encore des cadeaux pour la fête des mères ?

L'homéopathie et l'allopathie : ça marche ou ça ne marche pas ?

Les lycées : Henri-IV vaut-il Louis-le-Grand pour préparer Polytechnique ?

Peut-on encore recevoir des amis lorsque l'on habite dans une tour de la Défense ou près d'une centrale nucléaire ?

Une noix de cajou vaut-elle un tour de reins ? (non, je blague).

Autant dire que les risques d'empoignades sont limités. De toute façon, Anne Vigier-Lebrun contrôle la situation. C'est elle qui mène, discrètement mais sûrement, le débat. Posant les questions, amplifiant les sourires et les soupirs, relançant le débat lorsqu'il s'étiole... L'art de la conversation, c'est d'éviter les blancs, pas d'écouter les réponses. Lorsque je suis arrivée, la première malgré tous mes efforts pour retarder mon entrée (et après deux carnages, l'un entre les sourcils, l'autre à la base de l'oreille), elle m'a fait visiter sa cuisine flambant neuve. Je me suis extasiée sur la cuisinière La Cornue, du dernier chic. Chez moi, un tel instrument remplirait toute la pièce. Ma cuisine n'est pas faite pour les petits plats mijotés avec amour. Plutôt pour les omelettes au jambon et les soupes minute. Il paraît que ça se voit au premier coup d'œil.

Heureusement, la sonnerie de l'entrée retentit au moment où Anne entre dans les détails de la recette du crumble à la rhubarbe. Le supplice que je n'espérais plus éviter. Non seulement je suis incapable de réussir une recette un tant soit peu sophistiquée, mais en dépit de tous les efforts que je déploie, je ne retiens jamais les recettes. Lorsque je reçois des amis, je leur prépare toujours une salade à base de langouste, d'avocat et de pamplemousse, le tout baignant dans une sauce diététique relevée de piments doux et de citron. Succès garanti (d'ailleurs mes invités commentent l'évolution de la recette ou le piquant de la sauce d'un dîner sur l'autre). Pour le reste, j'achète un curry chez l'Indien du coin (variante : de la moussaka chez le grec d'en face) et un fondant au chocolat chez Le Nôtre (variante : une marquise au chocolat chez Dalloyau).

Les Vigier-Lebrun ont au moins un avantage sur les autres amis de mes parents : ils ne me font pas remarquer chaque fois que je les vois que je ne suis *toujours pas* mariée. Il est vrai que ce serait l'hôpital qui se moque de la charité, avec Norbert sur les bras. En général, on n'hésite pas à me rappeler que, pour une fille qui a fait médecine, je me suis bien mal débrouillée : les bancs de la faculté sont un promontoire idéal pour repérer les jeunes gens pleins d'avenir. Sans parler des jumps HEC ou des soirées de l'X où les étudiantes en médecine sont régulièrement invitées. Je n'ai pas su profiter, prétend maman, de cet âge où les fils de famille du 16ᵉ arrondissement peuvent encore se laisser surprendre. Deux ou trois ans après leur sortie de l'école, il est trop tard, ils sont devenus aussi réalistes que leurs parents et aussi intransigeants sur le pedigree. Ils font la fine bouche sur une absence de dot, des origines provinciales (sauf très grande famille au renom régional), et choisissent – pourquoi se priver – une jeune beauté qui fasse aussi office de marchepied.

Les nouveaux arrivants – deux couples BCBG, la quarantaine indistincte – ont fait connaissance sur le palier : Aline et Bernard, Patricia et Philippe. Mais ils se découvrent, sous la conduite d'Anne, une foule de points communs. À se demander comment ils ne se sont pas rencontrés plus tôt, dans une association de parents d'élèves de l'école privée ou lors du vide-greniers annuel du 16ᵉ arrondissement. Bernard annonce qu'il a très soif et se jette sur le jus d'orange.

— Je ne bois plus d'alcool, lance-t-il en guise d'excuse.

Il avale deux pleins verres d'affilée, sous l'œil réprobateur des autres convives.

Très vite, les couples siamois abordent les thèmes incontournables : est-il rentable de faire ses encadrements soi-même, faut-il acheter ses tailleurs à la Samaritaine ou aux Galeries Lafayette, les bords de Seine sont-ils encore fréquentables en été, etc. Des sujets si impliquants qu'ils saluent à peine le dernier couple qui nous rejoint autour des bols vides, deux Anglais qui semblent maîtriser l'étiquette française (d'habitude, les étrangers arrivent toujours trop tôt – à l'heure indiquée sur le carton – mais ceux-là font du zèle, avec une heure trente de retard).

Pierre Vigier-Lebrun participe peu à la conversation : quand il est chez lui, il délègue cette tâche, au nom de la division familiale du travail. Sauf lorsqu'on aborde les thèmes qui le touchent de près – les soldats de plomb ou les chaises transformables en escabeau, par exemple. Mais comme il est rare qu'ils surgissent spontanément, Anne oriente la conversation avec maestria et s'arrange pour placer le mot qui fera converger tous les regards vers son mari. Je guette l'apparition de ce moment crucial comme celle d'Alfred Hitchcock dans ses films de suspense.

Ce soir, pourtant, nous avons droit à une anecdote assez peu ordinaire – au point que, lorsque nous serons partis, j'en donnerais ma main à couper, Anne et son mari commenteront cet épisode comme un incident. Les responsables risquent même de rejoindre, dans la catégorie « rayés des listes » les amis qui ont perdu leur job (ce sont des solliciteurs en puissance) ou ceux qui ont raté une prestation télé (ils sont grillés pour le Tout-Paris dès le lendemain). Philippe raconte comment, à la demande de sa belle-sœur, il était allé chercher un colis au point-relais La Redoute de Chatou, une ville de la banlieue ouest. Pour découvrir que le point-relais était en réalité une boutique de lingerie.

— Personnellement, cela ne me dérange pas, de me promener parmi les petites culottes et les soutiens-gorge pendus au plafond, mais...

Je l'imagine, avec son mètre quatre-vingt-dix, frôlant les porte-jarretelles de ses oreilles décollées, écartant furtivement de la main les strings et les tangas, comme un missionnaire progressant à coups de machette dans la forêt tropicale.

— ... mais imaginez que nous ayons envoyé notre fils de treize ans ?

Nul doute qu'il aurait apprécié, lui.

— De toute façon, je ne comprends pas que l'on puisse acheter ce genre de vêtements. Chacun fait ce qu'il veut, bien sûr, et nous sommes très ouverts, n'est-ce pas, Patricia, mais j'aimerais qu'on m'explique une fois pour toutes l'intérêt de la chose ?

Personne ne répond. Les Anglais ont l'air gênés, ils ne doivent pas comprendre. Elle sourit tout le temps, bêtement, lui a l'air crispé, mais ni l'un ni l'autre ne participent à la conversation. Bernard reprend un verre de jus d'orange pour se donner une contenance.

La bouteille de Tropicana est déjà vide aux deux tiers. Si j'osais, je citerais mon oncle Philibert, un bon vivant qui a passé la moitié de sa vie en mer et en a rapporté un invraisemblable lot de maximes et d'histoires édifiantes : « L'amour, c'est comme la cuisine. Tout est bon nature, mais c'est encore meilleur un peu élaboré. J'adore les pommes de terre, et je pourrais en manger à tous les repas cuites à l'eau, avec un peu de beurre. Il n'empêche qu'une bonne purée à l'huile d'olive, des pommes duchesse ou un gratin dauphinois, ça met en appétit... »

L'oncle Philibert sait de quoi il parle : il ne s'est jamais caché d'être un enragé du devoir conjugal.

Chacun baisse le nez, et laisse le pauvre Philippe s'enliser. Sa femme vient à la rescousse, ce qui le remet en selle, et ils dialoguent tous les deux avec animation, prenant à témoin une assistance amorphe.

— Pour moi, ou l'on est nu, ou l'on est habillé, dit la jeune femme. Il n'y a rien entre les deux.

— Et si certains ont besoin de ça pour...

Le preux chevalier laisse passer un ange pudique. Bernard, l'œil fou, les cheveux curieusement dressés, se sert un nouveau verre de jus d'orange. Imagine-t-il, comme moi, le slip kangourou, informe après deux cents lavages, que dissimule l'orateur sous son pantalon de toile Ralph Lauren... ou la culotte de coton blanc de sa femme, qui pourrait sûrement en contenir deux comme elle ?

— ... c'est qu'ils ont un problème. Ils ne s'aiment pas vraiment.

En voilà encore qui achètent leurs slips chez Tati parce que, « pour ce qu'on en a à faire, autant dépenser le moins possible ». Même les culottes à quatre-vingt-dix-neuf francs de Claudia Schiffer, qu'on voyait l'an passé sur les abribus, sont trop sophistiquées pour eux. Je leur dirais bien que je porte un ensemble slip brésilien + soutien-gorge à balconnet jaune-bouton-d'or en coton et soie (cent euros l'ensemble) simplement parce que je trouve ça joli et que, ce soir, j'avais envie d'être bien dans ma peau. Je me doutais que je ne tomberais pas sur l'homme de ma vie mais, bon, on ne sait jamais. Quelqu'un aurait pu se décommander et Anne aurait fait appel à un copain de son fils, genre bouche-trou de dernière minute. Ou alors, un voyou aurait essayé de me voler mon sac en bas de l'immeuble, et un inconnu type Bruce Willis aurait volé à mon secours. Des sous-vêtements un peu ternes auraient tout gâché. « La vertu tient souvent à un soutien-gorge sale », a dit je ne sais plus quel écrivain. Bon, je m'égare. Le seul homme qui me tendra jamais les bras, dans cette maison, c'est Norbert.

Le débat a jeté un froid. L'Anglaise a les yeux fixés sur la pointe de ses chaussures, l'air plus coincée que jamais. Il paraît qu'en Angleterre, une femme sur quatre préfère le jardinage au sexe. Et le binage au badinage. Concevoir un jardin, c'est vraiment excitant et ça dure plus longtemps.

Il y a un long silence, heureusement rompu par Anne, que sa « jeune fille » est venue prévenir que tout était prêt.

— Si nous passions dans la salle à manger ?

Les huit convives retiennent leurs soupirs de soulagement, mais je les sens flotter dans l'air. La bouteille de champagne est vide, le jus d'orange aussi. Bernard a le hoquet. Il demande à la maîtresse de maison le chemin des toilettes. Elle l'y emmène d'un air constipé. Elle déteste montrer l'envers du décor. Elle regrette déjà d'avoir invité ce type si dénué de savoir-vivre (« enfin, on prend ses précautions avant de dîner en société ! »). Il n'a même pas l'excuse d'être étranger. Bientôt, on ne pourra plus faire confiance aux gens de sa paroisse.

Il est vingt-deux heures trente (j'ai regardé subrepticement ma montre). J'ai attendu trop longtemps pour avoir encore faim. Mais passer d'une chaise à l'autre permet de se dégourdir les jambes. Et les commentaires sur la nourriture vont aider à tromper l'ennui. Sans compter qu'on va s'attaquer enfin aux choses sérieuses, aux plats de résistance de la conversation : les récits de voyages. En général, vus sous l'angle logistique.

— Ah, vous êtes allés à Bilbao ? Et dans quel hôtel êtes-vous descendus ?

Les Vigier-Lebrun ont envie d'aller à Bilbao, eux aussi. Alors tout y passe : hôtels, restaurants, compagnie aérienne, bonnes boutiques... Je demande naïvement :

— Et le musée Guggenheim ?

— On n'a pas eu de chance, le premier jour la file d'attente était trop longue, et le second ils fermaient plus tôt, on n'a pas pu entrer.

Ensuite, on passe aux stations de ski. Là, je décroche. L'avantage d'un dîner à dix, c'est que vous pouvez vous permettre de perdre le fil de temps en temps. Vous avez le droit de faire de la figuration pendant un quart du repas environ.

Mais Norbert a repéré mon abandon. C'est le moment qu'il choisit pour passer à l'attaque. Il me glisse, avec le regard en coin d'un agent double fraîchement débarqué de l'ex-URSS :

— Tu sais, je lis tous tes articles dans *Eva*.

Je crois entendre la voix nasillarde des Inconnus dans leur sketch sur Évelyne Leclercq : « Vous savez, je vais dans tous vos magasins... »

Il s'est quand même enhardi, depuis la dernière fois. Je regarde ses yeux, derrière ses lunettes fines. Ils sont vert pâle, presque translucides. Ses pupilles sont un peu dilatées, il a bu.

— C'est très gentil. Mais en tant qu'homme, tu ne dois pas les trouver passionnants.

— Détrompe-toi, c'est très intéressant, au contraire. Et puis ta manière d'écrire est si...

Je ne l'écoute déjà plus, je sais ce qu'il va raconter. Il se moque bien de ma manière d'écrire – quand vous pondez dix feuillets sur « Comment maigrir sans regrossir » ou « Il faut être deux pour se marier », vous ne visez pas le Pulitzer. Norbert a préparé ses phrases ce soir, il les récite, en avalant sa salive toutes les trente secondes. Je le plains de tout mon cœur. J'abrège son supplice.

— Et toi, chez Usinor, que fais-tu maintenant ?

Son visage s'éclaire.

— J'ai été nommé sous-directeur aux approvisionnements.

Je prends l'air interrogateur de celle qui veut en savoir plus. Le fils de la maison se redresse et explique, avec une pointe d'orgueil dans la voix (ce qui diminue d'autant ma compassion) :

— Je suis maintenant N-3.

Sa mère n'a rien perdu de notre conversation. Elle se précipite à son secours – à moins que ce ne soit au mien :

— N-3, cela signifie qu'il n'y a plus que deux niveaux hiérarchiques entre lui et le président d'Usinor, qui est le N de référence. Le directeur général est N-1. Mon mari est N-2, en tant que directeur de la production.

Trois niveaux hiérarchiques, ça fait quand même pas mal de monde...

Tandis qu'il m'explique l'intérêt de son job – grosso modo, celui d'un comparateur de prix (il ne sait pas que, sur Internet, ce sont des robots qui font ça) –, je me demande ce que je fais là. Mon esprit s'ennuie, et mon corps est comme englué. Je vois bien, à la manière dont le regard de mon voisin s'attarde sur mes bras nus, à ses soudains rougissements et à ses difficultés d'expression, que ce serait lui rendre service que de l'emmener au lit. Mais je préférerais que quelqu'un d'autre s'en charge. Je me disais la même chose quand nous avions dix-huit ans et qu'on se croisait dans les soirées organisées par nos mères pour leurs grandes causes respectives.

Subrepticement, j'essaie de suivre la conversation sur ma gauche. Je jurerais qu'ils parlent de la Martinique :

— Non, il n'y a qu'un hôtel qui soit acceptable, Le Tamaris, un cinq étoiles à la sortie du village...

— Mais là-bas, même cinq étoiles c'est limite...

— La restauration est inégale...

— Les fruits de mer ne sont pas toujours frais, il faut se méfier...

— Le problème, maintenant, c'est qu'on y trouve trop de Français, je dirai même trop de Parisiens, mais enfin nul ne vous oblige à aller au-delà du bonjour-bonsoir !

— Sauf que, depuis que le pont a été construit, on ne maîtrise plus le flux...

— L'île de Ré, je l'ai connue dans les années soixante, c'était autre chose.

Il est minuit quarante-cinq. On retourne au salon, pour les mignardises et la tisane. Bernard s'éclipse, pour la troisième fois depuis que nous sommes passés à table, pâle comme la mort, le visage déformé par un rictus douloureux. Le jus d'orange a fait son effet. Sa femme se fait minuscule sur sa chaise. Chaque fois qu'il revient des toilettes, elle lui lance un regard courroucé.

Je donnerais bien le signal du départ, mais le savoir-vivre me l'interdit : je compte parmi les plus jeunes de l'assemblée, même si les pourfendeurs de culottes fantaisie, en dépit de leurs quatre enfants, n'ont pas plus de trente-cinq ans, et l'autre couple non plus. De plus, je suis célibataire, et cette race-là, selon les canons en vigueur, n'a pas d'obligation.

C'est Norbert qui nous sauve, en proposant brusquement de me raccompagner alors que je me levais pour aller admirer la marine qui trône au-dessus de la cheminée.

— Merci beaucoup, mais ce ne sera pas la peine, je suis venue en voiture, lui dis-je. D'ailleurs, je suis garée sur un emplacement livraisons.

À ces mots, tout le monde se lève précipitamment, comme si la contractuelle venait d'apparaître au coin de la rue. Les effusions sont abrégées. Norbert annonce à ses parents qu'il ne remontera pas ensuite. La phrase est ambiguë pour tout le monde sauf pour lui et moi, apparemment.

Heureusement, arrivé au pied de ma New Beatle (une petite folie, mais comme dit maman, tu n'as pas d'enfants à charge...), il ne tente rien. Il me regarde avec ses yeux de chien battu, me tend la main, me fait promettre qu'on se reverra avant le prochain dîner chez ses parents. Je promets tout ce qu'il veut, à cette heure, ça n'engage à rien, mais j'ai mauvaise conscience. Depuis le temps... Il faudrait que je fasse quelque chose pour lui. Derrière lui, sur le mur, une femme à moitié nue vante les mérites d'une tondeuse autotractée. C'est fou ce qu'on peut vendre avec une paire de seins.

Arrivée chez moi, je m'affale dans le canapé. Je pense encore à Norbert : j'aurais peut-être dû lui présenter Alicia, mais il est trop tard maintenant.

Sur la table basse, mon ordinateur portable est allumé. Un pense-bête pour que je travaille un peu, mais il est trop tard pour ce soir. Le rédacteur en chef de FMH, que j'ai rencontré pour mon étude sur les mensuels masculins, m'a proposé d'écrire trois pages sur le thème « Comment plaire aux femmes ». J'ai écarquillé les yeux : la moitié de son magazine ne parle que de ça. Que pourrais-je bien apporter de nouveau ?

— Mais si, me dit Arnaud Stella. Tous les papiers sont écrits par des hommes. Et tous évoquent un même format de femme...

— Un format de femme, comme c'est joli.

— Si vous l'écriviez, ce serait révolutionnaire. De vraies recettes, vues de l'intérieur.

De l'intérieur ? Fichtre ! J'imagine des pages remplies de descriptions cliniques, de schémas explicatifs, de conseils pratiques...

— Franchement, le mode d'emploi du système sexuel féminin, ce n'est pas ma tasse de thé, dis-je.

— Je me suis mal exprimé. Je vais demander à une dizaine de femmes (une romancière, une animatrice télé, une ministre, une médecin, etc.) de traiter le même thème. Ce sera un feuilleton qu'on retrouvera chaque mois.

Je vois le topo. Ségolène Royal expliquera que ce qui lui plaît, à elle, ce sont les hommes qui dirigent un pays sans avoir les chevilles qui enflent. Amélie Nothomb, ceux qui savent disparaître dans un trou de souris les mois où elle écrit. Claire Chazal, les passe-murailles avec qui on peut sortir sans que tout Paris en fasse des gorges chaudes. Des conseils diablement utiles pour l'ingénieur de Renault ou le courtier en assurances qui veut retrouver les bonnes grâces de son épouse – ou en trouver une autre parce que la sienne a fait son temps.

Et si je leur racontais comment plaire à madame-tout-le-monde ? Ou plutôt, à la catégorie de madame-tout-le-monde dont fait partie la femme de leurs rêves ? Car, comme pour les séducteurs, il n'existe, à mon avis, que trois ou quatre types de femmes dont chacune de nous est un panachage. Et rien de plus facile que de les classer en fonction de leurs goûts littéraires – un critère qui en vaut bien un autre, vu le temps qu'elles passent dans les bouquins. Les femmes lisent deux fois plus de livres que les hommes, ça ne peut pas être anodin.

D'abord, il y a les inconditionnelles de Barbara Cartland. Impossible de les identifier dans le métro, si elles n'ont pas, entre les mains, le dernier opuscule de la collection Harlequin, car elles sont d'âge et de catégorie socio-professionnelle très variés : secrétaires stylées, gamines studieuses, grand-mères paisibles... Mais toutes sont « fleurs-bleues-dans-leur-tête ». Essayez de leur expliquer que les romans à l'eau de rose sont mauvais pour la santé (parce que les héros passent directement du baiser au septième ciel, en oubliant la case préservatifs), vous comprendrez le problème.

Ensuite viennent les adoratrices de Mary Higgins Clark : pour l'essentiel, des mères de familles nombreuses, des divorcées rangées des voitures, ou des vieilles filles pragmatiques. Leurs fantasmes ont simplement changé de terrain. Certains livres stimulent les ovaires davantage que le cortex cérébral.

Troisième catégorie, les inconsolables de Jean Guiton et d'Alain Decaux. Ce sont des bourgeoises recyclées dans l'activisme non lucratif. Elles rejoindraient la seconde catégorie si elles n'affichaient une sainte haine de la lecture inutile. Ensuite, peu nombreuses et peu assimilables, les groupies de Suzan Faludi, la féministe américaine. À oublier évidemment. Mais les hommes ont depuis longtemps renoncé (avec raison) à s'attaquer aux phallophobes *hard core*.

Restent, dernière catégorie, les *fashion victims*, les suiveuses de mode. Il y a vingt ans, elles étaient BHL et Glucksmann (c'était compréhensible : ils étaient beaux, et ce qu'ils dénonçaient se passait très loin). Aujourd'hui, elles sont Houellebecq et Beigbeder. Elles couchent facilement, pour avoir l'air branché, mais n'en sont que plus compliquées à aimer.

Voilà, mon plan est fait, je vais lui proposer une chronique en quatre parties.

Premier épisode, que j'écrirai demain matin : comment abuser une fan de Barbara Cartland. C'est la mission la plus simple : son monde est manichéen, il suffit de se couler dans le moule. Une bonne étude du roman à l'eau de rose, et le tour est joué. Dans un best-seller Harlequin, les hommes sont à la fois galants, patients, courageux, dotés d'un sens inné du sacrifice et – donnée essentielle – ils ne considèrent pas le sexe comme une fin en soi. Il suffit de mettre ces qualités en pratique.

D'abord, la galanterie. Il faut ouvrir à la jeune fille la porte de la Laguna. Ou, variante destinée au piéton, lui acheter une rose à la sortie du métro. Totalement désuet ? Non, 100 % efficace, dans la mesure où l'on n'oublie pas le reste, c'est-à-dire le service minimum de la galanterie à la française : s'effacer pour la laisser passer, l'aider à enfiler son manteau, lui tenir le parapluie, etc. Prince charmant est un job à plein temps.

Ensuite, la patience : il faut savoir se contenter d'un baiser furtif à bouche fermée le soir du premier rendez-vous officiel. Et encore, si le lieu s'y prête : sur (ou sous) un pont de la Seine, en face de Notre-Dame ou devant la tour Eiffel (plus compliqué à jouer en province). À proscrire : le parking en sous-sol (le pire : la main sur les seins en roulant sur le périphérique). Puis, au moment de la quitter, en bas de son immeuble, il faut s'excuser pour ce baiser (« mais l'instant était féerique, irrésistible au sens littéral du mot ») et la remercier pour ce moment d'abandon qui ne sera pas mal interprété (« je vous respecte trop pour cela »). La semaine suivante, on passera le bras autour de ses épaules ou de sa taille. Et en troisième semaine, on reviendra au baiser, à pleine bouche cette fois. À ce rythme, aller jusqu'au lit prendra trois ou quatre mois, mais dans le contexte, c'est le minimum syndical.

Troisième vertu, le courage. Évidemment, il est plus facile à démontrer dans un hôpital de brousse qu'à l'Hippopotamus de la place des Ternes. Mais il y a des solutions. La première : organiser une saynète de toutes pièces (payer quelqu'un pour lui arracher son sac, poursuivre l'assaillant, se battre trente secondes avec lui, rapporter l'objet en vous massant le bras...). L'ennui : si vous vous mariez avec elle un jour, vous traînerez ce gros mensonge comme un boulet sur votre conscience – ou, pire, sur votre quotidien. Car si vous mangez le morceau le soir des noces histoire de partir sur de bonnes bases, votre sincérité vous coûtera très cher. La donzelle ne demandera pas le divorce sur-le-champ, mais l'argument sera exploité en toute occasion : « je devrais pourtant savoir que tu es capable de tout ». Deuxième solution, moins risquée : lui faire connaître vos exploits passés, votre attitude exemplaire lors de l'agression de votre meilleur ami, ou lorsque vous avez sauvé un clochard qui se noyait dans la Loire. Mais ne les racontez pas vous-même. Mandatez votre meilleur ami, ce sera plus subtil et plus efficace.

Quatrième ingrédient important, le sens du sacrifice : le Leporello que vous aurez choisi pour démontrer vos qualités chevaleresques en profitera pour vanter vos conquêtes féminines passées. Car contrairement aux hommes, qui préfèrent généralement à la tombeuse la jeune fille encore pure « qui s'est gardée pour son futur mari », les femmes, allez savoir pourquoi, ont un faible pour les séducteurs repentis qui, par amour, s'achètent une conduite. Être placée en première position sur une liste interminable est plus gratifiant que d'être seule dessus.

Enfin, dernière qualité essentielle à démontrer, le détachement par rapport à la sexualité. En clair : pas question de se jeter sur elle comme un prisonnier en liberté conditionnelle. Au contraire, il faut affirmer que le sexe est une conséquence de l'amour et non une fin, qu'on peut s'en passer, etc. Attention, il ne faut pas cracher dessus pour autant (ce sera toujours un « moment inoubliable », et la bête fauve a le droit – que dis-je, le devoir – de reprendre le dessus une fois au lit). Ce détachement n'est pas incompatible avec l'accumulation de conquêtes vantée ci-dessus car plus on en compte, moins elles comptent. Et puis, les romans à l'eau de rose s'arrêtent toujours à la veille du mariage. Personne ne se demande comment l'ex-séducteur va faire pour oublier ses vieux réflexes, et si, une fois passé la magie des six premiers mois, le naturel ne reviendra pas au galop.

Je vais insérer de vraies phrases de roman dans mon texte. Du genre : « Le cœur battant à tout rompre, elle s'abandonna à ses mains douces et fermes, des mains qui avaient le don de lui ôter toute volonté. » Des mains douces et fermes, ça se travaille : un peu de crème Nivéa, de la muscu, et une bonne maîtrise de soi. Ou alors : « Il la serra contre sa poitrine, lui caressa la tête comme s'il calmait une biche apeurée ». Calmer la biche demande aussi un peu d'entraînement, essentiellement parce que le sommet du crâne n'est pas ce qu'on caresse le plus spontanément. Mais tout homme bien né connaîtra par cœur sa check-list. Hors du lit, il faut caresser, dans l'ordre : les mains, le visage, les cheveux, le cou. Oubliez le bas du dos.

CHAPITRE 4

Ce matin, j'avais prévu de mettre ma mini-robe rose bonbon (et ras-le-bonbon, comme dit maman) avec des collants résille noirs et des bottes, mais j'ai regardé mon agenda, je déjeune avec Gonzague de Berlier. Un déjeuner important : je remplace Claudine pour une interview qui pourrait faire la couverture d'un prochain numéro. Pas question de commettre un impair. Je sors du placard ma jupe écossaise ras-les-chevilles et un chemisier blanc un peu jauni aux poignets. Je vais retourner les manches jusqu'aux coudes, et il fera l'affaire. Reste à régler un problème crucial : dois-je garder les collants résille et les bottes sous la jupe ? Évidemment, le cher Gonzague n'y verra que du feu, mais moi, je saurai. Et si j'en étais inconsciemment perturbée ?

Déjà, au lycée, je bannissais toute coquetterie les jours d'examen. Je mettais mes vieilles baskets, le jeans qui me faisait de grosses cuisses ou le pull démodé que ma mère ne voulait pas jeter. En dessous, j'enfilais des sous-vêtements de sport, mon soutien-gorge qui écrasait les seins et ma culotte la moins sexy. Il fallait que j'extirpe de mon âme toute tentation de plaire. Que je me concentre à 100 % sur mon objectif. Ma copine Lucille y voyait un penchant pour l'automortification. Je lui disais que je voulais me sentir confortable. C'était ma manière de conjurer le sort.

Dix ans après, une étude scientifique a montré que, sans le savoir, j'avais raison. Deux psychologues américains, Barbara Frederickson, de l'université du Michigan, et Tomi-Ann Roberts du Colorado, ont prouvé que le bikini nuisait à l'activité intellectuelle du beau sexe. En clair : quand une femme s'habille normalement (pour prendre le métro, éplucher des pommes de terre ou faire une présentation Power-Point chez Lazard), elle peut, en trois minutes, résoudre une équation à deux inconnues ou un problème de robinets. Mais après avoir enfilé un deux-pièces et être passée devant une glace, elle n'y arrive plus. Les exercices si évidents tout à l'heure deviennent soudain himalayens. Les chercheuses ont testé quarante-deux étudiantes, et les résultats sont formels : en petite tenue, les femmes ont plus de mal à se concentrer sur des sujets qui font appel à l'intellect.

Pour faire bonne mesure, elles ont aussi étudié quarante hommes. Et pour eux, pas de problème ! En slip de bain, le mâle demeure aussi lucide et perspicace qu'en costume trois pièces Armani. Quelle injustice ! Saint Thomas d'Aquin, pour qui la femme était « un être chétif et défectueux », avait-il donc raison de nous prendre pour des sous-hommes ? Non, Dieu merci, les chercheuses avancent une explication qui sauve notre ego : les femmes ont une conscience plus aiguë de leur corps et de ses défauts éventuels que les hommes. Ce qu'elles voient dans le miroir ne les satisfait pas. Donc elles complexent, perturbant ainsi le bon fonctionnement de leur intellect. Les hommes, eux, se moquent bien de leurs biceps en guimauve ou des barres de chocolat ramolli qui leur tiennent lieu d'abdominaux. Non qu'ils soient moins sensibles au regard des autres, mais la publicité ou les médias les poussent moins à culpabiliser lorsqu'ils se laissent aller. Le maillot de bain ne leur vide pas la tête. Du moins, quand ce sont eux qui le portent, car j'aimerais que quelqu'un étudie la capacité de concentration de l'homme moyen face à une pin-up en bikini. Je parierais qu'une femme perd moins ses moyens devant un Chippendale.

Avec cette histoire, me voilà en retard, mais c'est pour la bonne cause. Avant de partir, je relève quand même mes e-mails. Alicia fixe notre rendez-vous de demain, ma sœur Muriel m'envoie les dernières photos de mon filleul (Florent, seize mois, craquant)... Ma sœur et moi n'avons jamais été inséparables (avec ses sept années d'aînesse, elle se prenait trop pour l'instit de service), mais c'est une fille bien. Elle a accumulé les diplômes, trouvé un superjob à l'Unesco, puis elle a tout balancé pour épouser un entrepreneur en travaux publics qui l'a installée dans une villa de Saint-Germain-en-Laye et lui a fait trois gosses en quatre ans (elle a eu le quatrième, Florent, à trente-neuf ans, histoire de ne pas avoir de regrets). Bien sûr, elle ne sort pas beaucoup, mis à part pour la fête de l'école. Mais pas besoin d'avoir fait psycho pour comprendre qu'elle est heureuse comme ça. Il y a même des jours où j'envie son petit bonheur de banlieue. Elle a moins de cellulite que moi malgré ses grossesses et son aversion pour le sport. Elle n'a pas besoin de laisser des paquets de préservatifs se périmer dans le tiroir de sa table de nuit. Et surtout, elle ne se demande pas si elle reviendra en deuxième semaine chaque fois qu'elle rencontre un mec.

Au milieu de la liste, deux messages de Jérôme D. Finissant par suivre l'exemple d'Alicia, je l'ai rencontré sur un *chat* de Yahoo ! il y a un mois, on a sympathisé, on est allés dans un *chatroom* privé, avant d'échanger finalement nos e-mails perso. Nous ne sommes pas au stade du rendez-vous physique (il me faut trois mois de correspondance minimum pour « debugger »). Mais en tout cas, après des semaines de conversations affligeantes avec des don Juan en charentaises (« normal, se prendre une taule sur Internet est moins mortifiant qu'à la terrasse d'un café », explique William), j'ai l'impression d'avoir trouvé la perle rare : un internaute qui parvient à maintenir le niveau du débat au-dessus de la ceinture. Un type pour qui les mots qui dépassent six lettres ne sont pas forcément des grossièretés. Il ne jure que par Giacometti (à la première place de mon panthéon des sculpteurs) et Artus-Bertrand (en pole position de mes photographes préférés), donc il ne peut être foncièrement mauvais.

Son premier mail du jour est un hymne à la gloire de Mathieu Kassovitz. Je lis une ligne sur deux. Tout ça m'a l'air bien vu. Son second message est plus laconique, il raconte son samedi soir. Il est allé au remariage de sa belle-sœur. Sa conclusion me saute au visage : « Le mariage est aux couples ce que la nostalgie est au lapin domestique. » Je fronce le sourcil. C'est la deuxième fois qu'il se laisse aller à ce genre de blague. Il y a quinze jours, déjà, il avait écrit : « Les belles histoires finissent toujours mal : soit on se sépare, soit on se marie. » J'ai gardé ce mail en guise de pièce à conviction, avec celui qui disait : « Moi, je ne regarde la télé que dans le lit des autres. » Cela fait trois mauvais points. Je crois que je lui répondrai plus tard. Si je lui réponds. D'ailleurs, j'ai déjà lu cette analyse sur Kassovitz quelque part. Dans le dernier numéro de *Première*, peut-être ? Ou dans *Synopsis* ?

J'ouvre sur un autre mail, envoyé par Aristote. C'est le pseudo d'un de mes correspondants réguliers qui a fini, après trois mois de dialogue décousu, par m'avouer qu'il s'appelait Gaston Bouton (ça ne s'invente pas), et qu'il était petit, chauve et chômeur. Pour le consoler, je lui ai servi les banalités habituelles – que Johnny aussi était affublé d'un nom difficile à porter, que Napoléon était petit, que Barthez était un goal fantastique, et que le chômage n'était pas une fatalité. Il m'a répondu : « OK, mais si Barthez avait été PETIT, Johnny CHAUVE, et Napoléon affublé d'un nom RIDICULE, tu crois qu'ils auraient un bon job aujourd'hui ? »

Il n'avait pas tort. *Eva* venait de publier l'enquête d'un universitaire allemand, le professeur Tischer : il a demandé à six personnes d'envoyer leur candidature à quatre-vingt-dix-huit chasseurs de têtes, une première fois avec leurs vraies photos, la seconde avec des photos retouchées où ils n'avaient quasiment pas de cheveux. Soit mille cent soixante-seize candidatures en tout. Résultat : 41 % de candidats chevelus ont été retenus, contre 27 % pour les dégarnis. Ces derniers ont presque deux fois moins de chances de trouver un job, c'est un fait objectif. J'ai donc conseillé à Gaston de s'acheter une moumoute.

Aussitôt, le nain chauve a cessé de m'écrire. Je l'ai cru irrémédiablement fâché. C'était ma première cyber-querelle. Mais voilà qu'il revient à la charge : la perruque a changé sa vie. Il a trouvé un job de représentant en produits capillaires, il pratique l'équitation le week-end, et vient de se fiancer avec une femme-jockey plus petite que lui. Il m'invite à son mariage en tant que membre bienfaiteur.

Bon, cette fois, je suis en retard de chez en retard. Je vais prendre le métro. Je déteste le métro le matin (et le soir encore plus). Être obligée de me battre pour un strapontin de skaï avec ces bataillons de non-chômeurs à peine réveillés me déprime pour la journée.

J'arrive au bureau en plein psychodrame. Le service pub, qui ne sait pas ce qu'il veut, a besoin de deux pages supplémentaires dans le numéro qu'on est en train de boucler : il va falloir « casser » un article qui commençait sur une double page, et le répartir sur deux simples. Claudine est furieuse. Je lui propose de sacrifier le reportage sur les marieuses au Maroc : il n'est pas très bon, et aucune des photos n'est assez spectaculaire pour mériter de s'étaler sur une double. Quelqu'un frappe à la porte au moment où elle se décide à demander au directeur artistique de recommencer le travail. Simon Destouches entre dans le bureau. Claudine se redresse :

— Voilà notre tortionnaire...

Sa voix est tout miel. Elle minaude. Le week-end prochain, elle part en week-end aux Arcs avec le service publicité. Je salue Simon et m'apprête à sortir.

— Vous pouvez rester, Marianne, me dit-il avec un sourire à faire défaillir un quarteron de contractuelles.

Dommage que je ne sois pas chef. Ou que je n'aie pas le physique pour travailler dans la pub. J'aurais sûrement adoré les week-ends au ski avec Simon Destouches et ses clones. Ils appellent ça des corvées parce qu'ils doivent s'occuper de leurs invités, des annonceurs ou des agences de pub, mais ils reviennent tout bronzés, l'œil illuminé par le soleil et le grand air. Je quitte la pièce pour ne pas voir Claudine minauder. De toute façon, dans ce milieu, la sincérité est aussi courante qu'un crocodile dans le Larzac.

Je me réfugie dans mon bureau, séparé de celui de ma chef par une simple cloison en verre. J'essaie de ne pas regarder de leur côté. Combien de temps va-t-elle le garder chez elle pour un détail, alors que la solution coule de source, et que les maquettistes attendent qu'elle lâche des copies ? Je me tourne vers mon ordinateur et je m'efforce de ne pas me laisser perturber. Plus que deux heures avant le rendez-vous avec Gonzague. Et il faut que je travaille l'article d'Annabelle, la spécialiste du maquillage. Ensuite je dois réécrire le papier destiné aux hommes (il y en a un dans chaque numéro, baptisé « Réservé aux mecs », et ce n'est pas le moins lu ; ce mois-ci, « comment épouser votre secrétaire »). Aurais-je autant de mal à me concentrer si j'étais en combinaison de ski ?

À peine sorti du bureau de Claudine, le directeur commercial s'arrête à ma porte. Il s'appuie au chambranle :

— Marianne, je ne vous ai pas encore félicitée pour votre article sur don Juan.

— Merci, cela me fait plaisir...

Voilà que je minaude à mon tour. C'est de sa faute, aussi. Devant un sourire pareil, comment rester impassible ?

— Je suis sincère. C'était magistral. Et il n'y pas que les lectrices qui ont réagi en chaîne. Dans la maison, tout le monde se demande si *Eva* ne devrait pas plus souvent lancer des débats de société, prendre position sur la parité, ou défendre les causes féministes...

Il réussirait à me faire croire que je suis une intello, qu'on ne m'apprécie pas seulement pour mon abattage. Pendant un quart de seconde, je m'imagine en Françoise Giroud du troisième millénaire (n'a-t-elle pas débuté à *Elle* avant de fonder *L'Express* avec je ne sais plus quel homme politique ?). Mais Claudine me sort de mon rêve en frappant de la main sur la cloison de verre. Tandis que je reprends contact avec le sol, Simon lance :

— Et puis, je le disais à Claudine à l'instant : si un jour vous souhaitez nous accompagner aux week-ends annonceurs, vous êtes la bienvenue ! Cette semaine nous allons aux Arcs et...

Je ne le laisse pas terminer.

— Merci, mais je suis déjà mobilisée samedi soir, mes parents fêtent leurs quarante ans de mariage, je ne peux pas leur faire faux bond.

C'est vrai. Je n'ai pas le choix. Il prend un air déçu (les commerciaux savent très bien faire ça).

— Je comprends. Nous en organisons un autre dans deux mois, en Afrique du Sud. Si ça vous dit...

Je lui promets que je réserve le créneau. Il y a cinq minutes, je mourais d'envie d'être du voyage. Maintenant, les obstacles me paraissent insurmontables. Nous ne sommes pas du même monde. Je ne survivrais pas dans sa confrérie de bobos (tous ces « bourgeois-bohémiens » fortunés, écolo et branchés, avec leurs pin-up aux jambes interminables et aux cheveux lisses comme les hôtesses du *Juste prix*). Chez eux, on reconnaît une fille *trendy* à ce qu'elle paie son short en coton jaune cinq cents euros chez Prada au lieu de l'acheter au Prisu en même temps que son dentifrice. Dans ce monde-là, arborer une combinaison de ski rouge – la couleur de l'hiver dernier – suffit à vous ridiculiser. Et je n'en ai pas d'autre.

Simon s'éloigne. J'ouvre le fichier que je n'avais pas eu le courage d'attaquer hier soir : « Comment se maquiller lorsqu'on a été plaquée ».

Pourtant, ça me va bien. À se demander si Annabelle ne l'a pas écrit pour moi. Je commence par le chapeau, le petit résumé placé sous le titre :

« Quand une histoire se termine, on pleure avec retenue, à condition de porter un mascara waterproof. Puis on repart au combat. »

Les hommes qui vont lire ça n'auront plus jamais de scrupules à nous en faire voir de toutes les couleurs ! Pleurer avec retenue... et pourquoi pas se suicider avec précaution ?

« La belle histoire s'achève et vous avez le cœur brisé. Ne cherchez pas à vous venger, vous avez mieux à faire : sauver la face. La cosmétique regorge de bons et beaux produits pour vous remonter le moral. »

Suit la description des sels relaxants de Yardley, de l'Eau de soin qui chasse le blues (Lancôme), et des tisanes « on se calme » d'Origin's. C'est ensuite que ça se gâte, lorsqu'on entre dans les conseils d'utilisation : « Pleurer, ça fait du bien, à condition de porter un mascara antiblues. Et de réparer ensuite les dégâts avec des patch pour les yeux. »

Moralité : toujours prévoir, lorsqu'on envisage un plan flirt, qu'on peut en sortir en pleurant. Problème : j'ai déjà dans mon sac un collant de rechange, des kleenex, des tampons et des protège-slips, un tube d'aspirines, des pastilles pour la toux et pour l'estomac, une brosse à cheveux et une trousse de maquillage, où vais-je caser les patch pour les yeux ?

Avant-dernier conseil d'Annabelle, une pro des ruptures visiblement, « méditer sur l'échec de la relation en inspirant Zen » (le parfum de Shiseido qui rend philosophe).

Mais le plus saugrenu de l'article arrive en conclusion, sous le paragraphe : « éviter de se consoler dans des orgies de chocolat ». Et pourquoi ? Le chocolat noir ne fait pas grossir, tout le monde sait ça. Alors ? Annabelle voulait seulement caser une autre série de miniconseils et, je le crains, une nouvelle série de marques (des produits de régime qui ont dû lui offrir des repas chez Apicius pour rentrer dans ses bonnes grâces). Elle abuse. Un nouveau rappel à l'ordre s'impose.

La dernière fois que je lui ai remonté les bretelles à ce sujet, elle m'a prise au mot et renvoyé dans l'heure une version épurée de sa chronique. Six cents caractères au lieu des mille cinq cents demandés, dans le genre : « L'amour est magique : il donne bonne mine, on a les yeux qui brillent, les joues roses et on attire les regards comme un aimant. Autant d'économies en crèmes de soin, en masques coup d'éclat, en blush et autres cosmétiques ! Sans compter qu'à force de penser à lui toute la journée et de le dévorer des yeux pendant les repas, on perd l'appétit : plus besoin de crèmes minceur et de gélules coupe-faim ! Mais êtes-vous sûre de vos baisers ? Pour lui offrir en toutes circonstances un souffle pur et une haleine fraîche, trois brossages quotidiens suffisent, car 85 % des odeurs gênantes sont d'origine buccale. »

Il avait fallu trouver une illustration d'une demi-page pour compenser le trop petit volume de texte. Et encore, j'avais rajouté toutes les solutions qui permettent, le soir du jour de l'an à minuit, que votre haleine ne redevienne pas citrouille (des astuces exposées lors d'un précédent numéro d'*Eva*) : les sprays, la cardamome, les grains de café, les gélules anti-ail, les perles de fraîcheur antitabac, le gratte-langue et la solution buccale.

La semaine suivante, elle avait déjà repris du poil de la bête. « Avez-vous pensé à vos mains ? C'est l'un des premiers éléments de votre corps qu'il va toucher. Alors haro sur les paumes desséchées et les ongles massacrés. Au premier rendez-vous, méfiez-vous quand même des griffes à la Cruella et des vernis trop foncés : certains aiment, mais d'autres risquent de s'enfuir au galop. Dans le doute, optez pour la neutralité : des ongles nets, arrondis, recouverts d'un vernis transparent. Si vous n'avez pas les moyens de vous offrir la manucure ou l'institut, une crème émolliente, une lime, un bâtonnet en buis et une base transparente suffiront. Les Stylos Manucure Express de chez Chose, le crayon émollient pour cuticules de chez Machin, le Kit Soin des ongles de chez Truc... » Suivait une impressionnante liste de produits à vingt ou trente euros l'unité. Je m'apprête à décrocher mon téléphone, un peu contrariée (passer un savon, même à une spécialiste de la toilette, ce n'est pas drôle), quand la sonnerie interrompt mon geste.

— Marianne Toutin ? Bonjour. Philippe Henkel à l'appareil. Je ne vous dérange pas ?

La voix est masculine, grave, « presque rauque », dirait un roman de gare. Elle m'a cueillie à froid. Je croyais avoir branché mon répondeur, le geste qui sauve lorsqu'on veut travailler tranquillement.

— C'est-à-dire que...

— Je viens de lire votre article sur don Juan.

Je me rengorge. C'est au moins la trentième personne qui appelle pour me féliciter. Sauf que, pour la première fois, c'est un homme. Je ne compte pas les cent cinquante ou deux cents e-mails que j'ai reçus car, s'il se trouvait quelques représentants du sexe ennemi parmi leurs auteurs, ils étaient très largement minoritaires. Tous, d'ailleurs, étaient pacifiques. Et je jurerais que cette voix-là est belliqueuse.

— Je n'irai pas par quatre chemins. Vous faites fausse route. Votre démonstration ne tient pas debout.

Je fronce les sourcils, dommage qu'il ne le ne voie pas. Il paraît que le sourire s'entend au téléphone : mon regard noir doit s'entendre aussi.

— Pourquoi êtes-vous aussi catégorique ?

— Ce serait trop long par téléphone. Puis-je vous inviter à déjeuner ?

Je devrais refuser : ce type est dérangé, à en juger par sa manière d'aborder les gens. Mais j'hésite. Un éditeur m'a proposé de développer ma thèse pour en faire un bouquin, et je lui ai dit que je réfléchirais. Si je me lance dans l'aventure, je vais avoir besoin de contre-arguments, la discussion avec un opposant ne peut être qu'enrichissante. Et puis, dans un restaurant, en plein jour, où est le risque ?

— Quand ?

— Quand vous voulez. J'annulerai mes autres engagements si nécessaire.

Il dirige une société de services informatiques, et il est totalement maître de son emploi du temps. Je lui propose le jeudi suivant, au Fouquet's. Il a les moyens, et pour moi c'est le plus pratique, juste en bas de l'immeuble.

Je mets un peu de temps à me replonger dans l'article d'Annabelle. Je l'appellerai plus tard. Oh, et puis zut : je prends mon coupe-coupe sans lui demander son avis.

« Pour freiner vos pulsions sucrées, rappelez-vous le prix d'une liposuccion (15 000 F minimum chez Cendrel ou Verloppe), d'une séance de Cellu M6 (250 F, à multiplier par 15 ou 30, chez les mêmes), sans parler du coût moral d'un régime ».

J'enlève toutes les marques entre parenthèses. J'hésite à supprimer aussi l'allusion au régime : une bonne diète, ça fait diversion. Après avoir pris bêtement cinq kilos en un mois, l'énergie qu'il vous faut déployer pour les perdre mobilise toute l'imagination. Voilà ce qu'il me faudrait : hier soir, je me suis pesée en rentrant du travail, et j'étais à soixante et un kilos. Soit deux kilos au-dessus de mon poids idéal. Pourtant, c'était avant le dîner, le moment de la journée où je pèse le moins lourd. Pour faire bonne mesure, j'avais même enlevé ma montre, mon collier et ma barrette dans les cheveux.

« Si la méthode Coué ne marche pas, essayez un complément alimentaire à base de sérotonine qui régule l'humeur (Dermo, Boirol). Le sport peut constituer aussi un dérivatif efficace (pensez au Gym Club). »

Cela me rappelle mes orgies de footing après la séparation avec Lucas, mon petit ami de vingt-quatre à vingt-sept ans, juste avant le prof de maths (mes histoires marchent souvent par périodes de trois ans, comme pour les jobs : la première année on découvre, la deuxième on maîtrise, la troisième on s'ennuie). Je l'avais rencontré en Centrafrique ; nous faisions partie d'un groupe de volontaires de la Croix-Rouge qui occupaient leur mois d'août à installer une pompe dans un village perdu – autrement dit, à assécher la mer de la détresse humaine avec une paille. Le soir, on se remontait le moral mutuellement dans nos tentes. À peine rentrés à Paris, il m'avait appris à courir. Le dimanche matin, quand on parcourait les allées du bois de Boulogne, on croisait toujours plein de grands garçons sains, avec de belles foulées et des cheveux au carré. Je ne me suis donc pas laissé abattre le jour où il m'a quittée pour une championne du 10 000 mètres rencontrée au marathon de New York. Je suis retournée toute seule dans le vivier en espérant y trouver chaussure à mon pied (et à coussin d'air). Mais j'ai eu beau arpenter des week-ends entiers les allées du bois, croiser des centaines de sportifs, aucun beau gosse ne m'a jamais adressé la parole. Même lorsque j'ai fait semblant de m'être foulé la cheville. Il n'y a pas d'occupation plus égoïste que le footing.

De guerre lasse, j'ai fini par en aborder un. Tant qu'à faire, je l'ai choisi sur mesure, le visage d'Antonio Banderas sur le corps de Schwarzenegger. C'était un stakhanoviste solitaire, que j'ai surpris en fin de course, sans lui laisser le temps de reprendre son souffle. Mauvaise pioche : je n'ai pas réussi à lui arracher deux phrases. J'ai bien vu que son regard se troublait quand, au moment où j'ai retiré mon sweat-shirt, mon tee-shirt est venu en même temps, découvrant quelques centimètres de peau au-dessus de mon nombril. Mais il n'était pas de ceux qui gaspillent leur énergie. Si je l'avais emmené chez moi, il m'aurait sûrement accusée de détournement de sperme le lendemain matin.

« Vous avez renoncé à la Seine (là, j'ajoute : "ou au Rhône", Annabelle oublie toujours les lecteurs de province) et vous préférez vous jeter dans les bras de votre coiffeur (Alexandra, Jean-Jacques Béguin) : sage résolution. Il vous détendra mieux qu'un kiné et vous écoutera mieux qu'un psy. Mais, quoi qu'il vous conseille, attendez d'avoir retrouvé toute votre tête avant d'en changer : n'optez pour une teinture bleue ou ocre jaune qu'après sept semaines de réflexion. De même pour la coupe "court sur le côté-long derrière" des joueurs de foot est-allemands, qui ferait passer la plus jolie fille pour un rat galeux. »

Bon, ce n'est pas le Pulitzer de la chronique, mais pour cette semaine, ça ira. J'aurais pu ajouter quelques expériences de mon cru, car la galerie des horreurs de mon musée personnel en matière de coiffure est bien remplie (même si la plupart remontent à dix ou quinze ans). Difficile de résister, quand on est une jeune fille pas trop belle, pas vraiment folle de sa chevelure, devant la vitrine de rêve du premier coiffeur doué en marketing. Le « visagiste » aux doigts de fée qui vous persuade en trois minutes que ce dont vous avez besoin, c'est d'une bonne coupe asymétrique « pour vous donner de la personnalité ». Ou qu'un léger « décollement de racines » (la bonne vieille permanente) vous affinera le visage. Ou encore qu'une jolie coloration blond cendré rendra leur tonus à vos cheveux abîmés. Ou les trois à la fois. Vous sortez de là un peu étourdie par la chaleur, un peu assommée par le prix, pas trop sûre d'avoir bien fait, vous regardez votre reflet dans les vitrines, et soudain, vous vous reconnaissez : ces cheveux gonflés, cette tête lourde comme du carton-pâte, bon sang, c'est la copine de Sue Ellen ! Ou, pire, Mme Reagan à trente ans.

Il ne manque que les soins des pieds, dans sa chronique sur le lâchage. Elle oublie toujours les pieds. Pourtant, les hommes adorent les jolis pieds roses et souples. Je le dis avec d'autant plus d'objectivité que les miens sont un cas désespéré. Je me suis sabordé les pieds à l'adolescence. À douze ans, je chaussais déjà du 38, et la perspective de devoir demander un jour du 40 dans les magasins me terrorisait. J'ai décidé que cela n'arriverait jamais. Et j'ai souffert le martyre, des années durant, dans des chaussures trop petites. Aujourd'hui, je chausse du trente-neuf et demi, mais j'ai de drôles de bosses rouges sur les phalanges.

Elle a aussi oublié de parler de l'épilation. Je n'ai jamais compris l'attitude des hommes face au système pileux féminin, je voudrais qu'on m'explique. J'ai longtemps cru qu'elle se résumait en une phrase : le plus possible sur le crâne, le moins possible ailleurs (sauf pour les détraqués). Mais Blandine prétend que les hommes les plus virils – son échantillon est sûrement statistique – trouvent excitantes les touffes sous les bras. Et il paraît que depuis quelques mois, il n'y a rien de plus *glamrock*, pour les femmes, que de se laisser pousser les poils. Pendant ce temps, allez comprendre, les hommes font tout pour se les supprimer définitivement.

Le téléphone sonne à nouveau. C'est mon père. Effondré.

— Tu connais la dernière de ta mère ?

— Non, mais tu vas me la raconter...

Ils avaient décidé de s'offrir leurs cadeaux des quarante ans de mariage hier soir. Samedi, ils font la fête avec la famille et les amis, mais la vraie date anniversaire, c'était hier. Maman adore faire les galeries et promouvoir de jeunes artistes « avant-gardistes » ; elle achète constamment des dessins ou des toiles incompréhensibles, les murs de la maison en sont couverts. Papa, lui, apprécie moins : son truc, c'est de passer des heures devant *Le Verrou*, de Fragonard (l'année dernière, je lui ai offert une carte d'ami du Louvre pour qu'il puisse y aller tous les jours sans faire la queue). Mais après quatre décennies de vie commune, ils n'ont plus beaucoup d'imagination pour les présents. En plus, ils n'aiment pas voyager, ce qui limite le champ des possibles. Bref, depuis trois ou quatre ans, à chaque anniversaire commun, elle lui offre un tableau contemporain. La semaine dernière, il m'avait dit sans rire :

— C'est bien simple, si elle m'offre encore une de ces œuvres bidon, je n'ouvre pas le paquet.

Mais hier soir, à la fin du repas, elle lui a tendu triomphalement un grand paquet carré et plat. Il a failli le lui jeter à la figure. Sans l'ouvrir, il l'a laissé sur la table, et il est parti fumer dans le garage. Maman a mis du temps à comprendre. Depuis, ils se font la gueule. Ce matin, au petit déjeuner, elle avait posé le tableau déballé sur la table basse du salon et le contemplait :

— Tu as tort de ne pas regarder ; moi je le trouve très beau. D'autant que j'ai pensé à toi : ce n'est pas de l'abstrait, pour une fois.

Papa s'est approché au prix d'un effort surhumain. Le tableau représentait un vieillard assis sur un rondin de bois. Il avait un béret sur la tête, une canne grossièrement taillée entre ses mains noueuses, un regard vague et un drôle de rictus sur le visage. L'œuvre était titrée : *L'Idiot du village*. Papa a failli s'étrangler. Il est convaincu que c'est un message. Pas forcément conscient, mais un message quand même.

— Ta mère me prend pour un con.

Papa est philosophe. Pourtant, il va falloir que je recolle les morceaux. Maman applique à la lettre l'adage selon lequel on a plus de plaisir à donner qu'à recevoir. Elle offre des cadeaux qui lui plaisent à elle.

Je crois qu'elle pense ainsi limiter les risques d'erreur. L'année dernière, elle m'avait offert une paire de boucles d'oreilles en or avec des perles. Je déteste les boucles d'oreilles mais j'ai les oreilles percées et elle trouve dommage de ne pas utiliser cet atout. Je lui ai reproché gentiment de ne pas avoir choisi la veste que j'avais essayée avec elle chez Nathalie Garçon, une redingote violette qui m'amincissait, et que j'avais abandonnée à regret pour m'éviter l'interdiction définitive de chéquier. Mais elle a répondu :

— Oui, mais ça ne m'aurait pas fait plaisir, de t'offrir ça. Tu sais bien que je déteste le violet.

Ma mère ne changera jamais.

CHAPITRE 5

Mes vieux instincts romantiques ataviques se sont réveillés. On a beau les enfermer au fond de soi, les écraser comme une bouteille d'Évian recyclable, ils surgissent toujours au moment où on les attend le moins.

Je me croyais pourtant guérie. Génétiquement modifiée par mes déboires antérieurs. Depuis l'adolescence, ma vie sentimentale a trop ressemblé à l'apprentissage de la planche à voile : quatre ou cinq départs réussis, quelques bons moments le vent dans le dos, le reste du temps à l'eau. C'est pourquoi j'ai laissé tomber la planche. Pour l'amour, j'hésite encore.

Chaque fois que le téléphone sonne, je décroche en espérant que c'est don Juan. Mais ce n'est jamais lui. J'en veux pourtant à ceux qui monopolisent la ligne alors qu'il pourrait m'appeler. C'est d'autant plus étonnant que je ne suis pas amoureuse de lui (bien que mon horoscope prétende le contraire). Une femme du XXIe siècle, bien dans sa peau et normalement constituée, ne peut pas aimer un homme du XIXe aussi ouvertement misogyne. Je le connais depuis cinq semaines, on a déjeuné ensemble dix ou douze fois, et je ne suis pas encore certaine de le comprendre.

La première fois que je l'ai vu, je n'en suis pas revenue.

La réceptionniste me prévient qu'un M. Henkel m'attend à l'accueil, et sur le coup, je ne réagis pas : ce nom m'est inconnu. Puis je me souviens d'avoir accepté de déjeuner avec le lecteur bizarre qui m'avait téléphoné la semaine précédente. Ne devait-on pas se retrouver en face, au Fouquet's ? Je descends à l'accueil : personne. La standardiste m'indique que mon visiteur m'attend dehors. Une petite Triumph décapotable est garée le long du trottoir, en face de la porte. Un type est négligemment appuyé sur la portière. Il s'avance vers moi, et je n'en reviens pas : c'est Richard Gere. Enfin, pas tout à fait, il est plus grand, plus blond, et un peu plus jeune que mon acteur fétiche : ses tempes ne grisonnent pas et ses rides sont à peine marquées. Il doit bien avoir quarante-cinq ans, mais il ressemble à ces jeunes premiers transformés à coups de maquillage pour jouer le rôle du père après avoir tenu celui du fils.

— Mon nom est Philippe Henkel. Vous me pardonnez si l'on évite les tables bondées du Fouquet's ?

Il s'avance vers moi, la main tendue, tout sourires. Il n'a pas la démarche du beau Richard dans Lancelot du Lac – quand il roule les hanches comme un loubard de banlieue, les jambes en arceau. J'ai la bouche sèche. Je me pince la cuisse tandis qu'il m'ouvre la porte. L'idée du piège qui se referme m'effleure au moment où il la claque derrière moi, mais je l'évacue illico : tout cela ressemble davantage à Pretty Woman qu'à Barbe-Bleue. Je repousse de toutes mes forces l'idée qu'il y a un bug, que je ne suis pas Julia Roberts. Henkel démarre en devisant sur son incapacité à s'adapter à la capitale, où il habite pourtant depuis vingt-cinq ans.

— Vous ne voyez aucun inconvénient à ce que nous allions au parc de Saint-Cloud ?

Mon horoscope était formel ce matin : « Méfiez-vous du froid. Vous pourriez attraper un rhume ou une angine. » Mais la météo s'est trompée aussi.

— Avec un temps pareil, ce serait dommage de s'enfermer...

Je ne vais dire que des banalités, je le sens. J'en profère un certain nombre, en réponse aux siennes d'ailleurs. Heureusement, la plupart se perdent dans le bruit du trafic. On traverse Paris comme dans un film de Sagan : cheveux au vent, sourire Colgate, lunettes de soleil en serre-tête. Dans la Triumph, quand nous passons près de l'Arc du même nom, il se forme un cercle de sécurité autour de nous, ce qui nous évite d'être écrasés par les Espace et les 4 x 4. Au ras du sol, les vapeurs des pots d'échappement noircissent la peau aussi sûrement qu'une séance d'UV. Dans quelle catégorie nous rangent ceux qui nous montrent du doigt : « jeunesse dorée », ou « vieux beaux » ? En tout cas, c'est amusant.

À l'entrée du parc, un SDF d'âge canonique, appuyé sur un chariot Auchan, fait le pied de grue devant le cabanon d'entrée. Henkel ne cille pas. Je sors un euro de ma poche, ce qui ne suffit pas à faire taire ma culpabilité. J'en rajoute un second, ce qui n'arrange rien, et je les tends au pauvre vieux. J'ai calculé qu'à raison de trois ou quatre euros par jour ouvrable (les jours où je prends le métro, je monte à six ou sept), je consacre neuf cents euros par an à mon prochain, ce qui ne va pas très loin. Si j'étais riche à millions, j'adorerais jeter mille euros de temps en temps dans la sébile d'un accordéoniste ou d'un unijambiste, rien que pour voir sa tête (bien sûr, j'éviterais les alcooliques qui vont tout boire sur-le-champ et les Yougoslaves qui mendient en bandes organisées). Je sais bien que donner aux pauvres de cette manière-là n'est pas intelligent. « Ça les encourage à ne pas travailler », disent les radins du 16e, mais personne ne peut nier que ces pièces sont plus utiles dans leur poche que dans la mienne. À quatre ans, quand on me demandait ce que je voulais faire plus tard, je répondais « père Noël ». Cela m'a passé, mais parfois j'ai peur de ressembler à ma mère : n'est-ce pas d'abord à moi que je fais plaisir lorsque je donne ?

À la Grande Gerbe, le garçon (une fille, en l'occurrence) nous installe dès notre arrivée au bord de la baie vitrée, à la meilleure place. Elle a dû apercevoir la décapotable. Henkel attend qu'elle nous ait servi le champagne pour passer aux choses sérieuses. D'un seul coup, son regard devient dur, ses yeux se plissent et semblent rentrer dans leurs orbites.

— Je peux être franc avec vous ?

— Sauriez-vous faire autrement ?

Sourire fugitif.

— Votre article était totalement à côté de la plaque.

Je m'y attendais, mais l'entrée en matière est brutale. Envolées, les paroles légères et les regards en coin dont il m'a gratifiée pendant toute la traversée de Paris. On a changé de registre. Je recule sur mon siège.

— Qu'est-ce qui vous a déplu ? L'idée que don Juan n'existe plus, ou la manière dont je l'ai démontré ?

— Les deux. Vous n'avez rien démontré du tout. Le don-juanisme est dans la nature de l'homme. Le mâle est chasseur : c'est une donnée génétique.

Il assène ses horreurs tranquillement et me sert, à peine édulcorée, la vieille thèse darwiniste selon laquelle les femmes, faibles, passives et sédentaires, sont ravies de consacrer leur vie à bâtir un nid pour des mâles papillonnants. Des mâles d'avance excusés pour leur inconduite puisqu'elle est inscrite dans leurs chromosomes. Je change de terrain pour éviter de répondre.

— Savez-vous qu'au Japon les femmes achètent des aérosols pour savoir si leur époux est un don Juan ? Il suffit de passer le spray sur le slip du mari volage, avant de le mettre à la machine. Toute trace de liquide séminal, si infime soit-elle, vire au vert pomme.

— L'infidélité masculine est inscrite dans les gènes, répète-t-il, imperturbable.

Il ne peut pas être sérieux. Il cherche à me faire sortir de mes gonds. Pourtant je ne décèle pas la moindre trace de malice dans son regard ni de provocation dans sa voix. Il continue en me regardant droit dans les yeux (les siens sont bleu dur) :

— L'homme est programmé pour féconder le plus grand nombre d'ovules possible afin d'assurer massivement la reproduction de l'espèce. Son instinct sexuel est donc plus développé que celui de la femme qui, elle, ne peut faire qu'un enfant – ou une portée d'enfants – à la fois. Un seul père lui suffit pour transmettre ses gènes de façon certaine.

— Autrement dit, elle n'a pas de raison de courir après tous les mâles qui passent !

— Exactement. Une fois l'œuf fécondé, c'est d'elle que dépend la survie de l'espèce : elle essaie donc tout naturellement de garder le père auprès du nid afin qu'il l'aide à nourrir et protéger sa descendance. L'invention de l'amour romantique, à la fin du Moyen Âge, était déjà une manifestation du lobby féminin.

Navrant. Affligeant. Et pitoyable (là, je parle de moi). Car je suis K-O debout, incapable de lutter contre ces stupides certitudes. Seul un discours féministe bien caricatural pourrait battre en brèche ce ramassis de manichéisme. Mais j'ai toujours jugé les thèses féministes exagérées et de mauvaise foi. Comment pourrais-je les endosser sans me renier moi-même ?

C'est mon problème dans tous les débats, qu'il s'agisse de l'interdiction du ramassage des poubelles dans mon quartier ou des écarts de l'ex-président Bill Clinton : j'ai un sens maladif de la nuance. Je ne peux m'empêcher d'entendre les arguments des deux parties, et de me mettre à la place de ceux qui les expriment. Or, comme chacun sait, il ne faut pas expliquer les assassins, sinon on ne les condamne jamais. Le rôle que j'assume le plus naturellement, dans les discussions, c'est celui de médiateur.

Je tente quand même une riposte, au nom du genre humain.

— Il y a longtemps que les comportements animaliers que vous décrivez n'ont plus de sens. Nous ne sommes plus au paléolithique.

— Vous niez les différences biologiques entre les hommes et les femmes ?

— Non. Mais ces différences sont insignifiantes : elles se limitent aux fonctions reproductives. Elles n'expliquent en rien l'inconduite de certains hommes.

— Vous voulez dire : les moins lâches, ceux qui n'essaient pas de dissimuler leur nature ?

Contre ces thèses primitives, je suis incapable d'un raisonnement intellectuel. Tout ce qui me vient à l'esprit, ce sont des contre-exemples : des garçons bien dans leur peau, pour qui « Fidèle » n'est pas seulement une marque de nourriture pour chiens. Des garçons capables de faire la vaisselle après l'amour (avant, même les machos sont prêts à tout).

— Des sous-hommes.

— Je vous en prie ! Des garçons sains, tout simplement.

— Ils vous mentent, ou se mentent à eux-mêmes.

— Mais posez-leur la question !

— Ou ils sont impuissants.

Je devrais l'étrangler. Mais il me fait penser à PPDA interviewant un politicien véreux : son ton détaché fait passer les questions les plus gênantes. Impossible d'élever la voix face à cette tranquillité, cette absence totale de gêne. Il faut répondre aussi calmement. Sinon, on passe pour un dangereux excité.

— Les différences biologiques ne sont pas insignifiantes, reprend-il. Nous sommes séparés par l'abîme que constituent nos systèmes neuronaux, nos métabolismes, nos fonctions dans l'évolution.

Impossible de nier l'influence que des siècles de joug exercent aujourd'hui encore sur les comportements féminins. Mais la nature profonde des femmes est-elle pour autant différente de celle des hommes ? Je me garde d'exprimer cette pensée : l'expression « nature profonde » est dangereuse, or aucune autre ne me vient à l'esprit. Il en profite :

— Vous connaissez le trentième président des États-Unis, Calvin Coolidge ? Un jour, il visite une ferme modèle, dans le Minnesota, avec sa femme. Elle entre dans le poulailler, où un coq copule frénétiquement avec une petite poule. Poliment, elle demande au fermier combien de fois par jour le coq remplit son office : « Des dizaines de fois », répond le brave homme. L'épouse Coolidge sourit : « Informez-en le Président, s'il vous plaît ». Quelques minutes plus tard, le Président rejoint la basse-cour. On lui apprend les performances du coq. Il se fait préciser : « Toujours avec la même poule ? » Le fermier répond : « Non, une poule différente chaque fois. » Les yeux du Président pétillent : « Informez-en ma femme, voulez-vous... »

Je ne peux m'empêcher de pouffer bêtement. Henkel en tire aussitôt avantage.

— Vous n'y pouvez rien, Marianne : les hommes recherchent la quantité, les femmes la qualité. En réalité, ce sont elles qui choisissent.

— Encore un cliché !

— Un psychologue du Texas l'a vérifié. Il a interrogé dix mille hommes et femmes du monde entier – il y a dix ans, pas dans les années trente – et leurs réponses étaient étonnamment semblables. Les hommes rêvent d'avoir plusieurs partenaires, et ils ne sont pas très exigeants sur les aventures sans lendemain. Les femmes, elles, accordent beaucoup d'importance à la personne avec qui elles font la chose, mais une seule leur suffit si elles en sont satisfaites. Et c'est logique : l'homme veut transmettre ses gènes un maximum de fois, tandis que la femme ne peut le faire qu'une fois l'an, donc préférera le partenaire le plus fiable.

Pense-t-il vraiment ce qu'il dit ? Si c'est le cas, nous vivons à des centaines d'années-lumière l'un de l'autre. Bientôt, il me dira qu'aimer une seule personne est, chez un homme, un manque d'altruisme.

Je change de terrain et le lance sur ses affaires. Il adore ça, comme tous ses semblables. Il retrouve le ton léger de l'homme habitué à réussir. Il dirige une grosse société de services informatiques ; il y a six mois, il a lancé un raid sur son concurrent américain. La taille de son groupe a doublé.

— Le monde, dit-il, s'est bâti autour des rivalités masculines. S'il avait été confié à des femmes, nous aurions connu un monde de paix – mais totalement immobile. Nous serions encore à l'âge des cavernes.

Il revient sans cesse à ses vieux démons.

— Après ce rachat, vous vous considérez comme tiré d'affaire ? Votre fortune est faite ?

— Rien n'est jamais acquis. Mais j'ai franchi une étape importante.

— Vous êtes heureux ?

La question qu'il ne faut jamais poser, surtout à quelqu'un qu'on ne connaît pas. Les gens sont embarrassés et répondent toujours à côté.

— La notion de bonheur n'a pas de sens, dit-il en baissant la tête.

Touché. Son ton est moins péremptoire. J'insiste.

— Qu'est-ce qui vous rend heureux, dans la vie ?

Le serveur apporte le dessert. Henkel a bu presque deux bouteilles de vin à lui seul. Sans compter l'apéritif. Mais j'ai posé la question qu'il ne fallait pas. Il y a un long silence, troublé par les pépiements d'oiseaux qui viennent picorer sur la terrasse du restaurant.

— Vous êtes mariée ? interroge-t-il.

— Non.

— Moi je l'ai été. J'ai divorcé. Ou plutôt ma femme a divorcé. Depuis cinq ans, je ne vois mes filles qu'un week-end sur deux.

Je lui ai demandé ce qui le rend heureux, il me parle de ce qui le rend malheureux. Qu'est-ce qui le fait courir ? Vouloir être célèbre ou gagner de l'argent, c'est un bon moteur jusqu'à trente-cinq ans. Mais après ?

Son regard est triste et j'ai presque envie de lui prendre la main. À la place, je lui demande pourquoi sa femme est partie. Il a un geste évasif, qui signifie : « le jour où quelqu'un comprendra quelque chose aux femmes... ». Pour lui, la loi française lèse les hommes. Pas de chance, il vient d'enfourcher un autre de ses chevaux de bataille.

— Les femmes, dans les pays développés, détiennent un pouvoir absolu : le droit de vie ou de mort sur la famille.

Je fronce les sourcils. Où veut-il en venir ?

— Avec la contraception médicale, vous avez obtenu le monopole de la décision de procréation. Avec l'avortement, le droit d'anéantir une vie qui ne vous appartient pas. Avec la législation sur le divorce, favorable aux femmes dans 80 % des cas, vous exercez seules l'autorité sur les enfants et décidez de leur éducation. Bref, vous pouvez, le plus légalement du monde, priver un père de l'espérance d'enfant, de l'enfant à naître, et de l'enfant né de lui. Et vous ne seriez pas le sexe dominant ?

Cette fois, pas de doute, il est sincère. Mais il ne peut s'empêcher de prononcer la phrase de trop qui me permet de ne pas tomber dans son piège :

— Vous avez même convaincu ces vieux barbons de l'Académie. Il n'y a même plus de filles-mères, seulement des familles monoparentales.

Il a tout faux et je le lui dis : les femmes ont longtemps été des victimes. La plupart le sont toujours.

— Vous voulez un exemple ? En Allemagne, la semaine dernière, une fatwa de la Jauma islamiste du land de Hesse a stipulé que les femmes non accompagnées par leur mari n'avaient le droit de se déplacer que dans un rayon de quatre-vingt-un kilomètres.

— Pourquoi quatre-vingt-un kilomètres ?

— C'est l'équivalent du trajet parcouru par une caravane dans le désert entre le lever et le coucher du soleil...

Regard amusé. Je continue sur ma lancée.

— Il y a sûrement des exceptions, des femmes qui ont profité de la situation, mais en moyenne...

Mes arguments glissent sur lui comme sur les plumes d'un canard. Peut-être devine-t-il que je suis loin d'être convaincue moi-même. J'adore être une femme, et je ne crois pas que mon sexe m'ait empêché de réaliser n'importe lequel de mes rêves. Les seuls moments où je regrette de ne pas avoir de pénis, c'est quand je fais la queue devant les toilettes des dames.

Et si je le provoquais ? Il suffit d'abonder dans son sens : oui, ce sont bien les femmes qui détiennent le pouvoir. Et pas seulement sur les enfants des hommes. L'homme ne sert plus à rien. Toutes les choses qu'il faisait et qui fascinaient ma grand-mère, nous savons les faire nous-mêmes aujourd'hui : conduire un avion, monter une armoire, diriger cinq cents personnes ou goûter les vins. On n'a même plus besoin d'eux pour faire des enfants.

Pourtant je me tais. Je ne pense rien de tout cela. Ils sont tellement pratiques, les hommes, pour ouvrir les bocaux, tuer les araignées, initialiser les ordinateurs, soulever des caisses... ou vérifier son pouvoir de séduction. Car on a beau dire qu'on s'habille pour soi, on ne met pas la même robe lorsqu'on déjeune avec une copine de bureau et avec Gonzague de Berlier (ou même avec un vieux barbon cacochyme). Les hommes ne sont plus qu'un accessoire, soit. Mais un accessoire essentiel.

Cela me donne une idée dont je ne vois pas, au premier abord, la vanité : et si j'exhumais le *Deuxième Sexe* ? Si j'en faisais un feuilleton dans *Eva* pour montrer que rien n'a changé depuis un demi-siècle ? Ou au contraire, que tout a changé (je ne sais plus bien) ? Je lui demande :

— Y a-t-il des femmes que vous admiriez ?

— Bien sûr. Jeanne d'Arc, par exemple.

— Plus récent, vous n'avez pas ?

Trop tard, il en a profité pour changer de sujet. Il a vu récemment au cinéma un Jeanne d'Arc 100 % américain, avec Lee Lee Sobieski. Pendant deux heures, elle prend des airs pincés et roule des yeux de chien battu pour ressembler à la sainte des manuels de sixième. C'est fatigant. En plus, le réalisateur prend des libertés avec l'Histoire.

— Dans la version américaine, explique-t-il, la vocation et le traumatisme de Jeanne naissent de la mort de son frère sur le bûcher. Dans la version de Luc Besson, c'est le viol *post mortem* de sa sœur qui sert de déclencheur.

De toute façon, il déteste les deux.

— Je suis quand même resté jusqu'à la fin, pour voir s'ils étaient capables de nous coller une *happy end*.

Une vendeuse de roses, un panier de fermière sur le bras, passe entre les tables. Elle a vingt ans à peine, le visage très pâle, de longs cheveux noirs et lisses. Sa peau est si tendue sur ses pommettes qu'elle pourrait se fissurer. Encore une sollicitation à laquelle il faudrait ne pas céder. Mais Henkel a vu mon regard. Il attrape une rose, donne dix euros à la jeune fille, et me tend la fleur avec un sourire ironique :

— Pour faire taire votre complexe de mère Teresa.

À la fin du repas, quand Henkel me raccompagne au bureau, j'ai une boule dans la gorge – inexplicable. Je trouve cet homme détestable, mais quelque chose m'empêche de le détester. J'ai envie de le revoir, et je crains que ce ne soit lui qui n'en ait plus envie. Il doit juger que je manque de répondant. Pourtant, au moment où je descends de la voiture, il me rappelle :

— Marianne ?

Dans son coupé décapotable, avec l'avenue George-V en arrière-plan, on croirait une photo de *Gala*. Si cet homme-là n'est pas le HIC, j'en perds mon latin. Je me répète : « Il y a un bug, il ne peut pas s'intéresser à moi... »

— Marianne ? répète-t-il.

— Oui ?

— Je vous prouverai que don Juan existe.

Je pars en oubliant de fermer la porte, les oreilles bourdonnantes, telle une blairotte de première classe (se peut-il que je ressente déjà les premiers symptômes amoureux ?)

Une demi-heure plus tard, il m'appelait pour fixer une autre date de déjeuner, comme s'il ne s'était rien passé. J'étais plongée dans le *Who's Who in France*, en train d'éplucher sa notice. À vrai dire, je n'y ai pas appris grand-chose, sinon la liste des sociétés qu'il a rachetées, sa date de naissance (le 28 janvier 1956 à Nice) et le nom de son ex-femme : Bérénice. De toute façon, le *Who's Who* ne livre pas les bonnes informations. Près des noms des heureux élus, il faudrait ajouter des pictogrammes : un verre à pied pour les alcooliques mondains, un tablier pour les francs-maçons, un lit (ou deux, trois...) pour les coureurs de jupons, etc. Voilà qui serait plus utile que la liste des diplômes ou des ouvrages que personne ne lira jamais.

Lors de notre deuxième rencontre, Henkel est arrivé en Porsche noire. Et il en a remis une couche sur les théories évolutionnistes. Cette fois, c'est une minuscule araignée descendant du plafonnier qui a mis le feu aux poudres. Je venais de m'installer dans la voiture, elle se trouvait à la hauteur de mon visage. Je suis ressortie en me retenant de hurler.

— Pouvez-vous tuer l'araignée accrochée au pare-soleil, s'il vous plaît ?

Il a souri sans rien dire. Nous revenions sur son terrain. Sans attendre son commentaire, j'ai pris les devants, tout en vérifiant du coin de l'œil qu'il s'occupait vraiment de la bestiole.

— Les femmes ont peur des araignées, je sais, ai-je soupiré.

Il a levé un sourcil en saisissant délicatement l'insecte entre le pouce et l'index :

— Pas seulement les femmes.

Là, j'ai été prise au dépourvu. Le cow-boy était-il fatigué ?

— Les hommes masquent mieux leur peur, mais eux aussi craignent les araignées. Beaucoup de nos émotions sont des vestiges de l'âge de pierre. Pour le chasseur, les araignées ont longtemps constitué une menace quotidienne, et il les évitait instinctivement. Même si aujourd'hui, en Europe, toutes les espèces d'araignées sont inoffensives, ce sentiment est gravé dans notre cerveau depuis la nuit des temps.

J'ai failli m'y laisser prendre, avant de me morigéner intérieurement. Les thèses évolutionnistes sont au féminisme ce que le révisionnisme est aux camps de concentration. Admettre qu'elles ont raison pour la peur des araignées, c'est mettre le doigt dans l'engrenage. Henkel a profité de mon silence pour pousser son avantage.

— Nos attitudes sexuelles d'aujourd'hui sont régies par les expériences de nos ancêtres de l'âge de pierre. Les hommes des tribus étaient obsédés par les rapports sexuels parce qu'ils craignaient d'être relégués sur une voie de garage de l'évolution. Prenez la jalousie, par exemple : à quoi sert-elle, sinon à défendre ses propres gènes ? En espionnant et en terrorisant son partenaire, on l'empêche d'aller voir ailleurs. Idem pour l'adultère, auquel nos concitoyens s'adonnent si consciencieusement : malgré la pilule et tout le reste, il paraît qu'un enfant sur dix n'est pas celui de son géniteur officiel. Mais que les femmes se laissent féconder par un homme doté d'un bon matériel génétique, ou que les hommes refilent, sans le savoir, un rejeton à leur rival, le résultat est le même : le mâle s'assure une descendance.

Je n'ai rien répondu par peur, cette fois, de prolonger la discussion. Je lui aurais bien parlé du décryptage du génome, ça l'aurait calmé. On sait depuis Darwin que nous sommes les cousins du singe, mais la génomique vient de montrer que nous sommes aussi les cousins de son fruit favori. Nous avons 50 % de gènes communs avec la banane. Communication officielle d'un éminent biologiste britannique, Robert May, président de la Royal Society, relevée dans *Courrier International*.

J'ai gardé mes révélations pour moi. Avec Henkel, mieux vaut parfois baisser les bras. Je peux discuter, mais pas le convaincre, alors à quoi bon ? J'avais hâte de revenir sur des sujets moins « segmentants », comme on dit dans la presse lorsqu'on cherche des thèmes d'articles que l'ouvrière de filature et la superwoman d'IBM peuvent apprécier de concert (malheureusement, ça se résume en général à *Maigrir avant l'été* ou *Comment garder son homme*).

Le reste du déjeuner m'a fait oublier la sensation de malaise du début. Et les déjeuners suivants ont été des monuments de dialogue et de compromis. Nous avons écumé toutes les auberges trois étoiles de la région parisienne, avec une dizaine de voitures différentes (il les fait tourner pour éviter qu'elles ne se sclérosent). Chaque fois, il m'emmène dans un lieu « à histoire » : l'auberge des impressionnistes à Chatou, le parc de Versailles, Marly-le-Roi, ou le restaurant préféré de Marguerite Duras. Heureusement, il a évité la Tour d'Argent et Lucas-Carton. Je sais prendre un air candide et ouvrir de grands yeux pour avoir l'air impressionnée, mais à la longue, ça fatigue.

Tous les déjeuners ressemblent au premier. Incroyable, le nombre d'heures que nous passons à parler ! De bouquins, pour commencer. Il lit tous les essais qui sortent, mais « seulement » deux ou trois romans par mois. Il prétend qu'il peine de plus en plus à les finir : avec son niveau d'exigence, seuls les livres retraçant la vie d'Alexandre le Grand ou de César méritent encore d'être lus.

Puis on parle cinéma (il ne m'a pas encore invitée à y aller), politique, et, en boucle, des rapports entre les sexes. Je n'ai jamais autant discuté de ma vie. Philippe Henkel n'est pas un homme, c'est un punching-ball. Il nous arrive d'avoir des moments de « communion intellectuelle » invraisemblables (si, si). Et on rit beaucoup. Mais le hic – car il y a un hic – c'est que tout cela n'a aucune traduction charnelle. Je crains de ne pas lui plaire physiquement. La preuve ? Il n'a pas essayé de m'embrasser, ni même de me prendre la main. De quelle manière espère-t-il me prouver que don Juan existe ?

Sa tactique, si c'en est une, doit être bonne, car j'ai du mal à songer à autre chose qu'à lui. J'espère entendre sa voix chaque fois que le téléphone sonne. Et s'il ne sonne pas pendant une demi-heure, je soulève le combiné pour vérifier qu'il y a toujours la tonalité. Ou qu'il est bien raccroché. Je ne me déplace plus, à l'étage, qu'avec mon mobile dans la poche, en décrivant des cercles concentriques autour de mon téléphone fixe (j'ai remarqué qu'il avait tendance à appeler sur le fixe). Chez moi, je me suis abonnée au signal de deuxième appel (quatre euros par mois) pour pouvoir continuer à téléphoner normalement (deux heures chaque soir avec Alicia, William ou Blandine) sans crainte de rater un appel. Bref, j'ai beau me dire que, dans son esprit du moins, nos rapports sont purement intellectuels, qu'il s'agit d'une relation littéraire, je pense à lui cinquante fois par jour. Simone de Beauvoir avait de la chance : elle n'avait pas de téléphone portable pour s'inquiéter quand Sartre n'avait pas appelé.

Le soir, avant de m'endormir, je me remémore ses inflexions de voix, ses regards, ses froncements de sourcils, ses rires, ses mouvements d'impatience. Je deviens une spécialiste de l'exégèse. Je tire des conclusions des phrases les plus anodines, parfois en me fiant à la seule intonation. Avec Julien, déjà, j'étais capable d'entendre « tout est fini » dans un « je t'aime » prononcé sur un ton un peu plus las qu'à l'ordinaire. Henkel me gâte : à défaut de déclaration, j'ai une foule de sourires entendus, de coups d'œil à la dérobée et de phrases sibyllines à me mettre sous la dent.

En même temps, je me sens idiote. Fragile, épidermique, psychologiquement désarmée. Les hommes sont des paquebots qui avancent sans se soucier de l'état de la mer : ils décident une fois pour toutes qu'ils aiment ou n'aiment pas. Pas leur genre, de se poser des questions. Tandis que la femme est un frêle esquif, sensible, ballotté, constamment remis en cause, déchiré par les doutes et les sentiments contradictoires.

Cette théorie est stupide, mais c'est sûrement ce que Philippe dirait.

Alicia, à qui j'ai raconté dans les grandes lignes mes relations avec Henkel (elle trouve la manière dont il m'a abordée superexcitante) a compris la gravité de la situation samedi soir, lorsqu'elle a découvert que j'avais déprogrammé Oui FM et Europe 2 dans la voiture :

— Il y a davantage de signes sur Chérie FM, RFM, ChanteFrance, MFM ou Radio Bleue, ai-je avoué piteusement.

— Et ça marche ?

— Malheureusement oui. Tu veux un exemple ? Hier soir, je m'étais dit que la troisième chanson qui passerait serait la bonne. Ont alors déboulé, dans l'ordre : *Je vais t'aimer* (Sardou, une chanson chaude), *Un jour viendra, tu me diras je t'aime* (Johnny, pas mal)... Ça partait bien. Mais quand la troisième est arrivée, tu ne devineras jamais ce qui m'est tombé dessus.

— Laisse-moi deviner... *Je t'aimais, je t'aime, je t'aimerai*, de Cabrel ?

— *Sache que* de Goldman ! Tu sais, cette chanson où il explique pourquoi il refuse de dire je t'aime. Et juste derrière – les chiens ! – ils ont embrayé avec « Faismoi l'amour », de Lalanne. Non, franchement, cette histoire est sans espoir. Henkel se moque de moi. Il cherche à gagner un pari stupide avec un copain.

— Tu ne vas pas te laisser abattre pour une chanson...

— Attends. C'est ce que je me suis dit aussi. J'ai décidé que le premier test n'était pas valable, et je me suis donné une deuxième chance dans la salle de bains ce matin. Cette fois, c'est la deuxième chanson qui était censée contenir un message.

— Et alors ?

— *Sorry seems to be the hardest word*, d'Elton John.

— Et la première, celle qui ne comptait pas, c'était quoi ?

— *I love you*, des Beatles. Tu vois bien que je suis maudite.

Il n'y a qu'à Alicia que je puisse raconter ça. Quand elle emmène ses neveux au cinéma, ce sont eux qui lui prêtent un mouchoir au moment où Cendrillon ou Anastasia tombent dans les bras du prince charmant. Ce qui ne l'empêche pas de faire la leçon à ses clientes gnangnan qui lisent des romans à l'eau de rose. Les soirs où je reçois des copains, elle m'aide à ranger au fond des placards les CD de Goldman, Céline Dion ou Bruel pour ne laisser en évidence que Skunk Anansie, les Valentin ou Laurent Garnier. Si je l'écoutais, j'emprunterais à William ses CD les plus trash pour impressionner mes invités. Mais dès que le dernier a refermé la porte, je remets Obispo ou Souchon *à donf*.

Claudine s'est rendu compte que je déjeunais dehors plus souvent qu'avant, et plus longuement. À en croire ma voisine de bureau (Léa, une nana discrète), elle a même cherché à savoir « qui est le type qui vient chercher Marianne tous les midis en Porsche ou en Lamborghini » (quand il pleut, il ne sort pas la Triumph). Je ne sais pas si elle est jalouse ou si elle craint pour ma productivité. Ce matin, elle a essayé de me tirer les vers du nez. Elle s'est pointée dans mon bureau à l'heure du café avec une boîte de chocolats et une pochette de la Fnac :

— Je ne t'ai pas montré les photos du week-end à Courchevel avec la pub, le mois dernier ?

Elle a commenté les photos une par une (une sur deux n'était pas facturée, elle coûte cher à la Fnac) :

— Là, c'est l'hôtel (j'avais deviné)... Un chalet géant, tout en bois, superbe... Tout était tellement bien organisé, c'était fabuleux (en tout cas ils ont dû boire pas mal)... Voilà toute l'équipe (trop floue pour reconnaître quiconque)... mais si, Marie-Ange est là... Son ami, un boxeur, un drôle de type...

La photo suivante est plus nette, et je reconnais les intéressés avant qu'elle ne commente : Simon, avec son amie Héléna « qui anime l'émission sur la 3 ». Claudine les a surpris en train de s'embrasser. Enfin, c'est surtout elle qui l'embrasse ; lui, il regarde sur le côté, pas du tout à ce qu'il fait.

— Ils sont adorables, n'est-ce pas ?

Ce n'est pas le mot que j'aurais employé spontanément. Mais c'est vrai qu'ils ont le look 5B (Beau-Brillant-Bronzé-Bien dans ses Baskets).

— Si on réunissait dans un stade tous les types qui ont été amoureux d'elle, ajoute-t-elle, le défilé ressemblerait à l'ouverture des JO de Sydney...

Moi, ce serait plutôt la délégation de l'Andorre. Si elle existe.

— ... mais je comprends qu'elle ait choisi Simon, conclut-elle.

— À propos, Simon m'a envoyé un mail. Il me propose de venir au prochain week-end annonceurs, en Afrique du Sud, dans quinze jours. Cela t'ennuie si je me joins à vous ?

— Au contraire !

Je ne parierais pas une gourde sur la sincérité de Claudine (la gourde, c'est la monnaie haïtienne).

— Tu sais, ce genre de week-end, c'est corvée et compagnie pour les journalistes, répond-elle, reniant tranquillement ses déclarations précédentes. Alors si je peux partager le fardeau, tu penses ! Mais toi, tu ne passes pas les week-ends avec ton ami ?

— Quel ami ?

— Le cabriolet, la Porsche 911, tout ça...

Elle s'y connaît en voitures, maintenant. Faut-il lui avouer qu'Henkel n'est même pas un flirt ? Que je suis parfaitement consciente qu'il est trop bien pour moi ? Et que, ce week-end-là, il a ses filles ?

L'arrivée de Simon Destouches et de deux chefs de pub m'évite de répondre. Nous bâtissons ensemble le déroulé du prochain numéro. Simon demande si on va publier une suite à mon article sur don Juan.

— J'ai dit tout ce que j'avais à dire sur le sujet, vous savez.

— Mais les réactions que le papier a provoquées ? C'est à nous de les gérer ! Déjà, il y a plein de télés qui ont repris le thème sans même nous citer. Nous devons occuper le terrain, entretenir le débat...

Claudine n'aime pas utiliser les idées émanant de la pub, même quand elles sont bonnes, et même si elles viennent de Simon. Elle aurait l'impression qu'on lui force la main. Quant à moi, je suis mal placée pour insister. Quand tout ce petit monde quitte mon bureau, une heure plus tard (on a perdu pas mal de temps : il a fallu se battre pour éviter de casser la double d'ouverture du dossier pour rentrer une page simple supplémentaire pour les produits de régime), Simon s'attarde un instant :

— Je ne savais pas que vous aimiez les belles voitures, Marianne...

Lui aussi a dû me voir partir avec Henkel. Il y a de la malice dans ses yeux.

— ... je comprends que vous ne veniez pas en Afrique du Sud. Les Land Rover, c'est moins classe.

— Qui vous a dit que je ne venais pas ? J'allais justement vous demander si je pouvais me joindre à vous. S'il y a toujours de la place pour moi.

Il marque un temps d'hésitation.

— Bien sûr !

Il a beau se rattraper et dire à quel point il se réjouit de ma présence, je jurerais que je l'ai déstabilisé. Aurait-il déjà donné ma place à quelqu'un d'autre ?

Claudine surgit au moment où Simon quitte mon bureau.

— Marianne, peux-tu réécrire le papier d'Esther avant de partir ?

— Les trois pages sur les médecines douces ? En une demi-heure ? Tu pousses un peu !

— Mais c'est simple, il faut juste refaire le plan en commençant par l'anecdote, tu sais, le type qui ne supporte plus les antibiotiques, puis tu enchaînes solution par solution, et zou...

« Et zou », c'est la méthode de Claudine. Elle devrait la faire breveter. Dans ce « et zou », il y a toutes les corvées qu'elle me délègue et tous les détails techniques dont elle refuse d'entendre parler, tout le « non stratégique » le plus dévoreur de temps. C'est si simple de faire bosser les autres et de jouer les inspecteurs des travaux finis. Je vais encore quitter le bureau à sept heures et demie. Et elle ne risque pas de me dire merci, elle est déjà partie. Celui qui a dit que la reconnaissance était une maladie du chien non transmissible à l'homme connaissait sûrement Claudine.

Je tombe dans les embouteillages – degré 9 sur l'échelle de Sidel – soit quarante-cinq minutes montre en main pour aller de l'Étoile à la rue Bonaparte, j'aurais eu le temps de faire trois fois l'aller-retour en métro. Je me fais violence pour ne pas mettre Chérie FM au moment où je sors du parking. Je tiens sur France Info jusqu'à l'Assemblée nationale. Puis je me laisse aller : ce sera mon dernier test, j'abandonnerai ensuite ce jeu stupide. Celui-là, je le jure, c'est vraiment quitte ou double. La chanson qui va surgir reflétera exactement les sentiments de don Juan à mon égard. Je tourne le bouton en retenant ma respiration. La voix de Reggiani s'élève (si l'on peut dire, car elle nasille tellement qu'on se croirait sur Radio Londres) :

— *La femme qui est dans mon lit n'a plus vingt ans depuis longtemps...*

Rideau. Je donne un coup de pied dans l'autoradio. Puis un coup de frein brutal : j'ai failli emboutir la voiture qui me précède.

Le sort s'acharne sur moi. Je sais que je ne devrais pas me peser en rentrant, mais la curiosité est la plus forte. Je retire les piles du radio-réveil pour les placer dans le pèse-personne électronique (comme je n'ai qu'un jeu de piles, il a fallu choisir, et la semaine dernière, j'avais opté pour le réveil). Verdict : soixante et un kilos et demi, sans slip ni montre. Soit deux kilos et demi au-dessus de mon seuil psychologique. Diagnostic (qui tombe sous le sens) : trop de déjeuners en ville. J'ouvre une boîte de maïs, je m'affale sur le canapé du salon et je cherche la cassette d'un vieux film américain, *L'Indiscret*, avec Cary Grant et Ingrid Bergman. J'ai du mal à mettre la main dessus, dans quelle pochette l'ai-je fourrée ? Après en avoir fouillé en vain une dizaine, je la retrouve dans celle de « Romance X » (c'était prévisible). À force de cacher mes vieilles comédies sentimentales – mes films cucultes, disait Julien – sous des jaquettes de Catherine Breillat ou d'Agnès Jaoui, même moi, je m'y perds.

CHAPITRE 6

Depuis hier soir, ma décision est prise : je me remets au sport. Et je remplace le Nutella par la margarine sur mes cinq tartines du petit déjeuner. Je me suis donc couchée avec la bonne conscience de ceux qui savent que la révolution n'est plus qu'une question d'heures. Mais pour être au club de gym à huit heures, j'aurais dû me lever à sept. Or le radio-réveil n'a pas fonctionné : les piles étaient restées dans la balance.

Et elles y resteront, compte tenu de la gravité de la situation : mieux vaut arriver en retard au bureau, bien dans sa peau, qu'à neuf heures tapantes, boudinée dans un pantalon trompette. Ce qui compte, c'est la productivité globale (c'est en tout cas ce que je vais expliquer à Claudine).

Il est sept heures trente, après vérification sur ma Swatch. J'avais une montre Calvin Klein dorée qui changeait de couleur avec la météo ; je l'ai cassée il y a six mois pendant une séance de *paintball* avec les journalistes d'*Eva*. Encore une idée de Claudine, le « *paintball* dans une perspective de *team building* ». À l'écouter, il était urgent de resserrer la cohésion des troupes. Résultat : je suis tombée sur une souche de marronnier, mon blouson a été déchiré par une branche basse et ma montre a volé en éclats. Deux filles se sont fait une entorse (l'une à la cheville, l'autre au genou) en trébuchant sur des racines. Quant à Virginie, la première secrétaire de rédaction, elle était allergique à la peinture acrylique et ne le savait pas : après deux heures de jeu, elle était couverte de pustules rouges. Le médecin a dû l'arrêter une semaine.

Ce n'est pas la première fois, cette année, que je me lance dans un programme de gym volontariste. Et j'en ai la préoccupation inconsciente depuis au moins trois jours : mon œil s'était arrêté net, dans un magazine, sur une pub pour « 20 heures d'abdo-fessiers à 9,9 euros par mois ». Malheureusement, c'était le message d'un fournisseur d'accès à Internet.

L'année dernière, j'avais commencé par une médecine douce, la marche à pied en montagne. Tous les matins, pendant tout le mois d'août, j'ai parcouru sept ou huit kilomètres sur le *tra mare e monti*, en Corse, avec de superbes chaussures de marche achetées tout spécialement au Vieux Campeur. Je rentrais transpirante et radieuse. À la fin des vacances, j'étais fière de mes jambes bronzées. Mais le verdict de la balance a été mortel : soixante-trois kilos. Dont deux de muscles dans les mollets. J'ai revendu sur e-bay mes godillots à cent euros, et désormais, je n'irai faire mes courses à pied que sous la menace d'un revolver.

Après, il y a eu le sauna. Trois séances – et encore, parce que j'en avais payé cinq d'avance. J'avais l'impression d'être un chat dans un four à micro-ondes, la fumée en plus. Je sortais de là les yeux exorbités, le poil hérissé, prête à étrangler le premier Suédois qui me tomberait sous la main. J'ai même attrapé une angine, avec le chaud-froid.

Ensuite, il y a eu de grandes virées en roller dans Paris, le vendredi soir. Ça paraît tout simple, le patin à roulettes. Et pour les rencontres, c'est géant :

— Tu verras, avait dit Blandine. Il flotte dans l'air une espèce d'atmosphère épicurienne, comme celle du sous-sol du Bazar de l'Hôtel de Ville, au rayon vis et boulons : entre les raccords PVC, les réglettes de douche, les tournevis électriques et les tringles à rideaux en cuir, tout le monde regarde tout le monde, chacun sourit à son voisin.

Je n'ai jamais mis les pieds au BHV (ma mère, très Galeries Lafayette, le confond même avec BHL) mais Blandine m'a convaincue. J'ai acheté une paire de rollers très tendance, orange fluo. Parfaitement assortis à mon survêtement mauve. Sauf que j'ai déjà du mal à garder l'équilibre sur des talons compensés. Alors, sur des roues *qui tournent*... Mais une nouvelle fois, Blandine m'a rassurée :

— N'aie pas peur ! On apprend vite. Tu seras même avantagée : quand une nana tombe, trois types se bousculent pour la relever.

C'était vrai. Au début, du moins. Devant l'Hôtel de Ville, ils étaient au moins une demi-douzaine à venir à mon secours, dont au moins deux tout à fait comestibles. Mais ils ont vite vu à qui ils avaient affaire. C'est un déambulateur dont j'avais besoin. À la septième ou huitième chute, un couple de pacsées (deux infirmières de l'hôpital Pompidou) est venu à mon secours, et j'ai remonté cahin-caha le boulevard des Batignolles entre deux filles. Pas glorieux. J'ai jeté l'éponge place de Clichy. Évidemment, une fois chez moi, j'étais furieuse d'avoir renoncé. J'ai passé une heure sur Internet à chercher des renseignements sur les prochaines sorties en trottinette. Mais ni le site du *Pariscope*, ni *VivaParis* ni *Cityvox* n'ont pu me renseigner.

Si ce n'est pas la première fois que je prends de bonnes résolutions, c'est sûrement le programme le plus ambitieux que je me sois fixé depuis longtemps : quatre heures par semaine, à raison d'une heure tous les matins sauf le lundi. Cependant il ne s'agit pas de gym, mais de tae-bo.

— Un Américain sur quatre pratique le tae-bo, tu te rends compte ? a souligné Blandine, qui en est à son deuxième cours.

Ensuite, elle a tenté de m'expliquer tant bien que mal ce dont il s'agissait.

— C'est tout simple mais très efficace : il suffit de reproduire des mouvements de boxe et de karaté, en rythme, sur une musique ultra-entraînante.

— Quelle différence avec le body combat ?

Le body combat est une sorte de simulation de bagarre, en rythme. Nous avions pris cette discipline à bras-le-corps en janvier avec la foi des novices. L'expérience a tourné court après un incident, là encore à la troisième séance. Bien qu'on se batte contre des

assaillants fantômes (mais dans une salle d'entraînement grande comme ma cuisine) j'ai reçu un direct du
droit sur la tempe qui m'a guérie pour longtemps
(du moins le croyais-je) des « bastonnades fictives et
chorégraphiées ».

— Absolument rien à voir avec le body combat ! Le
tae-bo est totalement pacifique et maîtrisé jusqu'au
bout des orteils.

Maîtrisé : le mot qu'il fallait pour rassurer. À la première séance de body combat, j'avais adoré les
fouettés latéraux, les marteaux, les croisés du droit et
les coups de pied arrière *parfaitement maîtrisés* sur des
morceaux aussi subtilement choisis que *We will, we
will rock you* des Queen, ou la bande originale de
Rocky 12. Je me prenais pour Nikita, ce qui me rajeu-
nissait de dix ans. Mais j'avais les courbatures d'un
homme de cinquante ans qui a retrouvé une paire
d'haltères au fond d'un placard et qui essaie de se bâtir
un corps de rêve. Au deuxième cours, où je suis arrivée en retard, j'ai eu une seconde de recul en voyant
toutes ces mémères, sourcils froncés, regard mauvais
et bouche en cul-de-poule, balancer jambes et poings
dans le vide comme si leur repas du soir en dépendait
(c'était sûrement vrai pour les plus grosses). J'aurais
mieux fait de décrocher ce jour-là, ça m'aurait évité le
coquard de la séance suivante et les remarques sarcas-
tiques des collègues au bureau :

— Tu as voulu tester la résistance de ton jules ?

Dans les films, l'œil au beurre noir de Starsky ou de
Pierce Brosnan disparaît en trois minutes. Ou au
premier changement de plan. Dans la réalité, il a
fallu quinze jours pour que les gens arrêtent de me
regarder dans la rue.

Depuis, avec Blandine, on a essayé des sports moins
dangereux : l'aquagym (on barbote en musique et en
mesure en utilisant des flexiball, des haltères ou des
échelles à ventouses : deux séances) ; l'aquapunching
(on boxe dans l'eau avec des gants appropriés : une
séance) ; l'aquajogging (on court dans la piscine, main-
tenu à la surface grâce à une ceinture de flottaison :

trois séances) ; et même l'aquabiking (le vélo est fixé au sol par des ventouses : une séance).

La phase la plus longue – deux mois – fut celle du body-balance : j'adorais « faire le héron malin » (rechercher l'harmonie corps-esprit par le mouvement, la respiration, et la conscience de soi). Même les assouplissements étaient un plaisir, en ambiance zen. En pratique ? Il s'agissait d'imiter les profs dans leurs postures du chien assis, du chien couché, et « d'aller chercher l'énergie dans le sol, et de la sentir traverser son corps et remonter jusqu'à l'occiput ».

Seuls inconvénients (car il y en avait quelques-uns) : d'abord, les exercices s'enchaînaient trop vite, je n'avais pas le temps de les effectuer correctement ; ensuite, à force de jouer la femme caoutchouc, je me suis retrouvée emmêlée grave et ils m'ont laissée mariner trente minutes avant de venir à mon secours (sous prétexte que je devais chercher en moi-même les ressources nécessaires). *Last but not least*, le body combat exigeait d'être debout à six heures du matin.

Bien sûr, Blandine aurait pu patienter un peu avant de jeter son dévolu sur le tae-bo car le body jam doit démarrer en France dans trois mois (c'est un sport brésilien fondé sur des enchaînements funk et hip-hop). Mais le tae-bo me paraît plus sérieux. William a promis qu'il viendrait avec nous. Depuis qu'il a rompu avec Paul-André, son guide aux Deux-Alpes, il a laissé tomber le ski, trop coûteux. Pourtant, il était devenu bon, à force de passer ses week-ends sur les pistes (personnellement, je préférais l'époque où il sortait avec un chef de rang chez Lucas-Carton : il s'était transformé en cuisinier hors pair).

— De toute façon, pas besoin de dépenser des fortunes pour avoir l'impression d'être aux sports d'hiver, explique-t-il avec rancœur.

Selon lui, il suffit de :

1/ Suivre un camion-remorque pendant quatre heures, sur le périphérique, un vendredi soir (sous la grêle ou la neige de préférence).

2/ Passer trois heures dans un entrepôt frigorifique avec des chaussures trop serrées.

3/ Enfiler cinq couches de vêtements et attendre d'avoir envie de faire pipi pour commencer à les retirer.

4/ Fixer une carte orange plastifiée à la fermeture à glissière de sa parka, et rouler en décapotable en laissant la carte vous fouetter les joues.

5/ S'offrir trois séances d'UV en gardant ses lunettes sur le nez.

Une vraie cure de désintoxication. Quand ça ne suffit pas, Willy sort sa botte secrète : il verse des glaçons dans un robot-mixeur, et se prend, dans la tête, les morceaux de glace pilée qui giclent (selon lui, toute personne ayant déjà fait du ski devant un canon à neige comprendra). Marcel Proust peut aller se rhabiller avec ses madeleines.

Blandine ne désespère pas de convaincre aussi Charlotte, sa voisine de palier, une dure à cuire. Mais je crains que ces demi-mesures ne soient pas son genre. Elle, ce qu'elle aime, c'est le *hard core*. En dessous de trois litres de sueur à l'heure, ça ne l'intéresse pas. L'été dernier, elle a passé une semaine aux États-Unis dans un *boot camp*. Grosso modo, c'est ce que les mecs appelaient autrefois les « classes » au service militaire (ces semaines d'enfer qui les mettent toujours en joie lorsqu'ils les évoquent entre eux). Des Américaines dingues de leur corps et qui ne savent plus comment le perfectionner paient pour se faire tyranniser pendant huit jours par des entraîneurs sadiques (genre : qui vous obligent à passer un ruisseau boueux à quatre pattes en vous donnant des coups de genou dans le derrière). Au programme, séances de fitness poussé (si le tapis de sol n'est pas bon à essorer après les deux premières heures d'exercice, on en fait une troisième), abdo-fessiers à gogo, descentes de torrents et marches éreintantes dans le désert. Seule différence avec l'armée : le soir, quand vous rentrez, vous avez droit à une heure de massage, puis à deux heures de conférence sur l'art contemporain. Et si vous êtes une adepte du tout-en-un, on peut aussi vous réveiller à quatre heures du matin pour matines et remplacer le dîner par une séance de méditation.

Je me lève en m'étirant soigneusement, de la plante des pieds au sommet du crâne. C'est le geste santé du matin, conseillé par *Eva*. Puis je mange les deux pruneaux qui ont macéré pendant une nuit dans un verre d'eau, et je bois l'eau (recette de longévité de ma grand-mère Marie-Jeanne). Dernier geste vital : allumer la radio de la salle de bains pour savoir comment m'habiller. Aujourd'hui, la météo annonce un temps « variable » et une température conforme aux normales saisonnières ». Soit 12 degrés à Paris. Mais qu'est-ce que ça veut dire, 12 degrés ? À Cherbourg, ils ont changé le thermomètre de place (il était placé dans un endroit trop venteux) parce qu'ils en avaient assez d'afficher toujours 3 degrés de moins que Paris et 10 de moins que Nice. Résultat, ils n'ont plus que 2 degrés d'écart avec la capitale et 9 avec la Côte d'Azur. Je ne sais pas ce qu'ils pourraient faire pour arranger la pluviométrie (la mesurer sous abri, peut-être ?).

De toute façon, la météo n'est jamais objective. À croire que le sens des mots varie avec les régions. Un « temps nuageux » sur la Corse, c'est beaucoup de soleil et quelques boules de coton haut dans le ciel pour limiter les brûlures. Le même en Normandie, c'est une journée en ciré et en bottes, idéale pour la chasse aux escargots. Ma tante Jeanne, qui a longtemps vécu sur la Côte d'Azur avant d'ouvrir une boutique d'antiquités à Bayeux, affirme qu'une année dans le Calvados, c'est « six mois d'hiver et six mois d'automne ».

On ne cesse de parler de fracture sociale et de fracture numérique, mais la seule fracture vraiment douloureuse, c'est la fracture météorologique, m'a-t-elle dit la dernière fois qu'elle est venue chez moi (je l'héberge une fois par an quand elle monte à Paris pour le Salon des antiquaires). Comment ne pas être triste lorsqu'on sait que le ciel va se couvrir juste après Lyon, ou juste avant – tout dépend le sens dans lequel on prend l'autoroute du Soleil...

Tante Jeanne est un peu spéciale. Bien sûr, comme tous les Français, elle utilise la moitié de son temps de parole social à commenter le temps qu'il fait (dans la série : « je ne comprends pas : plus la planète se réchauffe, plus l'été est pourri »). Mais elle, elle a des raisons de parler de la météo : l'homme qu'elle admire le plus au monde est un météorologue, un dénommé Stagg. C'est grâce à lui que la France est restée la France. Aux premières heures du 6 juin 1944, alors que la pluie balayait la côte sud de l'Angleterre, ce jeune homme valeureux a annoncé que le temps s'améliorerait à l'aube et que les deux journées suivantes seraient bien dégagées. Le général Eisenhower a demandé des garanties, et Stagg n'a pas pu lui en donner. Mais le débarquement avait déjà été ajourné de vingt-quatre heures à cause du mauvais temps, et le météorologue inspirait suffisamment confiance pour que le militaire décide de le suivre. L'opération Overlord connut le succès que l'on sait. Mais si Stagg s'était trompé, les troupes de la première vague auraient toutes été massacrées par la défense côtière, et les Allemands auraient peut-être gagné la guerre. Tante Jeanne a rencontré Stagg vingt ans plus tard, lors d'un colloque d'anciens combattants à Arromanches. Je la soupçonne d'avoir passé la nuit avec le grand homme et de l'avoir laissé repartir, le lendemain, vers sa femme et sa ferme du Minnesota. Douze degrés, donc (c'est chaud ? c'est froid ?), et un temps variable, me voilà bien avancée...

Deuxième facteur à prendre en compte avant de décider de ma tenue : ai-je un déjeuner à midi et avec qui ? Aujourd'hui, pas besoin de consulter mon agenda, je sais que je déjeune avec don Juan. Jamais il n'a fait la moindre remarque sur mes tenues, mais j'imagine qu'il préfère l'affriolant au classique. C'est l'occasion de sortir mon petit tailleur Paule Ka à jupe courte et veste cintrée vert turquoise (trois cent quatre-vingt-dix euros, une folie, d'autant que je ne l'ai porté que trois fois depuis six mois ; mais à ce prix-là, évidemment, j'ai peur de le salir, et le nettoyage à sec, ça use). À la radio, Christiane Hazen présente l'horoscope du jour. Pour le mien, c'est trop tard – il est passé pendant que je faisais couler de l'eau – mais voilà celui de don Juan (Scorpion) : « Une bonne journée, au cours de laquelle vos relations avec une personne chère prendront un tour décisif si vous en avez la volonté. » Pourvu qu'il l'ait entendu ! Et s'il essayait de m'embrasser aujourd'hui ? Je ne saurais dire si cette perspective m'effraie ou me titille.

Je passe la matinée avec Danièle Larbre, une psy qui travaille pour nous ; nous bâtissons un questionnaire sur le thème : « Savez-vous de quoi est fait un homme ? » Je le testerai ce soir sur Blandine, William, et Alicia. Comme nous essayons de faire un « magazine féminin intelligent », il faut que les jeux eux-mêmes soient instructifs, utiles, et bien faits, d'où la nécessité de vérifier leur validité sur des copains avertis.

La psychologue s'arrête au beau milieu d'une phrase et me regarde :

— D'habitude, Marianne, vous êtes toujours en train de grignoter quelque chose : des bonbons, des noisettes, des chocolats... Vous êtes au régime ?

Elle a raison. Depuis huit heures du matin, je n'ai rien mangé, sans même m'en rendre compte. J'ai l'estomac noué. Peut-être suis-je amoureuse ? Mais alors, pourquoi ai-je pris deux kilos depuis un mois ?

— Non... enfin si... en fait je n'en ai pas envie.

Elle me regarde avec l'air de celle à qui on ne la fait pas.

— Vous savez, tomber amoureux est une des expériences humaines les plus intéressantes qui soient. La plus intéressante à mon avis – avec la mort, bien sûr. Tous les symptômes sont ceux d'une pathologie : vous perdez le sommeil, l'appétit, vous interprétez les moindres signes, vous développez des défauts jusqu'alors inconnus (la jalousie, la méfiance, la possessivité)...

C'est une drôle de femme, très forte, avec des cheveux jaunes et touffus, sur laquelle on a du mal à imaginer que ses patients puissent faire un transfert, et en même temps elle inspire tellement confiance que lui raconter sa vie paraît tout naturel. J'ai d'ailleurs du mal à me retenir. D'autant qu'elle a raison : on maigrit quand on est amoureux. On se balade pendant des heures en oubliant de manger, on se délecte de méchants sandwiches sur les bancs publics, et même au restaurant, on passe son temps à se regarder, on ne finit pas ses plats. Enfin, quand l'homme qu'on aime vous fait faux bond, on a le cœur lourd, et plus faim du tout.

Il est midi trente et j'aimerais bien que nous terminions ce questionnaire, don Juan ne va pas tarder à arriver. Le téléphone sonne. C'est Marie-Noëlle, la secrétaire d'Henkel, qui me prévient qu'il aura une demi-heure de retard, il arrive du sud de Paris. Il m'appellera de son portable lorsqu'il sera en bas. Marie-Noëlle termine son appel avec un « bon déjeuner » qui me trouble. Lors de notre dernier tête-à-tête, quand je lui ai demandé si sa secrétaire connaissait sa vie privée, il m'a répondu :

— Dans les grandes lignes, oui. Elle tient mon agenda. Mais, comme vous pouvez l'imaginer, certains rendez-vous ne figurent pas sur mon agenda.

J'ai rougi bêtement. Il a ajouté :

— Vous, par exemple, vous êtes *encore* sur mon agenda.

Je me suis étouffée avec mon vin, et j'ai dû descendre aux toilettes pour reprendre contenance.

La psychologue quitte mon bureau, et je commence à taper le questionnaire sur mon micro. Je sursaute chaque fois que quelqu'un passe devant mon bureau :

— Bon appétit, Marianne !

Ou :

— Alors, miss, tu descends avec nous à la cantine ?

Treize heures trente, et le téléphone s'obstine à rester silencieux. Je récapitule pour la cinquantième fois les points positifs et les points négatifs de l'attitude de mon don Juan (juste les indiscutables).

Les « plus » :

1/ Il est toujours disponible pour déjeuner avec moi.

2/ Il me traite comme si j'étais quelqu'un d'important.

3/ Il me regarde parfois avec un air tendre (après un whisky et deux verres de vin).

Les « moins » :

1/ Il ne m'appelle jamais (ou seulement quand il a quelque chose à dire).

2/ Il ne cherche jamais à m'embrasser.

3/ Il n'essaie jamais de me prendre la main.

4/ Il me regarde souvent avec un air ironique (sauf après un whisky et deux verres de vin).

5/ Il est inconcevable qu'il s'intéresse *sérieusement* à moi (beau et riche comme il est, il a l'embarras du choix).

Évidemment, la deuxième partie de la liste est plus longue que la première. Donc les chances qu'il m'aime sont infimes. Mon portable sonne au moment où je parviens à cette conclusion (quels que soient les arguments sur la liste, les *moins* l'emportent toujours, c'est pourquoi cet exercice m'aide à oublier).

C'est bien Henkel : j'ai rentré son numéro, indexé à « Philippe », dans mon mobile, le jour de notre deuxième rendez-vous. Voir son nom s'afficher en toutes lettres sur l'écran lorsqu'il m'appelle (ou lorsque je compose son numéro pour vérifier qu'il existe) engendre toujours chez moi un petit spasme d'appréhension quelque part entre le ventricule droit et l'hypogastre.

Henkel m'attend en bas. Il n'a même plus besoin de se présenter à l'accueil. L'ascenseur n'arrive pas assez vite, je descends les trois étages en courant. Puis je me calme : inutile d'arriver essoufflée et échevelée. Mon cœur bat quand même à cent vingt ou cent trente lorsque je sors de l'immeuble.

Une Corvette est garée le long du trottoir (je ne la connaissais pas encore, celle-là). Il sort, fait le tour, et m'ouvre la porte. Toujours le même cérémonial. Je le salue d'un sourire, sans l'embrasser ni lui serrer la main. Il porte une chemise bleue (ses chemises sont toujours bleues) et une cravate Hermès rouge avec des motifs jaunes, déjà vue (ses cravates sont moins nombreuses que ses voitures, pour autant que je puisse en juger). Il a toujours son sourire Colgate et sa coiffure d'enfant de chœur (Dieu, qu'il devait être beau il y a vingt ans).

Soudain il change d'avis :

— Voulez-vous conduire aujourd'hui ?

Je retiens un « whaou-ou ! » d'enthousiasme. Je m'assieds à sa place, tout excitée. Je n'en reviens pas. Sans doute essaie-t-il de faire oublier sa réflexion de la dernière fois. Il m'avait demandé si je savais changer une roue.

— Évidemment ! avais-je répondu sans hésiter.

À vrai dire, je n'en ai jamais eu l'occasion : je n'ai crevé que deux fois depuis que je conduis ; chaque fois, un homme s'est galamment arrêté pour m'aider, et je l'ai laissé sans remords se salir les mains. Cela dit, il ne faut pas être sorti de Saint-Cyr pour placer un cric sous une carrosserie et dévisser trois boulons.

— Vous savez, avait-il repris, les premières conductrices, dans les années cinquante, croyaient que la tirette du starter servait à accrocher leur sac à main.

Normalement, quand un copain raconte une blague de ce genre, je feins de le rouer de coups. Mais don Juan est tout sauf un copain.

D'ailleurs, après toutes ces heures de conversation, on se vouvoie toujours. Il a voulu me tutoyer, l'autre jour, tandis que nous visitions Port-Royal en hommage à Héloïse et Abélard (pour lui, Héloïse est l'incarnation de l'amante idéale). J'ai refusé, arguant que je ne le connaissais pas assez. En fait, j'avais le sentiment que si j'acceptais cette « privauté » (c'est ainsi, j'en suis sûre, qu'il le considère), ce serait une première victoire pour lui.

Mais s'il savait le temps passé à penser à lui et à analyser nos relations !

J'interprète tout ce qu'il dit, tout ce qu'il fait, à l'aune de son pari : il cherche à me faire *tomber*. Le mot est macho à souhait – moi qui voulais justement démontrer que les rapports sexuels n'étaient plus un enjeu de pouvoir, et encore moins une déchéance pour les femmes. Mais il m'a fait entrer dans son jeu : en annonçant qu'il me prouverait que don Juan existe, il a installé entre nous les rapports de force ancestraux. Car je l'ai interprété – pouvait-il y avoir un autre sens ? – comme un : « je vous rendrai amoureuse de moi, je vous posséderai et je vous abandonnerai ensuite ». C'est le jeu traditionnel : l'homme poursuit la femme et veut la prendre au piège. La femme se défend et, si elle cède, la seule réparation possible est le mariage. Mais son objectif (le mien donc, théoriquement) consiste à obtenir le mariage avant de chuter. Ce serait la seule manière de prouver que don Juan n'existe pas... du moins dans le système traditionnel.

Si j'avais été fidèle à l'optique de mon article, j'aurais couché avec lui dès le premier jour, en le violant un peu, au besoin. En prenant les devants, j'aurais évité que la poursuite ne s'engage.

Mais puisque j'ai accepté de jouer au chat et à la souris, il a, d'une certaine manière, déjà gagné.

Mon enthousiasme est de courte durée. La Corvette possède une boîte de vitesses automatique, et je n'en ai jamais conduit une. En plus, son regard me paralyse.

— Coincez votre pied gauche sous le siège, ainsi vous ne serez pas tentée de l'utiliser, dit-il.

Le démarrage est brutal. Après les vingt premiers mètres, mon bras se tend machinalement vers le levier de vitesse. Il arrête mon geste en posant sa main sur mon poignet. Le contact dure un quart de seconde. Je n'ai pas le temps de réfléchir à l'attitude à adopter. Au premier feu rouge, je freine trop brusquement. Il n'a pas mis sa ceinture et se cogne contre la boîte à gants. Au second feu, je lui demande de reprendre le volant.

— Je conduirai quand nous serons à la campagne. En ville, c'est trop dangereux.

Il n'émet aucun commentaire. Mais après cinq cents mètres, il lance :

— Marianne, j'ai réfléchi. Je crois que vous ne me connaîtrez jamais mieux si l'on se contente de déjeuner ensemble, même cent cinquante fois par an. Non que je veuille mettre fin à ces moments privilégiés, je déjeunerais avec vous tous les jours si vous étiez disponible. Mais que diriez-vous de trois ou quatre jours en Italie ? J'ai deux billets pour Venise, vendredi soir, Roissy, 20 heures. On revient quand vous voulez.

Panique à bord. Tous les compteurs s'affolent. Pas le temps de réfléchir, il ne me quitte pas des yeux. Je joue la montre.

— Vous ne trouvez pas que c'est un peu prématuré ? J'adore Venise mais...

— ... pas avec moi ?

— Ce n'est pas ce que j'ai dit. Dans quelque temps, peut-être... On se connaît si peu, finalement...

Il me fait l'article, avec sa faconde habituelle : les couchers de soleil sur la place Saint-Marc, la couleur des pierres à cinq heures du soir, le Danieli, les ruelles fraîches. J'en oublie de lui dire que j'ai déjà tout visité avec Julien. Au pas de course. Julien adorait voyager, mais à condition de ne jamais rester plus de deux heures au même endroit. Il n'avait pas compris qu'à Florence je sois tombée en admiration devant un tableau de Fra Angelico, une « Annonciation faite à Marie » : « OK, c'est beau, mais on ne va pas y passer la journée... »

Henkel, lui, en aurait déduit que je voulais un bébé.

En attendant, il déroule son catalogue. Impressionnante culture, on l'écouterait des heures. Il s'exprime en homme habitué à être le centre de l'attention générale. C'est ça, la réussite : être de plus en plus écouté, tandis qu'on écoute de moins en moins les autres.

Une seule question m'obsède. Combien de femmes a-t-il emmenées là-bas ?

— Aucune. J'y suis allé deux fois, la première avec ma mère, peu de temps avant sa mort. Elle avait adoré. La seconde fois, j'y suis allé tout seul, en pèlerinage.

Après tout, pourquoi ne pas partir avec lui ? Ce serait sûrement merveilleux (curieusement, le mot « merveilleux » ne cadre pas avec l'idée d'un séjour avec lui : piquant, troublant ou excitant serait plus adapté). Je l'interromps :

— Après tout, pourquoi pas ?

Son œil s'allume. Il croit qu'il a marqué un point. Je m'empresse de le détromper.

— Mais il y a une condition. Il faudrait que ce soit – vous connaissez l'expression – en tout bien tout honneur.

Il éclate de rire. Je suis ridicule (si Blandine me voyait !) mais, au moins, je le sais. Nous sommes dans une pièce de théâtre, pas dans la vraie vie. Je me trouve en face de don Juan qui cherche à démontrer sa propre existence.

Il me regarde, toujours hilare. Puisqu'il refuse de me prendre au sérieux, j'insiste.

— Il faudrait même que vous me garantissiez de me défendre contre moi-même, si nécessaire... Parfois, après un verre ou deux, je pourrais vouloir aller trop loin et le regretter ensuite.

Il secoue la tête, me détaille comme si j'étais un phénomène de foire, et lâche :

— Autant apprendre à un tigre à manger des bananes !

Pendant un instant flotte dans l'air quelque chose qui ressemble à de la complicité. J'ai fini par rire, moi aussi. Mais Henkel ne peut profiter de son avantage, car au carrefour suivant, nous ne savons dans quelle direction aller. Autrement dit, nous sommes perdus. Nous étions censés nous rendre dans une auberge de la vallée de Chevreuse. Il m'a collé la carte entre les mains à peine franchie la porte Dauphine. Le parcours était balisé, avec une croix sur le point de destination. Mais je n'y ai jeté que des coups d'œil distraits.

Il me demande de prendre la carte et je vois bien qu'il m'observe en catimini, ce qui suffit une nouvelle fois à me faire perdre 30 % de mes moyens (minimum). Je n'arrive même pas à passer la première épreuve : identifier l'endroit où nous sommes. Cette fois, je sais que le verdict va tomber.

— Les femmes ne savent pas lire une carte.

Le ton n'est ni agressif ni ironique. Un simple constat. Je rétorque en m'efforçant de garder mon calme :

— C'est idiot. Redonnez-moi donc le volant, on va voir si vous vous en sortez mieux.

Tandis que je hurle intérieurement, il poursuit tranquillement sur sa lancée :

— Des tas d'expériences scientifiques ont montré que les hommes et les femmes raisonnent différemment lorsqu'il s'agit de retrouver leur chemin dans un labyrinthe virtuel. Ils n'activent pas les mêmes zones de leur cerveau. Ce sont des survivances de l'âge de pierre.

— À force de se faire traîner par les cheveux, les femmes ont endurci les parties externes de leur crâne, au détriment du cortex cérébral ?

Mon humour ne lui arrache même pas un sourire (les femmes peuvent-elles avoir de l'humour ?).

— Autrefois, les hommes chassaient tandis les femmes ramassaient des racines ou cueillaient des fruits. Cette division sexuelle du travail a provoqué le développement de formes différentes de mémoire. En clair, les femmes s'orientent en gardant en mémoire des repères dans le paysage, afin de retrouver le plus rapidement possible les lieux de collecte les plus riches. Alors que l'homme en chasse a une carte dans la tête, une vision abstraite du paysage, pour pouvoir couper le chemin de sa proie par exemple. Résultat : si les femmes se souviennent mieux que les hommes des objets qu'elles ont vus dans une pièce, elles s'en sortent moins bien dès qu'il s'agit de lire une carte.

À quoi peut bien servir le talent qui consiste à se souvenir précisément des objets entassés dans une pièce ? Qu'importe. Il a toujours une étude, un livre, une expérience d'avance. Tandis que je n'ai que mon bon sens et mes convictions.

Je hais les généralisations. Les hommes censés se comporter d'une certaine manière, les femmes d'une autre. Les hommes qui cherchent la liberté, les femmes qui veulent le mariage. Les hommes qui veulent réaliser de grandes choses, les femmes qui se contentent d'un bonheur de banlieue. La prédestination.

Je devrais ajouter que je n'aime rien tant que mesurer la part de douceur (pour ne pas dire de féminité) chez un homme et la part de violence (ou de virilité) chez une femme. Mais à quoi bon ? Par moments, j'ai l'impression d'être plus différente de Henkel que d'une pygmée de quatre-vingt-dix ans.

Lui, ce qu'il penserait *après* l'amour importe peu. Ce qui m'inquiète, c'est ce qu'il pense *avant*.

Pendant le reste du déjeuner, il parle de George Sand, de Canaletto, des petites églises oubliées. Et je retombe sous le charme. Après deux verres de vin, je resterais des heures à l'écouter. Je parle peu, sauf pour le relancer, ajouter une anecdote ou confirmer ses impressions. Ou lorsqu'il me pose des questions sur moi. Quand il me fait parler de mon job, il réussit, je ne sais comment, à me convaincre que je fais le meilleur magazine du monde. Et qu'*Eva* s'écroulerait si je n'étais pas là. C'est tout juste si Albert Londres m'arrive à la cheville. Tout ce que je fais est extraordinaire. Il trouve même des justifications à mon dilettantisme humanitaire (SOS Amitié, Août Secours Alimentaire, Amnesty... je n'ai jamais pu rester plus de six mois dans la même association). Mais je le soupçonne de faire partie de ces hommes très fiers d'avoir une femme sensible aux douleurs de l'humanité même si elles lui sont, à lui, totalement indifférentes.

Henkel m'insuffle ses certitudes. Je garde en mémoire ses petites phrases comme un écureuil ses noisettes, pour les jours de grands complexes. Avec lui, même l'heure du café, traditionnellement triste (peut-être parce que je n'en bois pas) est un moment joyeux.

C'est ce que j'explique à Blandine lorsque je la retrouve, en sortant du bureau à six heures.

— Chaque fois que je rentre d'un déjeuner avec lui, je pourrais renverser des montagnes.

— Et toujours pas de plan cul ?

— Tu ne penses qu'à ça. Il n'y a pas que le cul dans la vie.

— C'est vrai, j'oubliais, il y a le sexe.

— J'ai refusé un voyage à Venise, si tu veux tout savoir.

— Tu es grave, ma vieille.

— ... mais j'ai accepté de dîner avec lui vendredi prochain. Chez lui.

— Whaou !

— Du calme. Il ne va rien se passer.

— Mais tu meurs d'envie qu'il se passe quelque chose !

— Si c'est le cas, j'aurai perdu le pari.

— Encore ce pari ! Es-tu sûre qu'il y pense encore, à ce jeu stupide ? Ce type veut se marier avec toi, ça se voit comme le nez au milieu de la figure.

— Tu ne le connais pas. Il joue avec moi. C'est une question d'orgueil. D'ailleurs, quel intérêt aurait-il à se marier avec moi ?

— Il a tout réussi dans sa vie professionnelle, il a tout raté dans sa vie privée. Il veut se donner une deuxième chance.

— Il peut se la donner avec des nanas autrement plus bandantes. Des filles de famille riches. Ou des femmes-femmes, comme il les aime. Elles sont toutes à ses pieds. Au resto, c'en est gênant. Ce midi, une bonne femme ne l'a pas quitté des yeux pendant tout le repas : quarante-cinq ans, Élisabeth Teissier en plus vulgaire, avec des colliers partout, tu vois le numéro. Pourtant elle n'était pas seule à sa table, mais son bonhomme n'a rien vu.

— Et don Juan, que disait-il ?

— Je ne suis pas sûre qu'il ait remarqué.

L'arrivée de William et d'Alicia interrompt notre conversation.

— Salut les filles ! lance Will. Vous avez vu ma nouvelle coupe ?

Je n'aurais rien remarqué s'il ne l'avait pas dit. Will se fait si souvent couper les cheveux qu'on n'a pas le temps de s'habituer. Cette fois, il s'est fait faire une sorte de houppette blanche à la Tintin (ou plutôt Milou). Alicia lui jette un coup d'œil distrait, et s'affale lourdement sur la banquette

— Ouf ! Je suis décalquée.

Elle a les yeux cernés. Je sais ce qui la travaille : après plus de trois mois de cyber-flirt, elle va rencontrer son René. La photo l'a encouragé, il monte à Paris ce week-end. Cela fait des semaines qu'ils dialoguent vingt-quatre heures sur vingt-quatre (sur le web, papoter est moins cher qu'au téléphone ou sur le Minitel : c'est ça, la vraie révolution Internet). Leur accord virtuel est si parfait qu'elle craint la déception : et s'il ne lui plaisait pas ? Et, pire encore, si c'était son physique à elle qui le rebutait ? Elle ne veut rien envisager de tout cela. Elle s'est habituée à avoir un amoureux et des perspectives. « Le meilleur moment de la fête, c'est encore la veille de la fête », a dit Alain (ou Pascal, mais peu importe).

Mes amis ont l'habitude de me servir de cobayes. Ou d'inspirateurs. Chaque fois que nous sommes réunis tous les quatre, je repars avec une foule d'idées pour *Eva*. En général, de bons sujets d'enquête, du genre : Sommes-nous tous bi ? (William). Les femmes qui dominent veulent-elles aussi être dominées ? (Blandine). Les hommes et les femmes sont-ils vraiment faits pour vivre ensemble ? (Alicia). Faut-il avouer à son patron que l'on suit une psychanalyse ? (William). Jusqu'à quel âge peut-on avoir un enfant ? (Alicia).

Pour les jeux psychologiques, ils sont des testeurs parfaits : ça les amuse autant que moi. À peine avons-nous commandé nos boissons – du thé froid pour tout le monde, tiède pour Alicia –, qu'ils réclament le questionnaire.

— Première question : que regardent d'abord les hommes chez une jolie femme ?

Je ne leur dévoile pas les alternatives pour ne pas brider leur imagination (si Danièle Larbre en a oublié une importante, je pourrai rattraper le coup).

— Son visage ? répond Alicia, puis devançant la moue de Will, elle corrige : ses jambes ! Ou plutôt, non, je sais : ses seins !

— Ses yeux ? Sa bouche ? tente Will. Moi, en tout cas, c'est ce que je regarde en premier chez une femme.

— Si c'est ce que tu regardes toi, il faut trouver autre chose, dit Blandine. Je dirai : ses fesses.

— En plein dans le mille !

Quand la psychologue l'a annoncé ce matin, je n'ai pas voulu la croire. Mais elle était formelle. D'ailleurs, les femmes regardent aussi très vite les fesses des hommes, après un rapide balayage des mains et du visage.

— J'aurais pu trouver, se rassure Will.

— Ta question est biaisée, objecte Alicia, qui ne s'avoue pas vaincue pour si peu. Car tu as dit : que regardent-ils en premier chez une femme qui leur plaît. Pour qu'elle leur plaise, il a bien fallu qu'ils regardent quelque chose ! Au moins le visage, la silhouette générale...

— Objection retenue. Je tiens compte de ta critique.

— Vous savez, on peut regarder les fesses de quelqu'un qu'on n'a vu que de dos, assure Will.

Je change de sujet pour éviter que la conversation ne dégénère.

— Deuxième question : qu'est-ce qu'un homme craint le plus dans la vie ?

— De perdre sa femme ! s'exclame Alicia, qui a gardé ses illusions. Ou son job ?

— L'impuissance, corrige Will en soupirant, comme si c'était une évidence biblique. Trop facile. Tu veux savoir autre chose ?

— Je te rappelle que ce jeu-test est destiné aux femmes. C'est normal que tu connaisses la plus grande terreur de ton sexe, quand même. Mais connais-tu la deuxième ?

— Devenir laid ?

— Non, perdre ses cheveux.

— Ouais, c'était vrai autrefois. Mais ton truc est daté : la moitié des mecs se font raser le crâne depuis que la France a gagné la Coupe du Monde.

— La moitié des mecs habitant entre l'Hôtel de Ville et l'hôtel Salé !

Comme la plupart des gays parisiens qui gagnent bien leur vie, Will habite dans le quartier du Marais, à deux pas du métro Saint-Paul. Là-bas, dans les bistrots, les femmes se sentent de trop.

— On passe à la troisième ? Préfèrent-ils sortir avec une femme qui a dix centimètres, dix ans, ou dix kilos de plus qu'eux ?

— Ça dépend quel âge ils ont, quelle taille ils font et combien ils pèsent, rétorque Blandine, pour qui rien n'est jamais simple dans la vie.

Là, je sens que Will sèche. Je suis son raisonnement : lui n'est pas gêné de sortir avec un homme plus grand ou plus vieux que lui. Plus gros, alors qu'il se juge enveloppé, il n'aimerait guère. Mais il se dit que les hétéros, eux, aiment les rondeurs et les fessiers à la Botero. Et qu'ils n'aiment pas être dominés par leur femme, donc qu'ils évitent les trop grandes et les trop vieilles.

— Dix kilos de plus, conclut-il.

— Perdu. Des trois choix, c'est celui qu'ils détestent le plus. Ils préfèrent les grandes, les anorexiques d'un mètre quatre-vingt-cinq pour cinquante-cinq kilos. Le syndrome Woody Allen, tu ne connais pas ? Allez, dans la foulée : préfèrent-ils les femmes fatales ou celles qui ont le look nature ?

La femme fatale remporte 100 % de voix.

— Encore perdu. Ils préfèrent les naturelles. Une étude a montré que...

— Mais les études sont débiles ! proteste Blandine. Ils tombent tous amoureux des nanas supermaquillées qu'ils voient à la télé ou au cinéma !

— C'est exactement ce que j'ai dit à la psy qui a conçu le test. Elle m'a répondu : oui, ils admirent les stars parce qu'elles sont belles. Mais ils ne les voient qu'à distance. Dans la réalité, une femme maquillée, ils n'osent pas la toucher. Ils ne peuvent pas l'embrasser. Le look sauvageonne est plus facile à vivre. En plus, ce genre de femme ne passera pas trois heures dans la salle de bains. La star, on se lasse, vite de l'attendre.

Blandine et Will font la moue, pas convaincus. Mais Alicia abonde dans mon sens :

— Je crois que ta psy a raison. C'est exactement comme pour les coiffures sophistiquées. Toutes les femmes passent leur temps chez le coiffeur, se coupent sans cesse les cheveux, se font faire des brushings d'enfer et croient que leur jules aime ça. En fait, les hommes préfèrent les femmes aux cheveux longs et pas arrangés. Ils épousent une jolie fille avec une belle crinière qui lui tombe sur les reins, et deux ou trois ans plus tard, sans crier gare, elle rentre un soir avec les cheveux courts et une permanente. En plus, il faut lui dire que c'est joli et que ça la rajeunit (il faudra même le lui dire toutes les semaines). En réalité, les hommes sont comme Samson : une fois les cheveux coupés, ils perdent tous leurs moyens.

Nous sommes bluffés. Alicia ne nous a pas habitués à tenir de tels raisonnements.

— Où as-tu été chercher ça ? demande Will.

— C'est mon père qui me l'a avoué, un jour où il s'était engueulé avec ma mère.

Le père d'Alicia doit être aussi résigné que le mien. Pourtant, quand il quitte maman, même pour aller acheter le pain en bas de l'immeuble, il l'embrasse comme s'ils n'allaient jamais se revoir (on ne sait jamais, il peut tomber dans l'escalier et elle s'asphyxier avec la cuisinière à gaz...). Ils n'ont pas de la vie une vision très optimiste.

— Je crois qu'elle a raison, dis-je. Regardez la Jeanne d'Arc du film de Besson, c'est frappant : elle n'aurait jamais fini sur le bûcher si elle n'avait pas coupé sa tignasse !

Demande d'explications générale. Le *teasing* a bien fonctionné :

— Oui, elle est sublime et irrésistible avec les cheveux longs, mais plus franchement belle coiffée en brosse. D'ailleurs, même aujourd'hui, qui voudrait d'une poupée Barbie aux cheveux courts ? Elle ne ferait rêver personne.

La lampe rouge, dans ma tête, clignote. Je me suis aventurée en terrain dangereux. Alicia est une passionnée des Barbie. Lorsqu'on la lance sur le sujet, elle peut tenir des heures.

— Eh, les filles ! s'exclame-t-elle (William ne bronche pas). Vous savez ce que j'ai déniché hier soir sur le Net ?

— Non, mais tu vas nous le dire.

— Une nouvelle Barbie non officielle !

— Encore une Barbie bissexuelle, livrée avec Skipper et Ken dans la boîte ? demande Blandine.

— Non, beaucoup mieux.

— Une Barbie transsexuelle ? Celle qu'on appelait autrefois GI Joe ? tente William.

— Tu gèles.

J'essaie à mon tour :

— Une Barbie liposucée, livrée avec les tubes en plastique à placer sur les lipovalves ?

— Non, bien mieux.

Elle nous regarde en souriant. Déjà, la semaine dernière, elle avait trouvé une perle rare : une Barbie brune. « La seule qui soit dotée d'un cerveau », précisait la notice.

— Allez, je vous le dis, de toute façon vous ne trouverez pas : une Barbie féministe.

— Et ça se voit comment ? Elle est habillée en garçon ?

— Elle a des touffes de poils sous les bras et de la moquette sur les mollets.

Même Blandine éclate de rire. Pourtant, elle s'affiche féministe, tendance *girlie* (les féministes féminines) et *no kids* (elles ne veulent pas d'enfants, et changent d'avis à quarante-neuf ans). Ces poupées sexy et cultivées choquent la vieille garde parce qu'elles abusent du vernis à ongles et des talons hauts, tout en revendiquant le respect et le salaire égal.

Imaginer des Barbie non officielles fait partie de nos passe-temps favoris. Nos meilleures trouvailles de Barbie pas barbantes : la Barbie divorcée (livrée avec tous les accessoires de Ken), la Barbie camée (avec pipe et sel de mer inclus), et la Barbie pilote de Mirage (livrée avec son body bag, et, en option, l'avion en flammes).

Je reprends la direction des opérations pour éviter que la conversation ne dérape.

— Bon, allez, encore un effort. D'ailleurs, nous ne quittons pas vraiment Barbie. Quelle est la femme qui les fait le plus rêver ?

— Elizabeth Taylor, répond Will sans me laisser le temps d'énumérer les divers choix possibles.

Trois regards le fusillent. Je reprends en m'adressant aux autres :

— Isabelle Adjani, Cecilia Bartoli, Madonna, ou Laetitia Casta ?

Là, les avis sont partagés. Will vote Madonna, et les deux premières citées obtiennent aussi une voix.

— Vous êtes nuls. C'était Laetitia Casta. Franchement, avec les résultats de la question précédente, vous ne pouviez pas vous tromper ! Je m'étais même dit que je changerais l'ordre des questions pour éviter que cela ne paraisse trop simple. Mais vous n'en avez pas tenu compte ! Vous ne retenez rien !

— Heureusement, d'ailleurs, car sinon des journaux comme le tien ne pourraient pas prospérer... vu que vous faites tout le temps la même chose.

Nouveau feu croisé sur l'impertinent. Blandine voudrait calmer le jeu en regardant la carte. J'essaie de placer mes dernières questions :

— Allez, celle-là, tu devrais trouver, Will. Donc tu laisses répondre les filles. À quel âge ont-ils leur première érection ?

— À la puberté, je suppose, répond Alicia. Mais ce serait trop facile...

— J'aurais dit : vers sept ou huit ans, répond Blandine.

— Quatre ans ? surenchérit Alicia.

— Qui dit mieux ? De toute façon, vous êtes dans les choux, mes pauvres filles. La première érection a lieu au berceau, triomphe Will.

— C'est toi qui as dû naître dans les choux, mon *pauvre* Will. Ou alors tu as eu du retard à l'allumage. La première érection d'un homme a lieu au stade du fœtus... Attends, tu vas pouvoir te rattraper sur la suivante : que préfèrent-ils entendre dix minutes après l'amour : on remet ça, comme je t'aime, ou t'es le meilleur ?

— Ils préfèrent qu'on se taise, soupire Blandine, qui a de l'expérience.

— T'es le meilleur ! répond quand même Alicia.

William, lui, opte pour la première hypothèse.

— Tous plantés. Ils préfèrent entendre « je t'aime », paraît-il. J'avoue que j'y crois moyen. Je me demande si je ne vais pas supprimer la question.

— À ta place, je la remplacerais par quelque chose d'un peu plus hot, lance Blandine. Du genre : préfèrent-ils la poire ou le fromage ?

Je continue, imperturbable.

— Allez, encore trois questions, et je vous fais grâce. On ne comptera pas les points, je ne veux pas humilier Will qui n'aura pas la moyenne. Quelle partie de leur corps aimeraient-ils améliorer, s'ils le pouvaient : la stature, les pectoraux, le pénis, le nez ou les fesses ?

Là, je connaissais la réponse ; j'avais une longueur d'avance, avec mon étude des magazines masculins. Une page sur deux est consacrée aux muscles. *Comment se faire des pectoraux d'enfer* est l'équivalent du *Spécial Mode* chez les féminins. Seul William trouve, mes amies ayant évidemment opté pour le pénis.

— Quelles qualités apprécient-ils chez les femmes ? Tiens, je ne vous donne pas la liste.

— Elles sont aimantes et fidèles, répond Alicia.

— Tu fais du gynécomorphisme, ma grande (j'ai appris le mot tout à l'heure, il me ravit).

— Elles sont moins prétentieuses que nous, estime Will.

— Elles sont courageuses, complète Blandine.

— Blandine aura la médaille d'argent, mais personne n'aura la médaille d'or : la première qualité des femmes, dixit les hommes, c'est qu'elles sont intuitives.

— Affligeant ! soupire Blandine

— Attends, tu vas préférer celle-là : croient-ils à l'amitié entre hommes et femmes ?

Là, mes trois cobayes flairent le piège. Les filles répondent « non » dans un bel ensemble, alors qu'elles pensent « oui », et William répond « oui », alors qu'il pense « non » (du moins, pour les hétéros). Mais il se justifie :

— Quel humoriste anglais a dit : « L'amitié entre un homme et une femme est tout à fait possible, pour peu qu'elle se double d'une légère antipathie physique » ?

Personne ne lui répond. Mais nous cherchons toutes, au fond de notre mémoire, les contre-exemples : les amis garçons avec lesquels nous n'avons jamais vu passer l'ombre d'une ambiguïté. En réalité, c'est un vieux débat. Le film culte *Quand Harry rencontre Sally* ne l'a pas tranché (il figure quand même dans le tiercé de tête de mon panthéon personnel des longs métrages sur les relations homme-femme). J'ai eu maintes fois cette discussion avec Julien : pour lui, un homme et une femme qui ne se déplaisent pas particulièrement ne peuvent passer une nuit dans le même lit sans se toucher. J'ai toujours défendu la thèse contraire, preuve à l'appui : à dix-huit ans, un soir où je m'étais enfuie de la maison, j'ai partagé le lit d'un copain de lycée, Laurent. Nous avions sagement dormi l'un à côté de l'autre. Pour Julien et sa vision désabusée de la nature humaine, Laurent avait dû endurer mille morts (sauf s'il était impuissant, hypothèse qui, après réflexion, avait eu sa faveur).

Cette discussion se terminait toujours de manière identique : je finissais par traiter mon compagnon d'horrible bête incapable de refréner ses pulsions.

— Allez, la dernière : les hommes sont-ils plus ou moins fidèles que les gibbons mâles ?

C'est la seule question qui mette tout le monde d'accord :

— Moins !

Et pour une fois, ils ont raison. Les anthropologues sont formels. Les hommes ont, en moyenne, six partenaires dans leur vie, contre trois chez les grands singes.

CHAPITRE 7

C'est le grand jour. Ce soir, je dîne chez Philippe Henkel. Je me suis donc permis ce matin une légère entorse à la règle fixée il y a trois jours. Non, je n'ai pas craqué sur le Nutella au petit déjeuner, ça je tiens toujours (sauf qu'au lieu d'étaler de la margarine sur mes tartines – c'était inhumain – je mets de la Confipote ; pour compenser, j'ai remplacé le Yop au chocolat par du lait avec un nuage de Van Houten, que je bois juste après mes pruneaux). Mais comme je n'arrivais pas à dormir, j'ai allumé la radio à six heures ce matin pour une petite séance de cartomancie musicale. J'avais préalablement brouillé les ondes en tournant la molette sur le côté (sinon j'aurais choisi Chérie FM, et la probabilité d'entendre une chanson positive aurait été trop élevée). Le moins qu'on puisse dire, c'est que je ne suis pas rentrée bredouille de ma pêche aux signes. Je suis tombée sur Radio Nostalgie, la station qu'écoute don Juan dans sa voiture, spécialisée dans les vieux rocks américains. Ils diffusaient un tube des années soixante, un vrai cours de psychologie masculine : *N'avoue jamais, jamais, jamais oh non jamais, n'avoue jamais, que tu l'aimes.*

Je me suis rendormie de contentement.

Résultat, à huit heures trente, je pars en catastrophe, sans avoir pu réfléchir à ma tenue ni à ma coiffure comme je me l'étais promis. J'ai quand même avancé mon shampoing d'une journée (normalement, c'est le mardi et le samedi) mais comme je n'ai pas pu sécher mes cheveux, ils me tombent dans les yeux, et j'ai l'impression d'avoir une botte de salade frisée sur la tête.

— Tu es naturellement coquette, mais c'est le temps qui te manque pour que ça se voie, disait Julien.

Il prétendait, à l'époque, que mon laisser-aller ne le gênait pas. Il faut dire qu'il n'avait pas grand-chose à m'envier. Le pire, c'était le slip abandonné au pied du canapé (les premières semaines, vous trouvez ça émouvant ; après deux ans de vie commune, c'est seulement sale). Aujourd'hui, pourtant, il vit avec une petite nana tirée à quatre épingles, joliment maquillée, et qui – tenez-vous bien – porte des chapeaux.

— Ta « parfaite antithèse », cafte Alicia, qui les croise de temps en temps au Carrefour de la porte d'Auteuil.

Devant ma penderie, j'ai donc frôlé la crise de nerfs. J'avais d'abord opté pour la petite robe noire moulante sans manches – genre Emma Peel dans *Chapeau melon et bottes de cuir* – mais j'ai fait un blocage sur les bottes. Avec mes poteaux, ce n'est pas raisonnable. Certains jours, quand un homme prétend que j'ai de beaux yeux, je me dis : quelle aubaine, il n'a pas remarqué mes jambes. C'est la première chose que je changerais si une fée me prenait sous son aile. Ah, des rotules bien marquées et des genoux saillants ! Comme je ne suis pas Cendrillon, toutes les bottes m'effraient, qu'elles soient de cheval (le style sado-maso, j'assume moyen), cuissardes (à moins d'avoir la canne à pêche assortie) ou moulantes (moulantes des poteaux, donc).

J'ai finalement choisi un jeans, un tee-shirt blanc et une veste noire, avec une paire de mocassins foncés, pour qu'il n'imagine pas que j'ai passé des heures à m'habiller. Et j'ai caché sous une tonne d'anticernes mon dernier carnage en date, un point noir transformé en volcan en activité sous le bord droit de ma lèvre inférieure. Ce n'est sûrement pas ce qu'on apprend chez Élite, l'agence de mannequins dont la patronne tient une rubrique Beauté dans *Eva*.

Après le sprint du matin, la journée paraît interminable. Des articles mal écrits, d'autres qui ne sont pas à la bonne longueur, et Claudine qui passe son temps au téléphone à essayer de résoudre les problèmes de son ex-belle-mère, une Italienne qui n'a pas d'autre fils que celui qu'elle lui avait temporairement enlevé. Au début, leurs rapports étaient épouvantables. Claudine avait même envisagé d'obliger sa belle-maman à suivre les cours de rééducation de l'École des belles-mères, un établissement créé par une avocate sicilienne avec des psychologues et quelques belles-mères modèles. Finalement, elle n'en a pas eu besoin : à peine Claudine s'était-elle séparée du fils chéri qu'elles sont devenues les meilleures amies du monde.

Entre deux opérations Jivaro, je passe quand même trois coups de fil à des collègues journalistes pour les convaincre d'écrire quelques lignes sur Les Médicaments alternatifs. C'est une association créée il y a dix ans par des gens extraordinaires, mais je ne l'ai découverte qu'il y a quinze jours. Le scandale qu'elle dénonce mériterait pourtant la une de PPD tous les soirs. La maladie du sommeil tue trois cent mille Africains chaque année, et il existe un médicament pour la guérir... mais pas de fabricant, faute de marché solvable ! L'Eflornithine – aussi appelée « pilule de la résurrection » – était utilisée pour le traitement du cancer jusqu'à ce qu'on découvre son efficacité pour sortir les patients du coma. Mais comme un traitement coûte deux cent dix dollars, et qu'on a trouvé mieux contre le cancer, la filiale américaine d'Aventis a décidé d'abandonner sa fabrication. L'incontinence canine ou la déprime des chats rapportent davantage.

Je viens d'accepter, pour la bonne cause, un déjeuner avec un collègue du *Figaro* dans deux mois (ces gens-là sont très occupés) quand Simon Destouches entre chez Claudine et me fait signe de les rejoindre.

— Je viens juste vous mettre l'eau à la bouche, dit-il, en étalant sur la table de réunion un grand catalogue de photos de safaris.

Il me faut quelques minutes pour reprendre mes esprits.

À en juger par le regard goulu de Claudine, pas besoin de catalogue, la présence de notre directeur commercial suffit à exciter son imagination. Elle ne le quitte pas des yeux tandis qu'il déroule le programme du voyage annonceurs qui aura lieu dans quinze jours, en Afrique du Sud. Quatre jours éminemment sportifs : safari dans le Kruger, rafting sur un fleuve du coin, parachute ascensionnel à Sun City. Là, Claudine blêmit. Mais Simon se montre rassurant, et persuasif : le groupe n'est composé que de débutants, la sécurité confine à l'obsession dans toutes les activités, la séance de parachute n'est pas obligatoire et ce genre de programme a été suivi par des cadres d'entreprises pas plus sportifs que nous.

— On évite seulement d'emmener des gens de plus de cinquante ans, dit-il. Car certains passages sont assez impressionnants. Mais vous n'aurez aucun problème, Claudine, je ne m'inquiète pas pour vous.

C'est une gaffe ou je ne m'y connais pas. Ma rédac chef fronce les sourcils. Il ajoute aussitôt, avec ce tact inné des grands communicants :

— Pour vous non plus, Marianne.

Lui, s'il voyait un invité boire l'eau de son rince-doigts, il s'empresserait d'avaler le sien pour le mettre à l'aise.

Claudine est quand même grognon depuis qu'elle a vu le programme. Je ne serais pas étonnée qu'elle nous fasse faux bond à la dernière minute.

À dix-sept heures trente, je frôle l'apoplexie : ma chef surgit comme une furie dans mon bureau au moment exact où je m'apprêtais à enfiler mon manteau.

— Il paraît que le dossier de couverture n'est pas prêt ?

La une, cette semaine, est un grand classique : *Les nouvelles méthodes RÉVOLUTIONNAIRES pour perdre du POIDS* (avec « révolutionnaire » et « poids » écrits en gros caractères). C'est l'une des couvertures « Régime » qui fonctionnent le mieux, à égalité avec celles qui offrent des garanties sur les résultats :

La version « en combien de temps » (faites-vous le corps dont vous rêvez en quatre semaines).

La version « pour combien de temps » (perdez du poids durablement).

Et, bien sûr, la version originale, la « combien » tout court (perdez quinze kilos sans effort).

En fait, notre sujet leader est une simple compil des techniques présentées depuis un an dans *Eva*, semaine après semaine, en matière de chirurgie esthétique, de régimes alimentaires ou de sports branchés. Mais avec de nouvelles photos, des dessins-chocs, et toutes ces astuces de maquette destinées à éviter l'impression de réchauffé. Je regrette seulement qu'on n'y réponde pas à de vraies questions, celles que je me pose en ce moment (par exemple : pourquoi pèse-t-on plus lourd au réveil qu'au coucher ? J'ai encore fait le test ce matin – soixante-deux kilos et demi après huit heures de sommeil, contre soixante et un et demi hier soir, j'aimerais qu'on m'explique).

Quand Claudine me regarde avec cet œil courroucé, elle me fait penser à Anémone rembarrant l'obsédé sexuel au téléphone dans *Le Père Noël est une ordure*. Je lui réponds en essayant de garder mon calme :

— C'est vrai que le dossier n'est pas prêt : il manque plusieurs éléments pour les illustrations.

— Et on ne peut pas les trouver maintenant ? Tu prends les catalogues de photos qui sont dans mon bureau, les books des illustrateurs, et zou...

J'ai envie de l'étrangler.

— On doit recevoir les dernières photos demain matin. Ce serait idiot de monter la maquette maintenant...

Elle repart en claquant – mentalement – la porte. Car mon bureau n'a pas de porte, comme tous ceux de la rédaction. C'est une concession au principe selon lequel les vraies équipes de journalistes se trouvent sur de grands plateaux paysagers, à l'américaine, dans l'effervescence des téléphones qui sonnent, des écrans Reuter qui suivent les cours, et des bouclages toujours bouleversés par l'actualité (toutes choses aussi étrangères à un mensuel féminin qu'une paire d'après-ski pour un aborigène d'Australie). Donc nous avons mis des cloisons entre les bureaux, avec des emplacements pour les portes. Mais pas de portes. Sauf pour le bureau de Claudine : il faut bien qu'elle puisse passer ses savons à huis clos. Ou appeler ses jules et sa belle-mère. Ça ne suffit pas de toute façon : elle parle si fort que sa vie privée n'a de secrets pour personne.

J'arrive chez don Juan avec cinq minutes d'avance. Il habite un hôtel particulier assez cossu de l'avenue Victor-Hugo. Je décide de faire quelques pas, à la fois pour me décontracter et pour me colorer les joues. Dans les contes de fées et les romans Harlequin, les héroïnes pratiquent le maquillage naturel : elles n'ont qu'à monter un escalier pour avoir les pommettes qui rosissent, et se mordre les lèvres pour obtenir une bouche vermillon. Un cauchemar pour Chanel, Lancôme et les magazines féminins.

Philippe Henkel habite au sixième. Depuis trois jours, j'ai pris la résolution de monter à pied tous les escaliers possibles, un exercice souverain contre la cellulite. Sauf que je n'ai pas envie de me présenter là-haut avec des auréoles sous les bras. Je décide donc de faire une exception, et j'appelle l'ascenseur. La cage est minuscule, un obèse n'y tiendrait pas. Mais les locataires sont minces, dans ces immeubles cossus.

Au premier coup de sonnette, j'entends : « Laissez, Amanda, j'y vais. » Puis la porte s'ouvre sur Henkel en tenue de *gentleman farmer* : pantalon en velours côtelé, veste en velours lisse, chemise trappeur. Sans cravate, il a l'air plus jeune. La dénommée Amanda, une Portugaise à en juger par son accent, vient prendre mon imperméable puis s'éclipse.

L'appartement est vaste, bien éclairé, mais quelque chose cloche, je ne sais pas quoi. Peut-être parce qu'il n'y a pas de tableaux sur les murs, pas de télévision dans le salon, seulement des rangées de livres qui tapissent les parois du sol au plafond, et deux ou trois objets d'art sur des guéridons. Les fauteuils et le canapé sont rose passé, assortis aux rideaux, et des tapis d'Orient masquent un parquet trop clair. Chaque objet semble être en exposition, comme chez un antiquaire. On dirait un décor de cinéma en carton-pâte. J'ai l'impression que dès que j'aurai le dos tourné, quelqu'un abattra les fausses cloisons et que la pièce reprendra son aspect normal.

124

Mais Henkel occupe l'espace. Il ouvre une bouteille de champagne.

— Vous êtes gaucher ?

— J'étais ambidextre jusqu'à quinze ou seize ans. Je pouvais jouer au tennis des deux mains. C'était pratique : quand j'étais dépassé sur mon revers, je renvoyais un coup droit. Mais un jour, brusquement, ça n'a plus fonctionné.

— Je ne sais pas si vous avez choisi le bon côté. Vous savez que les gauchers vivent moins longtemps que les droitiers ?

Je l'ai appris ce matin. Les articles d'*Eva* sont un gisement inépuisable pour les dîners en ville.

— L'espérance de vie d'un droitier aux États-Unis est de soixante-neuf ans contre soixante-cinq pour les gauchers.

— De toute façon, je n'ai pas l'intention de vivre aussi vieux, rétorque-t-il. Mais d'où vient cet écart ?

— Les gauchers vivent dans un monde conçu pour les droitiers. Ils sont plus souvent victimes d'accidents.

J'avale d'un trait ma coupe de champagne – le meilleur décontractant pour les muscles du cerveau. Il le remarque et m'en sert immédiatement une seconde, sans s'autoriser le moindre commentaire. Il est assis de l'autre côté de la table basse, en face de moi. Nous parlons de nos jobs respectifs, du dernier livre sur Mitterrand (un sujet inépuisable décidément), des cartomanciennes, des hommes politiques, et des cartomanciennes des hommes politiques. Il me fait remarquer que rien de ce qu'on attendait pour l'an 2000 n'a eu lieu – et que le crash des forêts a remplacé celui des ordinateurs, en plus grave.

On pourrait parler de n'importe quoi, nous sommes sur la même longueur d'ondes ce soir. Finalement, la phase de découverte des points communs (Calimero à quatre ans, les quêtes pour la Croix-Rouge à huit, Police ou les Queen à seize...) n'est peut-être pas un préalable indispensable. Pour nous entendre, il suffit d'éviter certains sujets : par exemple, Simone de Beauvoir, « cet auteur de second rang qui avait pour mission de faire partager l'intimité gastrique de Sartre ».

Quand il m'a assené ça la dernière fois, j'ai failli le planter là et rentrer en taxi.

Je me sens si bien que je retire mes chaussures sans lui en demander l'autorisation. J'ai toujours rêvé de vivre pieds nus, à demi allongée sur des divans, comme dans la Rome antique.

— Je peux regarder vos livres ?

— Bien sûr.

Il se tient derrière moi tandis que je parcours les étagères du regard. Il me montre ses éditions originales, ses exemplaires uniques, ses collections. Il lit cinq ou six livres par semaine, et les volumes s'entassent. Il achètera un appartement plus grand le jour où il n'aura plus de place.

— Vous n'avez jamais envisagé de passer à l'e-book, le livre électronique ? Vous téléchargez les bouquins que vous avez envie de lire, vous pouvez en emporter trente d'un seul coup...

— Je ne veux pas d'un livre qui tombe en panne.

Moi aussi, j'aime les vrais livres avec de vraies pages. Et tant pis si je frôle la scoliose à chaque départ en vacances. Je comprends qu'il jubile au milieu de ces tonnes de culture et de plaisir accumulés.

Quand je veux regarder un livre de plus près, il tend son bras, qui passe au-dessus de mon épaule et effleure ma joue. Il suffirait qu'il replie le coude pour m'attirer contre lui. Son corps me frôle. Je sens son souffle. Une drôle de musique commence à bourdonner dans ma tête. Mais rangez les violons : au moment où je me demande ce que je ferai s'il essaie de m'embrasser, Amanda annonce que le dîner est servi.

Le repas est effarant : bien que la table ait été dressée dans le sens de la largeur, nous sommes séparés par deux mètres de nappe, et éclairés par quatre bougeoirs à six branches chacun. Ce n'est pas un dîner aux chandelles, c'est une retraite aux flambeaux. Les couverts brillent et Philippe leur fait concurrence. À la fin du repas, je prends conscience que j'ai trop mangé, trop bu, trop écouté, et je fonce vers la salle de bains. Je mets mon visage sous le robinet, mon mascara coule, je l'essuie tant bien que mal.

Dans le couloir, en revenant au salon, je tombe en arrêt devant un tableau de femme nue, à demi caché par un rideau. Il est minuscule, il a presque l'air de s'excuser d'exister.

— C'est un Boucher, dit-il.

— Il vaut une petite fortune, j'imagine.

— Peu importe, je ne le vendrai jamais.

Je jurerais qu'il fait partie de ces hommes qui aiment les fesses plantureuses parce que la première femme nue de leur vie était un tableau de Boucher dans le petit Larousse – le seul livre érotique de la bibliothèque familiale qui échappe généralement à la censure parentale.

Il saisit, sur une étagère à mi-hauteur, un vieil album de photos. Est-ce la tactique naturelle du don Juan, de faire entrer la proie dans son intimité ? Beaucoup de clichés sont en noir et blanc. Sa mère est belle, son père étrangement absent. Il apparaît parfois, à l'arrière-plan, un peu flou, et l'on devine un homme massif, un physique de héros d'Hemingway. Il a rejoint de Gaulle en 1940. Après la guerre, il a créé une PME de robinetterie. Il a plutôt bien réussi, mais sans léguer à son fils le genre de fortune « qui tord le cou à l'ambition ».

— Je n'aimais pas mon père.

— Pourquoi ?

— Il était dur avec nous, et cruel avec ma mère. Elle était malheureuse. Elle a voulu le quitter à plusieurs reprises.

— Pourquoi ne l'a-t-elle pas fait ?

— C'est moi qui l'en ai empêchée.

— Pourquoi ?

— Je ne voulais pas qu'elle le quitte. Ce n'était pas dans son intérêt.

— Mais pourquoi ?

— Cela ne se faisait pas.

— À sa place, je n'aurais pas tenu compte de votre avis.

127

— Je lui avais dit que, si elle partait, je resterais avec mon père.

— Pourquoi ? Vous détestiez votre père !

— Je vous le répète, ces choses-là ne se faisaient pas. Je pensais à sa réputation. Et à la nôtre.

— Mais si elle préférait être libre ? Son bonheur vous était donc égal ?

Il tourne les pages de l'album. Ses photos à douze ou treize ans, en communiant, sont stupéfiantes. À dix-sept ans, deux pages plus loin, le regard a perdu en innocence et en pureté, mais Leonardo DiCaprio peut aller se rhabiller.

— Vous deviez avoir toutes les filles de la région à vos pieds ! Je ne comprends pas que vous ayez épousé une femme que vous n'aimiez pas.

— Elle était enceinte. J'avais l'esprit chevaleresque.

— Mais auparavant, vous n'aviez rencontré personne que vous aimiez ?

— J'ai connu beaucoup de filles qui me plaisaient davantage. Mais je ne parvenais pas à me décider. J'attendais la femme idéale. Résultat, j'ai vu les beaux partis se marier les uns après les autres. À trente-cinq ans, j'étais toujours célibataire, et j'ai brusquement compris que le vivier, autour de moi, s'était vidé.

La photo d'une jeune métisse assise sur une Cadillac apparaît au détour d'une page. Elle n'est pas collée dans l'album et tombe sur le sol.

— Et elle, qui est-ce ?

Il répond à contrecœur :

— Maritza. Elle était panaméenne. J'avais vingt-quatre ans. Arthur Andersen m'avait envoyé en mission à New York. Elle était mannequin de mode – à l'époque le métier n'était pas aussi couru ni aussi bien payé qu'aujourd'hui.

Il soupire.

— C'est la dernière fille que j'ai aimée de cette façon.

De quelle façon ? Je n'ose pas le demander, mais je devine : avec le cœur autant qu'avec le corps. Et assez de folie pour téléphoner à l'objet de son désir juste pour lui dire : « Je voulais simplement vérifier que tu existes. » (Julien l'a fait un jour, je frissonne chaque fois que j'y pense.) Donc il sait le faire. Ou du moins il a su.

Mais il a oublié. Il s'est blindé. L'absence de passion est une aubaine. Elle évite la douleur, le désespoir, les sacrifices. On ne remet plus sa vie en cause pour un regard.

Cet après-midi, j'ai lu dans une revue médicale que la passion romantique et les états dépressifs procédaient des mêmes phénomènes neurologiques. Comme la dépression psychotique, le délire amoureux dure environ sept mois, ensuite l'individu commence, consciemment ou non, à s'interroger sur son état.

Il me montre des photos de ses filles, Frédérique et Céline, douze et quinze ans. Deux jolies brunettes. Il ne les voit que deux jours toutes les deux semaines. Il ne parle à son ex-femme que par avocats interposés, par souci d'hygiène.

— De toute façon, elles n'ont plus l'âge où il est en mon pouvoir de les rendre heureuses.

Voilà ce qu'il regrette : l'époque où il lui suffisait de dire « on va faire un tour de manège au jardin d'Acclimatation » pour voir leurs visages s'éclairer de bonheur. L'époque où il faisait, pour elles, la pluie et le beau temps. L'âge d'or de la paternité.

Nous retournons au salon. Je m'assois par terre, près de la baie vitrée, dos au mur, et il s'installe à mes côtés. Il est presque trois heures du matin. Je lui ai raconté ma vie, j'ai l'impression de tout connaître de la sienne. Je n'ai plus envie de jouer. Je voudrais qu'il me dise qu'il veut arrêter lui aussi. Nos épaules et nos bras se touchent, et j'ai dans la tête cette photo de lui en communiant. Son profil n'a pas changé depuis cette époque : je le vois dans le reflet des réverbères. Il n'a pas allumé les lampes. Il parle à voix basse, et je réponds plus bas encore. Johnny Hallyday chante un air de circonstance :

Retiens la nuit, avec toi elle me paraît si belle
Retiens la nuit, pour nous deux qu'elle soit éternelle
Je t'en supplie, à l'infini, retiens la nuit

Je me retiens surtout d'y croire. Mais qu'attend-il pour me prendre dans ses bras ? Il se confie à moi, mais j'ai l'impression d'être transparente, sans enveloppe charnelle. Il ne cherche pas vraiment mon regard, même lorsqu'il me frôle. Et si je ne lui inspirais aucun désir ?

Ne nous affolons pas. S'embrasser n'est pas plus naturel que s'affubler de vêtements. Un anthropologue américain l'a démontré (un certain Vaughn Bryant). La preuve : le baiser n'est pratiqué que sur la moitié de la planète. Les Inuits préfèrent se frotter le nez. Les tribus Na ignorent carrément le sentiment amoureux. Pas de bisous passionnés, pas de mariage, pas de psychodrames : ils font l'amour sans amour, mais avec enthousiasme, quand ça leur plaît, avec le premier partenaire venu.

Tandis que je m'interroge sur mon sex-appeal, mon compagnon continue de raconter des anecdotes.

— Vous avez sûrement entendu parler de Lucien Morisse ? Il était critique musical sur Europe 1, dans les années soixante. Il était très connu.

Je secoue la tête.

— Vous savez, je suis née en 1968.

J'ai perdu une bonne occasion de me taire. Mais il ne se formalise pas pour si peu.

— Morisse était un peu l'ancêtre des animateurs radio d'aujourd'hui. C'était un ami de mes parents. Il devait avoir une quarantaine d'années, mais il me paraissait très vieux à l'époque. Un jour – c'était en mars 1960, je ne peux pas m'en souvenir mais mon père me l'a raconté –, il présente le premier disque d'un inconnu baptisé Johnny Hallyday, « T'aimer follement ». Sauf qu'il ne le met pas sur la platine. Dans un geste hautement symbolique – n'oubliez pas, nous sommes à la radio, seul le bruit compte –, il casse le vinyle en deux devant le micro et lance : « C'est la première et la dernière fois de votre vie que vous entendrez Johnny Hallyday ! » Pauvre Lucien, je crois qu'il ne s'en est jamais remis...

Le CD s'arrête. Sans se lever, Philippe le retire et en pose un autre. Depuis que nous avons fini de dîner, nous sommes plongés dans les *sixties* : de vieilles chansons de Sylvie Vartan, de Dick Rivers, des Chaussettes noires. J'essaie de deviner ce qu'il vient de glisser dans le lecteur : la boîte est épaisse, elle contient plusieurs disques. Une compil de Françoise Hardy ?

Aux premières notes, je sais qu'on a changé de registre. Musique classique. Mon hôte m'observe du coin de l'œil en souriant. Soudain, je reconnais le morceau : l'ouverture de *Don Giovanni*, le don Juan de Mozart.

Je me sens comme ces personnages de dessin animé qui marchaient au-dessus du vide sans se poser de questions, et qui s'aperçoivent brusquement qu'ils ont quitté la terre ferme. Bonjour la chute en piqué.

Mes joues me brûlent comme s'il m'avait giflée. Je retourne vers le canapé à la recherche de mes chaussures. Je les lace en ravalant mes larmes. J'attrape mon sac à main à l'aveuglette. J'en extirpe mes clés de voiture. Je ne veux pas être obligée de partir à leur recherche au fond du sac une fois arrivée à ma Coccinelle, car je connais d'avance le verdict : « Le sac à main d'une femme n'est jamais ordonné... Les femmes perdent tout. »

Je me tourne vers Henkel. Il se lève à son tour, et dit tranquillement :

— Que se passe-t-il ? Vous partez déjà ?

— Vous avez vu l'heure ?

— Mais vous ne travaillez pas demain, c'est samedi.

— J'ai un cours de tae-bo.

— Pardon ?

— Je vous expliquerai une autre fois.

Il n'insiste pas.

— Je vous raccompagne à votre voiture.

— Merci, mais je peux...

Dans l'ascenseur, nous sommes quasiment collés l'un à l'autre. Mais je fais semblant de fouiller dans mon sac pour ne pas croiser son regard. Nous arrivons à la voiture. J'actionne le bip, j'ouvre la porte et m'assieds au volant. Il s'appuie sur la portière et se penche vers moi :

— Au revoir, Marianne.

Il approche son visage du mien. Je détourne la tête et son baiser se perd dans mes cheveux. Il sourit et referme la portière tandis que je démarre.

— Je vous appelle ?

Je fais signe que oui. Il faut que je me concentre, j'ai trop d'alcool dans le sang. À cette heure, heureusement, les rues sont désertes. Un quart d'heure plus tard, je suis rue Bonaparte. Je me couche en pensant à Maritza, qu'on aime et qu'on n'épouse pas. Je ne veux pas devenir une photo volante entre deux pages de son album.

CHAPITRE 8

Je suis en train de dévaler une piste à tombeaux ouverts, dans la poudreuse, suivie par James Bond (ou quelqu'un qui skie aussi bien que Roger Moore et Pierce Brosnan réunis). Nous slalomons entre des allées de sapins, sous un ciel bleu comme la Méditerranée, au pied du mont Blanc. Soleil lumineux, paysage grandiose, neige éternelle. Soudain, le téléphone se met à sonner dans ma poche (mais pourquoi diable ai-je apporté mon téléphone ici ?). Je m'apprête à tancer celui qui gâche mon ciel sans nuages, quand je reconnais une voix familière :

— Je veux vous faire partager ce que je vis... Je slalome entre des allées de sapins, sous un ciel bleu comme la Méditerranée, au pied du mont Blanc... Soleil lumineux, paysage grandiose, neige éternelle... J'aurais pu vous envoyer une carte postale mais avec la technologie, j'ai pensé que vous préféreriez partager ma joie en temps réel...

Au moment où je commence à comprendre, un bras armé d'un téléphone enlace ma poitrine et je sens, dans mon dos, un grand corps collé contre le mien. J'éclate de rire et me retourne pour embrasser mon interlocuteur lorsque le téléphone sonne à nouveau. Pour de vrai, cette fois.

C'est Alicia.

— Je ne te réveille pas ?

— Pire que ça ! Je nageais dans le bonheur. Un rêve romantique à souhait. J'étais à la montagne. Je testais les effets de l'altitude sur ma libido.

— Tu étais avec un homme ?

— Oh oui...

— Qui ?

Horreur : je suis incapable de répondre. Son nom m'échappe. Je le connais, pourtant. Mais sa voix, son visage, sa présence sont en train de s'effacer à toute vitesse. J'essaie de me concentrer pour les retenir, rien à faire. Un cauchemar.

— Je ne sais plus. La voix était familière, mais...

— Ton don Juan ?

— Non, ce n'était pas lui, j'en suis sûre. Il n'a pas cette silhouette. Zut, je ne peux pas laisser s'échapper l'homme de ma vie !

Un gros soupir tremblote à l'autre bout du fil. Soudain, j'entends qu'Alicia a une toute petite voix. Les choses ont dû mal tourner avec son cyber-correspondant... Et moi qui suis là à m'étendre sur mes rêves !

— Qu'est-ce qui t'arrive ? Le rendez-vous avec René ne s'est pas bien passé ?

Elle devait le rencontrer, en chair et en os, hier soir. Elle avait fini par me convaincre qu'on pouvait être amoureux d'une personne qu'on n'avait jamais vue.

— C'est la personne qui me connaît le mieux et qui me conseille le mieux. Même pour le salon, il me donne de bonnes idées. Sa belle-sœur tient un salon de coiffure à Boston, alors tu penses !

Elle était persuadée qu'à ce stade le physique n'avait plus d'importance. Elle avait d'ailleurs vu sa photo, et me l'avait montrée : René est le genre d'homme « dont on ne dit rien ». Ni laid ni beau, mais un joli sourire, de beaux cheveux châtains épais et de grandes mains. Mais quand on est à ce point en phase, un grain de beauté sur le nez ou la taille des cuisses n'ont plus d'importance.

— Que s'est-il passé avec ton Canadien hier ?

— Le fiasco.

Je sens, à sa respiration saccadée, qu'elle va se mettre à pleurer.

— Ne bouge pas, j'arrive.

Un quart d'heure plus tard, je suis chez elle, rue Soufflot. Elle est recroquevillée sur son canapé, en peignoir, les cheveux en bataille. Elle a tellement pleuré sur son mascara et son eye-liner qu'elle ressemble à un panda. Je la prends dans mes bras, je sors un paquet de kleenex verts à l'eucalyptus (l'odeur fera diversion cinq minutes, mais c'est au hasch qu'ils devraient les parfumer pour consoler efficacement), et je lui nettoie les joues. Entre deux reniflements, elle me raconte son histoire.

— On s'était donné rendez-vous au Fumoir, en face du Louvre, à vingt heures. Je m'étais fait coiffer par Carmelle avec un chignon en hauteur et des frisettes sur le côté, comme il aime (une heure, ça avait duré !). J'avais mis ma petite robe noire et des talons de dix centimètres, pour avoir l'air plus grande. J'étais d'ailleurs plus grande que lui, au final. Je m'étais même fait faire une épilation jambes entières.

Au souvenir de l'épilation, mon amie fond à nouveau en larmes. Je lui tends un autre kleenex et lui caresse les cheveux. Elle relève la tête et se mouche bruyamment.

— Bref, j'arrive dans la salle du fond, comme nous en étions convenus (je n'avais que dix minutes de retard), et là, personne. Ou plutôt si : deux couples en pleine discussion – deux hétéros et deux homos – et un type tout seul, la cinquantaine, petit, bizarre, la tête d'Henri Salvador liftée par un pitbull, tu vois le genre. Je m'assois et j'attends. Au bout de cinq minutes, le monsieur au sourire tordu s'approche de moi : « Vous êtes Alicia ? » Et là, je flippe. Non seulement il ne ressemblait pas du tout à la photo (il m'a expliqué ensuite qu'il avait envoyé une photo de son frère, il fait ça souvent), mais en plus, il n'avait pas l'air franchement content de me voir.

— Ça partait mal...

— On a quand même pris un café et essayé de discuter. Mais je voyais bien que je l'agaçais. Il ne cessait de se curer le nez avec les doigts. Au point que je n'arrivais pas à trouver ce qu'il disait intelligent. Pourtant, c'était bien lui : il savait tout de moi, il a fait allusion à des discussions qu'on a eues et je reconnaissais les mots qu'il employait – tu sais, ce mélange de québécois et de français si adorable par mail.

— Mais pas de *fit*...

— Même pas du 110 volts. Et pourtant, j'étais arrivée avec la volonté de mettre le paquet pour que ça marche. Au bout d'une demi-heure, il a dit : « Écoutez, Alicia, vous ne me branchez pas vraiment. Je vous croyais plus petite et plus mince » (comme si on pouvait être les deux à la fois !). Le rendez-vous n'a pas duré une heure, et on n'est pas allés au ciné comme prévu. J'étais au bord du suicide quand je suis rentrée chez moi. J'ai essayé de t'appeler, tu n'étais pas là, et ton portable était sur répondeur...

Et pour cause. J'étais chez Henkel. Mais je lui raconterai mes déboires un autre jour. Après tout, un milliardaire (pardon, un millionnaire en euros) a voulu m'embrasser hier soir, mon cas ne mérite pas 5/10 sur l'échelle du désespoir.

— Qu'as-tu fait, finalement ?

— J'ai descendu le quart d'une bouteille de vodka.

La bouteille d'Absolut à moitié vide trône effectivement sur la table basse.

— Et ce matin, au réveil, je trouve un mail de René. Je me précipite pour l'ouvrir, et tiens-toi bien, tu sais ce qu'il me propose ? De continuer comme avant. Il dit : « On s'entendait si bien. On ne va pas se chercher des bibittes ».

— Des bibittes ?

— Oui, des bébêtes en québécois, des poux dans la tête, si tu préfères.

— Donc il veut te revoir ?

— Pas du tout ! Il veut qu'on oublie nos apparences physiques. Le rendez-vous d'hier n'a jamais eu lieu. La fille qu'il a vue n'est pas celle dont il est amoureux. Mais moi, il m'aime toujours.

Je n'en reviens pas. Quel culot ! Un doute m'effleure :

— Ne me dis pas que tu es prête à continuer...

— Pourquoi pas ?

Alicia a arrêté de pleurer, mais elle renifle toujours aussi fort. Je l'oblige à se moucher. Je ne peux m'empêcher de moraliser, comme le feraient ma mère ou ma sœur :

— Mais à quoi sert cette relation si elle ne débouche sur rien ?

— René fait partie de ma vie, et je ne suis pas sûre de pouvoir m'en passer. Ce n'est ni un ours en peluche ni un personnage de roman. Il me parle, il m'aide, il me conseille, il me soutient le moral.

— C'est ton meilleur ami, en quelque sorte.

— Non, parce qu'on va faire l'amour en ligne maintenant. Jusqu'ici, on s'était contentés d'allusions à nos goûts sexuels. Maintenant on veut une relation virtuelle complète.

Un comble. Et Alicia n'y voit pas de contradiction.

— Mais alors tout va pour le mieux dans le meilleur des mondes possibles !

Elle me regarde, horrifiée, avant de répondre en criant presque :

— Non, parce qu'on n'aura jamais d'enfants !

Je me retiens d'ajouter : et cela ne l'empêchera pas de se déconnecter dix minutes après l'amour... Mais je me tais, mon amie est en larmes. Je la serre contre moi. J'ai envie de lui dire : vous adopterez... et vous les élèverez en réseau, une fois sur le serveur de papa, une fois sur celui de maman. Ils joueront dans des donjons virtuels et iront à la pêche en ligne.

Je n'ai pas le droit de me moquer. Moi aussi, il m'arrive de flirter sur Internet, comme au bal masqué. C'est un passe-temps agréable, un monde de faux-semblants où l'on peut tenir des propos très crus ou très courtois avec n'importe qui. Évidemment, on se lasse vite des banalités (« Vous habitez chez vos cyberparents ? »), des basses flatteries (« Je suis sûr que tu es très jolie et très intelligente ») et surtout des grossièretés (« es-tu :-)-8 », autrement dit « as-tu de gros seins ? », « veux-tu voir ma grosse 8=D », où le dessin représente un pénis, etc.). Accessoirement, c'est un supplice quand on est bon en orthographe, car non seulement il faut comprendre les *Cnul*, *tinkiet/yapadblem* ou *pourqwa tan 2N*, mais il faut écrire en faisant les mêmes fautes que les autres si l'on ne veut pas passer pour un analphabète.

Le vrai danger du Net, c'est le syndrome du plat de bonbons : il est si facile de nouer des relations avec des inconnus que l'on passe d'une personne à l'autre au moindre *bug*. Le taux de *churn* est élevé, comme disent les pros de la téléphonie mobile quand les gens ne renouvellent pas leurs abonnements. « Ma lolita mesure dix centimètres de moins que prévu ? J'en change *asap* (*as soon as possible*) » « Mon nouveau *cyberfriend* ne gagne que deux mille euros par mois ? Je suis *lol* ! (*laughing out loud*, ou mort de rire). Je n'aurais pas dû le *short-lister* (le mettre dans ma liste réduite) ». On peut se permettre d'être difficile : il y aura toujours d'autres correspondants dans le *pipe* (la liste des propositions en attente). Ce n'est plus de l'amour, c'est du consumérisme.

Mais le stade qu'a atteint Alicia – être amoureux de la relation qu'on a avec une personne, plutôt que de la personne elle-même – est plus dangereux. Elle devient une « Internet addict ». Un de ces accros qui passent la nuit devant leur micro-ordinateur et, le jour, ne peuvent plus mener une vie normale. Comme les drogués à la coke ou les alcooliques, ils s'enferment dans un monde coupé du réel. Les plus atteints cessent peu à peu de travailler et de rencontrer leurs semblables.

J'ai dû penser tout haut car j'entends soudain Alicia me dire en se séchant une nouvelle fois les yeux :

— C'est l'hôpital qui se moque de la charité.

— Que veux-tu dire ?

— Tu trouves normales tes relations avec don Juan ? Vous aussi, vous jouez avec les apparences ! Vous restez au niveau du discours. Vous vivez au deuxième degré.

Je me lève sans répondre. Elle a raison. Je ne lui raconterai décidément pas ma soirée. Elle se lève, se dirige vers la salle de bains, et me crie :

— Tu vas toujours chez Blandine, ce soir ?

J'allais oublier, c'est l'anniversaire de Blandine. Ses quarante ans. Elle a invité trente personnes, et ne me pardonnerait jamais si je lui faisais faux bond. Mais il y a le problème du cadeau. Pas simple. Des bouquins, ce serait sûrement le plus simple. Trop tard pour commander des livres sur Amazon, il faudra que j'aille à la Fnac. À moins de prendre un cactus pointu chez le fleuriste, en bas de l'immeuble. Ou un cactus bonzaï, pour changer ?

Au moment où je monte dans ma voiture, mon portable sonne. C'est Henkel. Il voudrait me voir maintenant. Il ne me demande pas si j'ai bien dormi ni si j'ai envie de le voir. Sa voix est anxieuse. Que lui arrive-t-il ? Espère-t-il battre le fer tant qu'il est chaud ? J'attends qu'il me dise que son avertissement musical de cette nuit ne faisait pas partie d'un plan machiavélique. Mais il n'y fait aucune allusion.

Il me propose un rendez-vous au Père-Lachaise à six heures. Curieux endroit pour une rencontre, mais je suis habituée à ses excentricités et je ne pose pas de questions. Cependant j'hésite un peu, car je comptais aller acheter le cadeau de Blandine. Quoique, si c'est un cactus... Henkel se montre, comme toujours, extrêmement convaincant.

— Vous n'avez jamais vu la tombe d'Héloïse et Abélard, je parie ?

Il sait que j'ai une tendresse particulière pour les deux amants. Je lui ai récité un jour les mots d'Héloïse à son ancien professeur, après qu'Abélard l'eut obligée à prendre le voile :

Mon cœur n'est pas avec moi, il est avec toi
Et s'il n'est pas avec toi, il n'est nulle part.

Henkel a fait vibrer la corde sensible. À dire vrai, il n'en avait guère besoin. Quelque part, je ne peux m'empêcher d'espérer. Mais quoi ?

— Je savais qu'ils étaient enterrés ensemble, mais j'ignorais que c'était au Père-Lachaise.

— Je vous y emmène. On dînera dans un petit restaurant juste à côté.

— Impossible, je fête l'anniversaire de ma meilleure amie...

— Alors, accordez-moi une heure.

Je passe l'après-midi dans la cohue des grands magasins du boulevard Haussmann. Je me récite en boucle des vers de Houellebecq, un monument de poésie désabusée. Idéal pour contenir un trop-plein d'espoir.

Les matins à Paris
Les pics de pollution
Et la guerre en Bosnie qui risque de reprendre
Mais je trouve un taxi c'est une satisfaction
Au milieu de la nuit, un souffle d'air plus tendre

À six heures cinq, je retrouve Henkel à l'entrée du cimetière. Je repère de loin sa haute stature, sa veste trois quarts en cuir, ses cheveux châtain clair, argentés sur les tempes. Comme toujours, il a l'air de descendre tout droit de la colline d'Hollywood. Il est encore jeune, il est plein aux as, il est bien sous tous rapports. Pourtant, je n'ai pas gagné au loto. Donc il y a un *bug* : il se moque de moi.

Si je me jetais dans ses bras, il triompherait. Il m'emmènerait dans un hôtel, on coucherait ensemble. Puis il m'enverrait une lettre laconique :

— Vous étiez la 956e sur la liste. Vous voyez bien que don Juan existe...

Et je me maudirais d'être tombée dans son piège en pleine conscience.

— Vous ne pouvez pas dire que vous n'étiez pas prévenue...

Mais tout cela n'arrivera pas. Il m'accueille à l'entrée du cimetière avec un sourire contraint, inhabituel, me tend un plan des tombes (« personnellement, je connais tout ça par cœur »), et s'adresse à moi sans chercher mon regard.

— C'est le seul endroit de Paris où je puisse vous parler sérieusement.

Il me prend par le coude et m'entraîne dans la plus grande allée, celle qui mène au crématorium. Il fait beau, le ciel est pur, mais je parierais qu'il ne voit rien de tout cela, pas plus, sans doute, qu'il ne me voit à ses côtés.

Nous marchons entre les peupliers et les tombes, et je finis pas être gagnée par la solennité du lieu. Quel message veut-il faire passer ? Est-il en train de me signifier que le jeu est fini ? Je crains le pire. En attendant qu'il se décide à parler, je m'applique à déchiffrer les noms gravés sur les tombeaux : Noblesse-Ménard, Pons-Dobremel, Teinturier-Drouin. À l'intersection avec l'avenue circulaire, mon compagnon s'écarte.

Famille Pinchon-Prinvault.

— C'est la première fois que je me livre à ce genre d'exercice. Comprenez-moi, ce n'est pas facile. L'enjeu est important.

De quoi parle-t-il ? De la marche à pied, du cimetière, de ce qu'il va me dire ? S'il veut m'annoncer qu'il m'aime, pourquoi ne m'embrasse-t-il pas sans faire d'histoires ?

Famille Tabanon.

— Je ne suis pas de ce siècle, vous me l'avez dit l'autre jour. Je crois à la noblesse des sentiments, aux serments solennels et au respect des engagements. Accomplir de grandes choses doit être le but d'une vie. Je ne sais pas ce que signifie le mot bonheur. Ou du moins, je ne crois pas qu'une idylle avec une femme puisse apporter le vrai bonheur.

Je marche à ses côtés, à des années-lumière. Il a le chic pour dresser des barrières entre nous. Un large escalier barre l'extrémité de l'allée.

Familles Voisin et Ribouillard.

— Je n'ai pas choisi la femme que j'ai épousée : elle s'est imposée à moi. Je n'ai pas choisi les dates auxquelles mes filles sont nées. Je me suis marié sans amour, sans exaltation. Puis je me suis ennuyé avec ma femme. Pourtant je ne voulais pas qu'elle me quitte, et j'ai divorcé comme je m'étais marié : avec résignation.

Nous passons devant un obélisque dédié aux travailleurs municipaux de la ville de Paris. Entre un « ouvrier paveur » et un « cocher aux pompes funèbres », je cherche le job le plus bizarre de la liste, et j'opte pour le « cantonnier glutineur » Émile Eugène Haering.

— Voilà où je veux en venir, reprend Henkel. Je ne me suis jamais ennuyé avec vous. Nous sommes restés huit ou neuf heures ensemble hier soir, et je n'ai pas vu le temps passer.

Cela me fait une belle jambe. Ce n'est pas la première fois qu'il mesure nos rencontres à l'aune de son
absence d'ennui. Croit-il me faire plaisir ? Ou se
barbe-t-il vraiment avec les gens ? Il a l'air fatigué,
comme s'il n'avait pas fermé l'œil de la nuit. Mais ce
n'est pas le genre de choses qu'il avouerait.

Il s'arrête devant la tombe de Balzac. L'écrivain y
repose avec Anne Marie Joseph, comtesse Hanska, sa
vieille amante et amie. Réconfortant. Je devrais les faire
entrer dans mon panthéon des plus belles amours
de l'histoire (ou de la littérature ?).

— Ce n'est plus un jeu, Marianne. Nous pouvons
faire de grandes choses ensemble. Je mettrai ma fortune à votre service. Nous bâtirons le groupe de presse
le plus puissant du pays.

Comparées à un baiser volé dans un ascenseur, ses
« grandes choses » ont autant de sex-appeal qu'une
planche à repasser. Et puis il ne me demande même pas
si j'ai envie de bâtir un groupe de presse.

Famille Raux-Brunnarius.

Nous arrivons à un carrefour. Il y a du monde. Une
équipe de cinéma est en train de tourner une scène. À
quelques mètres de nous, je reconnais Jean-Paul Bel-
mondo, en imper gris et chapeau noir. Il discute avec
un de ses partenaires, un acteur de théâtre dont j'ai
oublié le nom. Un technicien réclame le silence et l'im-
mobilité générale pendant trente secondes. Nous nous
arrêtons à quelques mètres derrière la caméra. Sur le
clap, un mot est écrit à la craie : « Ferchaux ». Bel-
mondo avance d'un pas décidé (l'imagine-t-on marcher
autrement ?) vers une Jaguar bleue. Le réalisateur
crie : « Coupez ». La scène n'a pas duré cinq secondes.
À ce rythme-là, je comprends qu'il faille des mois (et
des dizaines de millions de dollars) pour tourner un
épisode d'une heure. Sans un regard pour les comé-
diens, Henkel s'engage dans l'allée qui monte. Je le
suis, à regret.

— Ne croyez pas que c'est le hasard qui nous a mis
en présence, dit-il.

Je sais bien : c'est lui qui m'a appelée, il m'a invitée à
déjeuner pour défendre ses idées sur le don-juanisme.

Se peut-il qu'il ait combiné davantage ? Et combiné quoi ?

Famille Bourreau.

— Je ne vous ai pas appelée par hasard, même si au début c'était une sorte de pari. Je vous ai choisie. Il y avait votre photo au-dessus de l'article, vous vous souvenez ? Pour tout vous dire, la première fois que je vous ai vue, j'ai été déçu. Vous étiez plus grande, moins jeune, moins enjouée que le cliché ne le laissait supposer. Cette impression négative s'est estompée à la deuxième rencontre. Vous aviez du répondant. Dans votre austérité, j'ai vu un gage de sérieux et de fidélité...

Je continue à sa place : dans votre stature, j'ai vu un bon bagage génétique ; dans vos rondeurs, un gage de santé pour notre descendance... Ne m'a-t-il pas dit un jour que dans toutes les civilisations les hommes préfèrent les femmes dont le rapport taille-hanches est de 0,7 ? Les chercheurs prétendent que l'évolution a aiguisé leur vue, car une circonférence de hanches un tiers supérieure à celle de la taille est l'indice d'une capacité reproductrice élevée. Comme les vaches ! De même que des lèvres pleines et un menton fin, les autres canons actuels de la beauté féminine indiquent un haut niveau d'œstrogène et donc de fertilité.

Au cours d'un précédent déjeuner dans la vallée de Chevreuse, il m'avait expliqué que les hommes n'étaient pas les seuls à se focaliser sur les traits témoignant d'un bon bagage génétique : les femmes aiment les visages symétriques et les peaux saines. Mais elles s'attachent davantage à la richesse et au prestige du partenaire, car ils sont synonymes d'avenir protégé pour les petits. Autrement dit, l'homme choisit avec les yeux, les femmes avec la tête.

C'est donc à ma tête qu'il est en train de faire appel. En montrant qu'il sait aussi faire fonctionner la sienne : je réponds à toutes les clauses de son cahier des charges. J'imagine d'ici sa check-list. Je suis encore jeune (du moins par rapport à lui). Plutôt intelligente (mais pas intellectuelle). Assez jolie (sans excès, la beauté est lassante). Pas trop passionnée (c'est plus reposant). Je jouis d'une position sociale correcte (même les premiers ministres épousent des journalistes). Et je ne suis pas ennuyeuse (pour séduire un homme, dit ma mère, il faut avoir un discours et des porte-jarretelles).

En plus, il imagine sûrement que je pourrais lui faire de beaux enfants. Il fallait voir sa réaction quand je lui ai dit que mes nièces de treize ans posaient pour les catalogues Benetton !

En un mot, je peux faire une compagne très convenable et une épouse très présentable, surtout si j'arrête les carnages.

Son réalisme de maquignon devrait me révulser. Mais voilà : je me mets à sa place, ce qui m'ôte toute capacité de le blâmer. Je rêvais d'aventure, il faisait l'inventaire, et alors ? Dans son esprit, il me rend le plus bel hommage qu'on puisse rendre à une femme.

À côté de la tombe de Marcel Proust, la famille Picotin. On est peu de chose.

— Marianne, vous êtes la première femme que je demande en mariage.

Le grand mot est lâché. Voilà, c'est une demande en mariage. Mais pas vraiment *hot*.

Curieusement, je ne le soupçonne même plus de jouer la comédie. Il est là, debout à deux mètres de moi, le regard tourné vers le crématorium. Une vieille femme portant des fleurs dans un cabas passe à côté de nous en boitant. Elle nous dévisage avec insistance. Elle doit penser que c'est un curieux endroit pour une déclaration d'amour.

— Je dois considérer tout cela comme un compliment ? dis-je pour gagner du temps.

C'est la première fois qu'on me demande officiellement en mariage, ça devrait me faire quelque chose. D'habitude, les garçons qui me trouvent sexy ne veulent pas m'épouser. (Ceux qui le veulent, est-ce parce qu'ils ne me trouvent pas sexy ?)

— N'essayez pas de me faire croire que vous ne comprenez pas ! Vous n'êtes plus une adolescente romantique. Vous avez l'étoffe d'une reine. Je n'en ai pas rencontré beaucoup. Épousez-moi. Je ne suis sûrement pas l'homme idéal, mais je suis l'homme qu'il vous faut.

Cette fois, il me regarde bien en face. Mais c'est moi qui ne le vois plus. La nuit commence à tomber. N'est-ce pas lui qui disait qu'un homme, le jour où il se marie, pense à toutes ces femmes désormais inaccessibles, qui lui resteront à jamais inconnues ? Et il serait prêt à les sacrifier pour moi ?

Je sens sa tension : il attend que la roulette s'arrête pour savoir s'il a gagné ou perdu. Moi, j'ai l'impression d'être la candidate d'un show télévisé, mais je ne sais pas si c'est *Tournez manège* ou *Qui veut gagner des millions*. Pas *Loft Story*, en tout cas.

Je devrais lui sauter au cou, et cette idée ne m'effleure pas. Il est beau et intelligent et riche et il veut m'épouser. Il a une opinion de moi invraisemblable. En plus, je suis sûrement attirée par lui (« il te fascine », martèle Blandine). Sans parler de mes trente-trois ans et des trois cents ovules déjà gaspillées sur les quatre cents en magasin (lui, il a encore au moins un million de spermatozoïdes sur quatre millions, tranquille). Bref, c'est inespéré. Qu'est-ce qui me retient ?

Bien sûr, c'est l'homme idéal. Dommage qu'une image s'interpose, celle d'un SDF d'une trentaine d'années qui faisait la manche tous les matins près de l'hôtel Lutétia, au feu rouge. Il était toujours vêtu d'une veste orange Newman qui avait vécu et d'un pantalon de velours marron très sale. Il s'approchait de la voiture lorsque je m'arrêtais, je lui donnais dix francs, nous échangions trois mots sur le temps et j'essayais d'imaginer comment il en était arrivé là. Un jour où nous nous disputions, Julien et moi, je lui ai dit méchamment que l'homme idéal, c'était celui qui était capable d'abandonner son job, de se transformer en clochard et de vous attendre, chaque jour, au coin de la rue, pendant des mois, pour vous prouver son amour.

C'est longtemps après ma rupture avec Julien que l'homme à la veste orange m'a avoué, un matin, qu'il sortait de prison. Il y était resté cinq ans pour proxénétisme.

Un chat noir vient se frotter contre mes jambes, avant d'aller se jucher sur le caveau du duc de Morny. C'est plus fort que moi, je ne peux m'empêcher de poser la question qui tue :

— Pourquoi moi ?

La roulette tourne à nouveau. Cette fois, c'est moi qui retiens mon souffle. Il hésite une seconde avant de répondre :

— Parce que, pour un chasseur, vous n'êtes pas une proie ordinaire.

Noir, impair, et manque.

Le monde est sûrement rempli de gens qui ne seraient jamais tombés amoureux s'ils n'avaient pas lu des livres sur l'amour.

Nous sortons du Père-Lachaise sans avoir vu la tombe d'Héloïse et d'Abélard. Il propose de m'accompagner chez Blandine. Il est en Jaguar grise aujourd'hui, ça le vieillit. Le trajet est silencieux, et sa conduite moins sportive qu'à l'ordinaire. Blandine a une théorie sur le rapport entre pratiques sexuelles et style de conduite. L'homme qui s'arrête dans toutes les stations BP pour récupérer des points (et qui collectionne les tasses à café en plastique dur) est un nostalgique de l'enfance : au lit, vous devrez jouer à la maman. S'il klaxonne avant de démarrer au feu rouge, même quand il est en tête de file, c'est un pressé chronique : la partie de jambes en l'air durera cinq minutes, douche comprise. Celui qui a repéré une place de parking et vous fait descendre pour la réserver vous confond avec une borne de signalisation : il se moquera bien de vos envies. S'il vous laisse payer le parcmètre deux fois de suite, il risque d'être économe dans tous les domaines. S'il se met en roue libre dans les descentes, il s'endormira juste après les câlins pour reconstituer son énergie. Et s'il vérifie la pression des pneus au moment où vous montez dans la voiture, arrêtez les frais, il ne se passera rien du tout, car il vous trouve trop grosse.

Mon horoscope disait ce matin : « N'hésitez pas à faire entendre votre avis. À défaut, jamais vous ne ferez triompher votre cause. » C'est bien joli, si seulement je savais quelle cause je veux faire triompher ! Lorsque nous nous quittons, Henkel lance :

— Je vous laisse une semaine pour réfléchir.

J'ai envie de répondre :

— Et que se passera-t-il si je n'ai pas répondu dans une semaine ? Vous proposerez le job à quelqu'un d'autre ?

Mais je me tais.

Demain, je pourrai toujours raisonner. Me dire qu'on n'épouse pas un séducteur, ou qu'il est encore en train de jouer. Mais je sais que ce n'est pas vrai. Si je me mariais avec lui, ce ne sont pas « toutes les autres femmes, inaccessibles », qu'il sacrifierait. C'est moi. Comment vivre avec quelqu'un qui croit que vous appartenez à une autre race que lui, une race tellement étrangère qu'il a renoncé à la comprendre ? Il croit à l'union fondée sur des intérêts objectifs, et aux complémentarités, quand, pour moi, l'amour est involontaire. C'est une attirance gémellaire. « Qui se ressemble s'assemble », disait ma maman, à l'époque où mon fiancé de douze ans – il s'appelait Richard – aurait pu passer pour mon frère. La liste de nos points communs était longue de cinq pages. Nous l'avions rédigée à quatre mains, comme on jouait du piano, et il fallait rajouter de nouvelles lignes tous les jours. Même nos otites et nos crises d'eczéma, nous les faisions en même temps.

Un peu plus tard, à l'adolescence, quand je ne jurais plus que par Simone de Beauvoir, Richard me lança, un jour où je m'apprêtais à bouder pour une broutille :

— On ne naît pas chiante, on le devient.

Avec Henkel, j'aurais l'impression qu'être chiante fait partie de ma nature.

CHAPITRE 9

Nous avons rendez-vous à l'aéroport à vingt et une heures. Nous, c'est-à-dire les responsables du journal. Les clients, eux, n'arriveront qu'à vingt et une heures trente, et nous aurons déjà enregistré nos bagages afin de leur éviter l'attente au comptoir. Normal, on les soigne : ce sont des *influentials* (gens influents) et des *trendsetters* (lanceurs de mode), la race de VIP la plus tendance. Je connais par cœur leurs noms et leurs visages, car j'ai potassé le trombinoscope que Simon nous a remis la semaine dernière. Pas question pourtant d'identifier ces vedettes du marketing ou de la com avant de leur avoir été présentée : il ne faut pas en faire trop.

— Le trombinoscope, m'a expliqué Simon, permet juste aux gens qui ne retiennent jamais les noms de prendre un peu d'avance.

— Hypocrite, comme système, non ?

— Professionnel, tout au plus. Mais vous, personne ne vous en voudra si vous vous trompez.

Sous-entendu : tout le monde sait que les journalistes sont des êtres à part. En voilà pour mon grade.

J'aggrave mon cas en arrivant à l'aéroport à vingt et une heures quarante-cinq. Ce n'est pas ma faute, j'ai attendu trois quarts d'heure un taxi à Montparnasse. L'avion décolle pour Johannesbourg à vingt-deux heures quinze, il était moins une. Claudine me passe un savon. Elle a finalement daigné venir, mais se fera exempter de parachute ascensionnel : elle a beau se gaver de DHEA depuis quelques semaines, elle a les os fragiles. Quant à Simon Destouches, plus *homo perfectus* que jamais avec son costume rayé et ses cheveux impeccablement coupés, il m'accueille quand même avec un sourire :

— Ah, vous voilà, Marianne, je pensais que vous ne viendriez plus. Vous permettez que l'on se tutoie ? Tout le monde se tutoie, ici.

Sa fiancée l'accompagne. Je croyais qu'on était censés venir sans les conjoints pour mieux se consacrer à nos clients. Il ne doit pas pouvoir se passer d'elle. À moins que la présence de cette star ne constitue une attraction supplémentaire pour nos hôtes. Pas faux, si l'on considère la chose objectivement : Héléna Marigny est incroyablement sexy, et plastiquement sans défaut. Les mensurations d'une poupée Barbie, et le sourire d'une pub de dentifrice. Je trouve sa voix un rien aiguë, mais bon, ça fait sûrement partie de son sex-appeal. Comme Simon est l'organisateur du voyage, elle joue les maîtresses de maison, ce qui agace un peu la fille de l'agence Rideau Rouge qui s'est occupée de la logistique.

Claudine me fait une nouvelle fois la leçon avant le décollage, en habituée des voyages annonceurs :

— Pas question de se retrouver pour discuter entre nous, ou avec Simon et les chefs de pub : à table, comme dans les voitures, la répartition doit toujours être : un client, une personne, un client, une personne.

Je reste perplexe. Les annonceurs ne sont donc pas des personnes ? Ou c'est nous qui ne sommes personne ?

— Et on n'est pas là pour s'amuser, mais pour les convaincre qu'*Eva* est le meilleur support pour leurs campagnes. Ce ne sont pas des vacances...

De toute façon, je sais déjà ce qu'elle pense des voyages. La dernière fois qu'elle est rentrée de congés – elle était allée à Phuket, je crois –, je l'ai entendue raconter ses misères à une de nos maquettistes, Janette, une femme qui rembourse depuis dix ans les dettes de son ex-mari :

— Je ne connais pas de pire corvée que les vacances. On se réveille à n'importe quelle heure, parce qu'on ne se fait pas au décalage horaire, ou parce qu'on est réveillé par la femme de ménage qui n'a pas vu le panneau « do not disturb ». On bâcle sa douche et son maquillage parce que le petit déjeuner n'est plus servi après neuf heures trente et qu'on ne veut pas partir en excursion le ventre vide. Après, on est trimbalé de bus climatisé (où l'on gèle) en joli point de vue (où l'on grille) pour essayer de reproduire, en moins réussi, les photos qui sont sur le guide. Évidemment, on attrape la tourista (le premier jour, comme ça on est débarrassé). Le reste du temps, on angoisse pour trouver des choses à raconter sur les cartes postales, et on cherche désespérément des souvenirs solides et pas trop chers à rapporter à Paris. Tu as de la chance de ne jamais partir.

Notre maquettiste n'a rien répondu. J'aurais payé cher pour savoir ce qu'elle pensait. Le seul événement marquant de sa vie, et le seul titre de gloire de sa mère, c'est d'avoir reçu Giscard à dîner en 1976, à l'époque où il descendait dans des familles HLM pour découvrir la vraie vie des Français (Janette a d'ailleurs répondu à l'une des questions que je me posais à ce sujet : Giscard n'apportait pas sa nourriture, mais il prévenait de sa visite un mois à l'avance et il dédommageait largement ses victimes). Parfois, Janette me fait l'effet d'être un de ces nouveaux SDF qui ont un domicile fixe mais manquent de tout le reste.

Nous passons la soirée et la nuit dans l'avion. Mon voisin est un chef de pub assez sympathique, Joël. Le genre petit gabarit et gros appétit. Pendant le dîner, il récupère tout ce que je laisse sur mon plateau-repas : le fromage, le pain, les crudités, le vin, le café... Ensuite, on essaie de dormir, recroquevillés sur nos sièges. Les tractations sont silencieuses : j'ai le hublot, je te laisse l'accoudoir central. Si je coince mes jambes entre la carlingue et l'accoudoir du voisin de devant, tu peux étaler les tiennes devant mon siège. Mais si je redescends, tu les rapatries côté couloir.

Toute cette gymnastique ne m'empêche pas de penser. Et mon cerveau, depuis quinze jours, est monomaniaque : il n'y en a que pour Henkel. Mais je ne divague pas de la même manière qu'avant, quand j'analysais ses petites phrases en frémissant et prenais ma douche en deux minutes trente de peur de manquer la sonnerie du téléphone. Sa déclaration m'a fait à peu près le même effet que ce couteau de cuisine que ma sœur, un jour, avait placé au milieu des ustensiles de dînette alors que nous jouions au « déjeuner de la famille Pêchu » dans la cabane de jardin. Il avait cassé l'ambiance.

J'ai laissé passer la semaine qu'il m'avait impartie, et il ne m'a pas relancée. Évidemment, je ne m'attendais pas à trouver dimanche dernier sur mon répondeur : « Désolé, Marianne, je me suis montré patient mais le délai a expiré, je vous raie de la liste et je passe à la suivante. » Néanmoins je croyais qu'il se rappellerait à mon bon souvenir – qu'il assurerait la maintenance, en quelque sorte. Qu'il m'enverrait, je ne sais pas, un tombereau de roses rouges (version passionnée) ou un réveille-matin avec imitation bombe à retardement (version humoristique). Sauf que les farces et attrapes ne ressemblent guère à un homme qui choisit le Père-Lachaise pour enterrer sa vie de garçon.

S'il répugnait à écrire un mot, il aurait pu envoyer un CD. Voilà ce que j'aurais fait à sa place. Dommage, Axelle Red n'est pas son style, sinon *Parce que c'est toi* aurait été parfait.

Parce que c'est toi, le seul à qui je peux dire
Qu'avec toi je n'ai plus peur de vieillir.

À défaut d'Axelle Red, il connaissait sûrement ce morceau du dernier album de Johnny (« Un jour viendra, tu me diras je t'aime ») dont l'envolée lyrique me tire des larmes :

Toi, c'est le ciel qui t'a envoyée
Vers moi, pour me réapprendre à aimer.

Mais non, si cette idée saugrenue avait germé dans son esprit, j'aurais plutôt eu droit à Richard Antony :

Quelle chance aujourd'hui
Je suis amoureux de ma femme.

... et encore, dans l'hypothèse où ça existe en CD.

De toute façon, cette nouvelle déclaration n'aurait pas résolu mon problème : tant que notre histoire était purement théorique, Philippe Henkel incarnait le HIC. Mais en pratique ? À quoi ressemblerait la vie avec lui, après cinquante tours de l'Arc de triomphe en Triumph ? C'est le genre de type à vouloir quatre enfants – deux garçons d'abord, deux filles ensuite – et à baptiser les premiers Charles et Napoléon, et les secondes Jeanne et... Marianne (je me demande d'ailleurs jusqu'à quel point ce n'est pas sur mon prénom qu'il a flashé).

Je vais lui envoyer une carte postale d'Afrique du Sud. Et refuser clairement son offre. Bien sûr, il serait tentant de temporiser, au cas où (au cas où quoi, d'ailleurs ? Pour le coup de foudre, il est un peu tard...). En employant, pour ne pas le vexer, la vieille tactique des mâles : Je te quitte parce que tu es trop bien pour moi. Ce qui donnera, en gros : Vous méritez mieux. Je vous décevrais. Je passe des heures au téléphone avec mon MAG. Je porte un pyjama pour dormir. Je veux des câlins après l'amour. Je me goinfre de Nutella à une heure du matin. Je laisse des miettes dans le lit. Je ne supporte pas les vacances à Saint-Trop ni à l'île de Ré. Je vote écolo. Et ma mère pèse quatre-vingt-dix kilos (ce n'est pas vrai, maman a la taille mannequin, mais une de mes arrière-grand-mères était obèse).

Je ne sais pas si ces arguments suffiront pour le convaincre. Mais je ne peux quand même pas lui dire qu'il manquait cruellement de fougue ? Que je l'aurais voulu romantique, ou obsédé (idéalement, les deux à la fois) ? Que je rêvais de vêtements éparpillés du vestibule au salon, d'étreintes au pied du guéridon Louis XV, et d'attouchements coupables dans l'ascenseur ? Avec Henkel, je me refaisais une virginité. Il aurait été capable de ne pas me toucher avant le mariage. Et ensuite, de m'honorer avec parcimonie, les jours de pleine lune, après m'avoir gavée de sel pour être sûr que le premier enfant soit de sexe masculin.

Vers six heures du matin, au moment où le spectre des héritiers Henkel s'éloigne et où la torpeur du sommeil m'envahit, toutes les lumières de l'avion se rallument. Petit déjeuner, atterrissage, transfert vers un autre aéroport. J'avance au radar. Comme le groupe compte une vingtaine d'individus (toutes natures confondues), deux jets vont nous conduire sur un aéroport militaire au milieu du parc Kruger, près de la frontière mozambicaine. Dans l'avion, Lydie Lannoy, la fille de l'agence, est censée nous présenter le voyage, les précautions à prendre et les contraintes à respecter, mais l'appareil est si bruyant que toute conversation collective est condamnée. Au début, chacun engage vaguement la conversation avec son voisin de siège, mais hurler est épuisant et ceux qui ne veulent pas dormir une heure de plus finissent par communiquer par signes.

Le patron de Rideau Rouge nous attend à l'aéroport, un terre-plein goudronné. Héléna, qui a doublé tout le monde sur la passerelle, se précipite vers lui :

— On n'a pas pu travailler, ni même annoncer le programme, mais on a fait de l'interpersonnel.

Rassurant, de découvrir qu'on n'a pas perdu notre temps.

Dans le 4 x 4 qui nous emmène vers le lodge, la belle nous fait profiter de son expérience en matière de choix d'un homme (« C'est quand même plus simple quand on fait 90-60-90 », me souffle ma voisine, une femme d'une cinquantaine d'années à l'embonpoint raisonnable). Héléna a des idées tellement précises sur la question et les développe si complaisamment qu'on croirait qu'elle cherche à décrocher une rubrique dans *Eva*... mais une fille de la télé n'a pas besoin de courir la pige.

La règle de base, selon elle, est de fuir comme la peste tous les hommes d'un autre milieu que le vôtre (un rapide calcul mental me convainc que j'ai tout faux).

— Comme je le disais hier à notre productrice qui a l'art de tomber sur des losers, je ne me prends pas pour un modèle, mais regarde Simon ! Ce n'est pas un hasard si nous vivons ensemble depuis trois ans. Nous avions les mêmes goûts musicaux, nous skiions dans la même station, nous dînions dans les mêmes restaurants...

L'intéressé, assis à l'avant, est en train de discuter avec le chauffeur, un ranger aux cheveux noirs et drus qui ressemble à Zidane (le vrai) et, curieusement, s'appelle Zane. Il lui pose en anglais des questions sur les animaux, les traces qu'ils laissent et les heures où l'on peut les observer. Je tends désespérément l'oreille pour essayer de profiter des réponses, mais la voix d'Héléna couvre ses paroles :

— Les hommes, c'est comme les escarpins : il ne faut jamais prendre une pointure en dessous en pensant qu'ils se feront à votre pied. Il faut choisir la bonne pointure dès le départ.

Elle enveloppe la nuque de Simon du regard sûr du propriétaire terrien qui contemple ses cinquante hectares. Si c'est vraiment elle qui l'a choisi, on comprend qu'il se soit laissé faire : c'est sûrement la fille la plus sexy de la télé. J'ai beau chercher, il n'y a rien à jeter. Kant et la patronne de l'agence Élite ont beau dire de la beauté que son « assise déterminante ne peut être que subjective », j'aimerais bien avoir des genoux ou des avant-bras aussi subjectivement parfaits. Si je me résous un jour à avoir une expérience homo, c'est sûrement Héléna que je choisirai (réponse totalement théorique à une question qui ne l'est pas moins : embrasser une fille me tente autant que de sucer à la cuillère de la cervelle de babouin fraîchement décapité).

Physiquement, Héléna et Simon forment un couple parfait. Les deux moitiés d'une même orange, comme dans la mythologie grecque.

L'image de Philippe Henkel se superpose soudain sur celle de mes compagnons : est-ce lui, mon double, l'être avec qui je constituais un hermaphrodite idéal, trop beau et trop puissant, au point que Zeus a été obligé de nous couper en deux ? Non, impossible.

Lui, ce serait plutôt le choix que je ferais si j'étais prix Nobel d'économie. C'est ce que j'ai dit à Alicia – à qui j'ai fini par parler de mes soucis, dans une version non édulcorée.

154

— Pourquoi le Nobel d'économie ? Parce que ton bonhomme est plein aux as ?

— Non, ça c'est un argument subsidiaire.

— *Et la marmotte met le papier d'alu autour du chocolat...*

— Arrête. Je suis sincère.

— Tu parles ! Ne me dis pas qu'il t'est indifférent d'habiter avenue Henri-Martin ou à La Courneuve !

— Je n'irai pas jusque-là. Connais-tu la théorie de la rationalité limitée d'Herbert Simon ?

— Quézaco ?

— Dans la dernière rubrique éco d'*Eva*, on parle du prix Nobel d'économie Herbert Simon.

— Pourquoi ? Il est beau ?

— Non, et en plus il est vieux. Mais brillantissime. Voilà sa théorie : le décideur ne possède qu'une rationalité limitée. Il ne prend jamais la meilleure décision dans l'absolu. Il prend la meilleure décision possible à un instant donné en fonction de l'information, forcément partielle, dont il dispose.

— Tu peux être plus claire ?

— Il cherche une aiguille dans une botte de foin. Compte tenu de ses connaissances et de l'information disponible, il peut trouver quelque chose qui y ressemble, s'il est bon. Mais prendre la meilleure décision dans l'absolu, ce serait comme trouver la plus fine des aiguilles dans une infinité de bottes de foin.

— Bonjour l'angoisse. Où veux-tu en venir ?

— Henkel est sûrement le meilleur choix possible compte tenu de l'information dont je dispose.

Le ciel est bleu, sans nuages, et il fait trente-cinq degrés à l'ombre. Sauf qu'on est en plein soleil, à trois heures de l'après-midi. Dans la Land Rover, ceux qui n'ont pas prévu de chapeau ou de casquette s'enveloppent la tête d'un tee-shirt (c'est mon cas, mon nez et mes bras ont brûlé après dix minutes de trajet). Héléna, elle, a tout prévu : le chapeau, tendance Errol Flynn, les lunettes de soleil, le brumisateur, et même la crème bronzante, dont elle s'enduit copieusement le visage et les bras tout en surveillant les cahots de la piste. Je l'imagine l'été, concoctant son bronzage idéal.

Blandine, qui avait la même obsession, a carrément renoncé au soleil l'an passé parce qu'elle avait mal calculé ses dates :

— Dix jours de travail pour obtenir un bronzage qui tiendra une semaine, à quoi bon, si personne ne s'en aperçoit ? Je n'ai pas de mec en ce moment, et quand on va rentrer à Paris fin juillet, la moitié de l'agence sera en vacances. En plus, la capitale est vide, je ne vais pas bronzer pour les touristes allemands...

Elle a finalement passé ses deux semaines en Corse entre le parasol et la paillote d'Antoine-Dominique. Elle, elle voudrait trouver l'aiguille sans même chercher dans la botte de foin.

Le reste du 4 x 4 est plutôt hétérogène. Il y a d'abord Kevin, un garçon dont j'ai fait la connaissance à la descente de l'avion. C'est le fils d'un gros annonceur d'*Eva*, le parfumeur XLM. L'invitation était pour deux personnes, et son père devait l'accompagner, mais le papa a été retenu et le fiston est venu seul. Vingt-cinq ans et soixante kilos tout mouillé, un faux air de Dutronc jeune, de belles mains et un joli sourire. Il est assis à côté d'Héléna et lui adresse des regards difficiles à interpréter.

Les autres, à l'exception de ma voisine, sont clairement sous le charme : le patron de l'agence Fildever, trente-cinq ans, plutôt beau gosse lui aussi (dans la com, de toute façon, il n'y a que des gens beaux, ou qui se débrouillent pour le devenir). Il est accompagné d'un créatif au regard fuyant, un extrémiste de la branchitude, qui prend sûrement trois grammes de cocaïne par jour équitablement répartis (après le déjeuner, en sortant du bureau, et avant d'aller en boîte). Il se demande à quelle heure il en profitera le mieux ici. Son mini-CV indique « écrivain publié », ce qui donne une idée des difficultés qu'il a dû rencontrer pour y parvenir. On sent la vie intérieure qui bouillonne sous sa chemise Polo de Ralph Lauren.

Ensuite, installés sur l'impériale – une banquette rajoutée à l'arrière des 4 x 4 –, la directrice de la communication (dircom, comme on dit dans le business) d'une grande maison de couture, Gwenaëlle de

Champeaux, accompagnée de son chevalier servant, un para recyclé dans la gendarmerie. L'ex-para est exactement le genre de garçon pour lequel toute femme normalement constituée pourrait avoir le coup de foudre, jusqu'au moment où il ouvre la bouche. Il fait partie de ces gens dont je comprends les contrepèteries sans qu'ils aient besoin de les répéter trois fois. Le genre de type pour qui flirter signifie peloter la fesse d'une collègue derrière la photocopieuse. Tout à l'heure, en s'apercevant que Zane (qui ne parle pas français) avait oublié de remonter sa braguette, il s'est écrié :

— Ah, c'est journée portes ouvertes ?

L'humour suppose une mise en condition.

La piste qui nous mène de l'aéroport au lodge ressemble à une longue saignée dans le bush. Soudain, un objet tombé du 4 x 4 qui nous précédait nous oblige à nous arrêter : c'est une veste militaire, rouge et bleu à galons dorés. Je descends pour la ramasser. Tout le monde l'a reconnue : elle appartient à Gwenaëlle de Champeaux, qui l'a achetée aux Puces (en précisant qu'elle n'allait pas porte de Saint-Ouen pour chiner, mais pour trouver des *vintages*). Je la lui rendrai en arrivant à l'hôtel. Kevin, tout sourires, me tend la main pour me hisser dans la Land Rover. Sa poigne est solide. Pas de chance, il était encore en maternelle quand je m'inscrivais en fac.

Nous entrons dans notre lodge, le Sabi Sabi. Son nom est celui d'une rivière qui coule à quelques kilomètres de là ; il signifie « attention, danger ». Le lodge donne dans le luxe « authentique » : ce sont de grandes huttes en bois, somptueusement aménagées avec de la pierre bleue, des meubles en rotin, des grandes armoires en bois ouvragé et des accessoires en fer forgé ; le sol de la salle de bains est sur pilotis, des pales de ventilateur tournent au plafond (on en oublie que la climatisation fonctionne) et les murs sont enduits de chaux. Chaque suite comporte une salle de bains de trente mètres carrés, un immense salon, et une chambre dont les lits sont couverts de lin et de draps blancs ; mais il faudra attendre ce soir pour se laisser

157

tenter car on repart à seize heures trente en 4 x 4, pour le safari cette fois.

Le patron de Rideau Rouge nous conseille de garder le même guide pendant tout le séjour, car chaque ranger a ses habitudes, ses parcours préférés, et ne reprend pas deux fois la même piste – ce qui risque d'arriver au touriste qui changerait de voiture chaque fois. Chacun s'est enduit de produit antimoustiques grâce au vaporisateur fourni par l'hôtel. On nous a fait la leçon : dès qu'il fait nuit, les bestioles attaquent. Les bras, le cou, le visage, les chevilles, tout morceau de chair qui dépasse des vêtements doit être protégé. Deux précautions valant mieux qu'une, j'ai même arrosé mon pantalon et ma chemise, au cas où un moustique musclé aurait l'idée de s'attaquer à ma peau à travers le tissu. Et j'ai badigeonné aussi la chair en dessous, on ne sait jamais. J'ai juste hésité sur les fesses et l'entre-cuisse : rien ne prouve que les moustiques ont du savoir-vivre.

Je remonte dans le 4 x 4 de Zane. Un pisteur, Ekango, a pris place sur un siège rivé sur le capot, à l'avant. Ses jambes retombent à hauteur du phare gauche. Il a un fusil à la main, au cas où des animaux se jetteraient sur le véhicule. C'est un homme du bush et sa principale mission consiste à repérer les traces des animaux que nous allons pister. Cette fois, la place à gauche du guide (ici, le volant est à droite, comme en Angleterre) est occupée par l'ex-para, Brice de son petit nom, armé d'une caméra numérique. Simon et Héléna sont juste derrière eux, mon ex-voisine s'est installée sur l'impériale avec la dircom, Kevin et moi sommes au beau milieu.

L'air est moins chaud qu'à notre arrivée, le soleil brûle l'anxiété, Paris et son interminable saison des pluies sont à dix mille kilomètres. Je me sens agréablement paresseuse. Pendant les premières minutes d'expédition, nous ne voyons que des oiseaux. Kevin les repère avant tout le monde, et me les indique avec un commentaire de son cru.

— Lui, c'est un spécialiste de l'urohydrose. Un vautour qui, pour se rafraîchir, se fait pipi sur les pattes.

Avant que j'aie le temps de me demander s'il est sérieux, deux girafes surgissent derrière un bosquet d'arbres.

— Stop ! hurle le gendarme qui fait sursauter tout le monde.

— Ne vous mettez pas debout, et ne quittez pas la voiture, prévient Zane.

Lorsque nous sommes ensemble dans la Land Rover, nous formons pour les animaux une masse indifférenciée, bruyante mais pas menaçante. Comme elle est plus grosse qu'eux, ils ne pensent même pas à l'attaquer. Mais si nous nous désolidarisons du véhicule, s'ils voient une silhouette humaine isolée, tout peut arriver.

Je n'imaginais pas les girafes si hautes et si gauches : comment tiennent-elles sur des pattes aussi frêles ? Le 4 x 4 quitte la piste et pénètre dans les herbes hautes, escaladant allégrement les troncs d'arbres morts, les termitières et les enchevêtrements d'herbes et de branchages qui jonchent le terrain. Nous sommes à deux mètres des deux animaux. On peut même voir des traces d'eczéma sur le cou du plus âgé. Les appareils photo crépitent.

Le jour tombe peu à peu. Le ciel est orange et bleu, avec quelques arbres en ombres chinoises. L'air est doux, et le vent de la course presque tiède. Une impression de quiétude m'envahit. Je souris à Kevin qui croise mon regard. Il me montre deux impalas sur la gauche, à quelques mètres de nous.

Soudain, on entend un drôle de piaulement. Le bruit est très proche, comme s'il venait de la voiture. Tout le monde se regarde. Soudain, la dircom attrape son sac à main et le fouille frénétiquement, avant d'exhiber triomphalement son mobile tribande dernier cri.

— Gwenaëlle de Champeaux à l'appareil. Ah, c'est toi, ma chérie ? Tu ne devineras jamais où je suis : en Afrique du Sud ! Mais si, je te jure ! C'est ab-so-lu-ment fa-bu-leux ! Non, tu n'imagines pas : on vient de voir des girafes. Oui, bien sûr, en liberté, qu'est-ce que tu crois ?

— On devrait interdire les mobiles dans ce genre de voyage, me souffle Kevin à l'oreille.

Insupportable portable. Nous ne sommes plus en Afrique du Sud, mais à Thoiry. Les interruptions sont mortelles. Comme la coupure de la pub, à la télé. Le présentateur évoque l'instabilité des banlieues ou les populations qui meurent de faim en Éthiopie, et au moment où vous sortez votre carnet de chèques, le Suisse de Kelkoo ou le Belge de Gerflor surgissent sur l'écran. Finalement, vous gardez vos cent euros pour retapisser la salle de bains.

La dircom poursuit sa conversation sur le même ton pendant cinq bonnes minutes, lorsqu'un éléphant traverse la piste.

— Un éléphant vient de nous brûler la priorité ! Je te jure ! Mais si, tu peux y croire !

— Maman ? Oui, c'est moi, je suis en Afrique du Sud !

Héléna a pris son téléphone elle aussi et commence à décrire l'éléphant qui marche devant nous d'un train de sénateur, sans paraître le moins du monde perturbé par la troupe bruyante qui lui colle aux basques. Héléna répète les propos de Zane :

— Il peut vivre jusqu'à cinquante ans...

La voix de la dircom répète en écho :

— Et il mange plus de deux cents kilos d'herbes et de branchages tous les jours.

Simon glisse à sa fiancée :

— Ne sois pas trop longue, tu téléphoneras de la chambre, à notre retour.

Mais elle ignore sa remarque et poursuit ses commentaires en direct. Elle discute maintenant avec son producteur, l'homme qui a voulu adapter avant tout le monde *Big Brother* (l'ancêtre de *Loft Story*), *La Roue de la fortune*, et *Qui veut gagner des millions* sur les chaînes françaises. Un humaniste.

Le ranger et le pisteur, imperturbables, décident de couper la route à l'éléphant. Au moment où la piste se divise en deux, le pachyderme choisit la voie de droite, et nous entrons dans les feuillages pour en ressortir juste devant lui. Il s'arrête. C'est un mâle. Je le photographie deux fois. J'ai son œil en gros plan, il n'a pas l'air méchant, il a surtout l'air vieux et blasé. Soudain, il lève sa trompe et fait un pas dans notre direction. Les commentatrices s'affolent, interrompant leur prestation en direct.

— Aaaaaarrrrrrhhhhh ! Je te laisse, il va nous écraser ! crie Héléna.

Gwenaëlle, quant à elle, a laissé tomber son téléphone dans l'herbe. Zane enclenche la marche arrière, mais n'embraie pas.

Nous restons immobiles pendant de longues minutes à regarder l'éléphant qui nous regarde aussi. On dirait qu'il nous jauge. Nous n'osons plus faire de photos. Même les accros du mobile retiennent leur souffle.

L'éléphant arrache avec sa trompe une branche d'hibiscus qui se trouve à sa hauteur. Lorsqu'il la porte à sa bouche, elle effleure les jambes du pisteur. Puis il se retourne, arrache en même temps deux branches d'un arbre de catégorie indéterminée. Seule certitude : encore un qui va mourir.

— Les éléphants sont trop nombreux dans le Kruger, explique doctement Zane. L'interdiction de les chasser pour l'ivoire a eu sur l'écosystème des effets pervers.

Finalement, l'éléphant revient sur ses pas. Après un instant de silence, la dircom réclame son téléphone. Zane descend de la voiture et la longe, courbé en deux. Il ramasse le mobile et, sans commentaire, le tend à sa propriétaire. Nous reprenons la piste initiale et roulons pendant une dizaine de minutes. Kevin, qui a décidément l'œil affûté, me montre un nouveau groupe d'impalas sur la droite.

— Ils sont rassemblés, il doit y avoir un lion en chasse dans les parages, explique Zane.

Quelques instants plus tard, nous manquons de percuter une jeune lionne qui se lèche les pattes, allongée au milieu de la piste sablonneuse. Zane rameute ses collègues par radio. Bientôt, la lionne est entourée par plusieurs 4 x 4, mais ni les dizaines de paires d'yeux qui la scrutent ni la lumière des phares ne semblent perturber sa toilette. Lorsqu'elle se lève, après une bonne demi-heure d'ablutions, un murmure parcourt les voitures. Mais elle ignore les observateurs et s'engage sur le chemin. Nous sommes en tête pour la suivre. Lorsqu'elle sort de la piste, nous sortons avec elle. Soudain, alors que nous croyons l'avoir perdue de vue, elle réapparaît sur la droite. Un jeune impala se tient sur notre gauche, à une vingtaine de mètres. Que va-t-il se passer si la lionne attaque ? Héléna se blottit déjà contre Simon. Quant à la dircom, elle appelle son para au secours.

— Brice, je t'en supplie, viens là...

Kevin commente à voix basse :

— Et ça prétend contrôler des budgets de cent millions ? Je déteste les femmes qui jouent sur les deux tableaux : fortes au bureau, faibles quand ça les arrange. Ça gagne cinquante mille balles par mois, sans parler de la voiture-de-fonction-qui-crisse-dans-le-parking le matin, et ça exige de la galanterie...

Je ne réponds rien. Si je procède à un examen de conscience, je ne suis pas exempte de tout reproche. À partir de quel salaire n'a-t-on plus le droit d'avoir peur des araignées ?

Soudain, la lionne attaque. Elle contourne la Land Rover et se précipite sur l'impala. Gwenaëlle de Champeaux a poussé un cri. Zane démarre, et nous poursuivons – trop lentement – la lionne qui poursuit l'impala. Elle ne l'attrapera pas : le détour pour éviter le 4 x 4 lui a été fatal.

La dircom est restée cramponnée à son gendarme de choc. Lequel essaie de se dégager avec un agacement visible pour continuer de filmer la scène. Ceux-là ne sont sûrement plus dans la phase 1 de leur relation. Le découpage en phases de proximité physique est une autre théorie de Blandine :

— En phase 1, ils vous aiment tant qu'ils languissent de vous les heures où vous n'êtes pas là. En phase 2, ils vous aiment parce qu'il est agréable et pratique de vous trouver là à l'heure où ils rentrent. C'est la phase où vous devenez un meuble. Au choix : le pouf, confortable et enveloppant, mais dont les sentiments importent peu (on s'assoit dessus) ; la potiche, à vocation purement décorative (mais vite encombrante) ; l'évier, sur lequel on aime à s'épancher, et qui accumule une grande richesse intérieure (dommage qu'il ne puisse pas la communiquer) ; ou l'armoire normande, une force de la nature, qui résout tous les problèmes et prend les décisions (la plus difficile à larguer). Mais il y a pire, c'est la phase 3 : celle où ils commencent à vous détester parce que vous êtes là alors qu'ils auraient volontiers couché ailleurs. L'ennui, c'est qu'on ne sait jamais à quel moment ils passent d'une phase à l'autre. L'idéal, c'est encore de partir la première.

Je me demande comment Blandine a pu élaborer cette théorie : ses relations avec les hommes ne se prolongent jamais après le lever du soleil. Mais peut-être le cycle amoureux fonctionne-t-il aussi en accéléré.

Le safari se poursuit sans autre morceau de bravoure. Quand on a vu des lions, des girafes et des éléphants, on ne s'arrête plus pour un troupeau d'impalas. Le gendarme bâille bruyamment.

— C'est le décalage horaire, explique Gwenaëlle. Enfin, pas celui qui sépare Paris de l'Afrique du Sud, puisqu'il n'y a qu'une heure, mais celui que nous avons encaissé il y a deux jours en revenant de Saint-Barth.

Nous rentrons au Sabi Sabi enthousiastes pour les uns, faussement traumatisés pour les autres. Le cocktail commence sous la tonnelle. Je me précipite vers les lavabos pour me rafraîchir le visage et les mains. Ici, les toilettes ont trois portes : « femmes », « hommes », et « autres ». J'aimerais bien voir à quoi ressemblent les autres.

Lorsque je retrouve mes compagnons, le gendarme est en train de décrire nos aventures de l'après-midi en se mettant en scène, comme s'il était filmé pour la télé. Au moment où il raconte l'attaque de la lionne, il laisse échapper un nouveau bâillement bruyant.

Il ne se remet pas du décalage horaire, en effet !

Les autres voitures ont eu moins de chance que nous. Jacques Bernim raconte qu'il n'a photographié que des oiseaux et des lapins.

— Ils n'avaient pas Zane et Ekango, la *dream team*, explique Kevin, en me rejoignant près de la fontaine de jus d'orange frais.

Je réponds tout en me servant un troisième verre :

— C'est vrai qu'ils sont bons.

— Tu parles des guides ou des jus de fruits ?

Kevin est une heureuse nature, une qualité plutôt rare chez un héritier. Tout à l'heure, dans le 4 x 4, je l'ai surpris souriant aux anges, la tête renversée, et quand je lui ai demandé ce qui se passait, il m'a répondu « carpe diem ». Depuis *Le Cercle des poètes disparus*, l'expression est transgénérationnelle.

— Marianne ? appelle Simon, déjà assis à la table centrale avec un client, un ponte de chez DDB/LMBO (ou BBDODO, je ne sais plus). Tu peux nous rejoindre ? Claudine s'est excusée, elle ne se sent pas bien, elle restera dans sa chambre ce soir. Elle ne supporte pas la Savarine.

Tout le monde s'est fait prescrire ce médicament censé nous protéger du paludisme, mais il provoque des troubles gastriques et des vertiges chez la plupart d'entre nous. Et Claudine présente un facteur aggravant : en ce moment, elle est au régime. Hier, dans l'avion, tandis qu'elle touillait vigoureusement, dans un grand verre, son substitut de repas, un de ses voisins a eu le mot qui tue :

— C'est de remuer qui fait maigrir ?

Je me tourne vers Kevin pour lui expliquer la situation, mais Simon intervient :

— Je ne voulais pas te séparer de ton chevalier servant, Marianne. Il y a deux places libres à notre table.

Chevalier servant, ce jeune homme à peine sorti de l'adolescence ? Je pourrais être sa mère (à neuf ans, il y a des filles qui sont formées ; et au Swaziland, je viens de le lire dans le *South African News*, le parlement a interdit la minijupe aux écolières de dix ans et plus pour lutter contre le sida).

Mais Kevin n'a pas l'air de s'offusquer du persiflage de notre hôte. Il sourit benoîtement. Dans son milieu, on apprend à être galant en toutes circonstances. Je le soupçonne un peu d'être un *marketing lover*, un amoureux qui a le sens du marketing.

J'en ai connu un autrefois, longtemps avant Julien. Il s'appelait Bernard. Comme les Américains pendant la guerre du Golfe (qui avait lieu à la même époque), c'était un adepte des frappes chirurgicales : la première fois qu'il était venu chez moi, il avait repéré dans mon frigo un poulet Korma surgelé, alors, sans rien dire, il avait réservé une table dans le meilleur resto indien de Paris le samedi suivant ; il avait remarqué que tous les livres de David Lodge étaient en bonne place dans ma bibliothèque, alors il avait fait venir des États-Unis le dernier sorti, pas encore traduit, bien avant que nous parlions de nos goûts littéraires. Mais peu à peu, je m'étais rendu compte qu'il n'émettait que des jugements censés me plaire, qu'il n'agissait qu'en fonction de ce que j'attendais. Il calculait tellement ses paroles, ses compliments, ses cadeaux que je me suis mise à placer des leurres, des chars en carton comme les Irakiens. Je lui disais que je préférais Mary Higgins Clark à David Lodge, Dechavanne à Woody Allen. Je le voyais alors dérouté, pris à contre-pied, hésitant sur la tactique à adopter. Chez lui, l'accès de sincérité était précédé du même empourprement qu'une quinte de toux. Je n'arrivais quand même pas à le quitter, parce que c'était un garçon bien sous tous rapports – sexuels compris. Le jour où nous nous sommes séparés, je lui ai signalé ce défaut, et il a répondu qu'il n'avait agi ainsi que parce qu'il m'aimait trop. Pourtant, il appliquait avec son patron, ses parents ou ses amis la même stratégie marketing. Bernard ne fait pas partie de mes ruptures inoubliables.

Je prends place en face de Simon à la table d'honneur. La plupart des convives (sauf Simon, rendons-lui cette justice) ont posé leur portable à droite de l'assiette, côté couteau. C'est à celui qui dégainera le premier. Il paraît qu'aux États-Unis, des centaines de personnes exigent chaque année, dans leur testament, d'être mises en bière avec leur mobile. Il les délivre de la peur archaïque d'être enterrées vivantes. Aujourd'hui, vous ne mourez pas lorsque votre cœur s'arrête, mais quand votre abonnement est résilié.

Je bois une coupe de champagne pour me donner du courage, et répondre aux questions de mon voisin, Gilbert Sens, directeur du marketing d'un grand constructeur auto, qui semble n'avoir d'autre objectif, depuis le début du voyage, que d'empêcher son vis-à-vis et concurrent, directeur de la communication d'un autre constructeur, de monopoliser l'attention. Je le soupçonne de se servir du *name-dropping* pour réussir comme d'autres utilisent le flirt ou les rallyes mondains : en moins de dix minutes, il a cité le conseiller de Jack Lang sur les MST à l'école, le fils de Joe Dassin (celui qui n'a pas connu son père), le conseiller fiscal de Paul-Loup Sulitzer et la meilleure amie de Betty Lebœuf. Il paraît que Betty est une femme charmante, qui n'a pas attendu, comme Adriana Karembeu ou Linda Evangelista, que son futur mari soit champion du monde, médiatique et décoré, pour en tomber amoureuse. J'ai tout de même du mal à croire qu'elle a connu l'époque des nouilles et du pâté Hénaff, quand le jeune Beu-beuf rongeait son frein en douzième division à Saint-Cucufa. Si c'est le cas, elle ne doit pas en revenir de partager la vie trépidante d'une start-up à trois bandes.

Avec un empressement un peu louche, Gilbert Sens veut tout savoir d'*Eva* : la politique éditoriale du journal – un mot un peu pompeux pour déterminer le public auquel on s'adresse, ce qu'on fait pour le conquérir et comment on répond à ses besoins –, les spécialisations des journalistes, les grandes signatures, le profil des lecteurs... Simon m'encourage du regard et complète mes explications lorsqu'il est directement concerné. On dirait un numéro de duettistes parfaitement rodé. Mon trac disparaît, je suis très à l'aise. Je finis même par trouver Sens sympathique, avec ses épaules renforcées et son sourire à l'avenant, l'image même de l'homme moderne, bien dans sa peau bien dans son siècle, toujours de bonne humeur sauf quand il est seul avec sa femme (pas le genre à ouvrir la boutique pour un seul client). Bref, quand arrive le dessert, j'ai l'impression d'avoir justifié ma participation à ce voyage. Mais Héléna semble très agacée. Pourtant, pendant tout le repas, entre deux éructations de son portable (je préfère encore celles du para), elle a charmé son voisin, le mari d'une dircom dont j'ai oublié le nom (sur le trombinoscope, il n'y avait ni les époux ni les amants). Il est chasseur de têtes et se présente toujours de la même manière :

— Je suis un spécialiste de la débauche.

Ou alors :

— Mon job ne consiste pas à couper les têtes mais à les convaincre.

Pendant qu'il s'efforçait de persuader, par téléphone, un cadre très supérieur de lui réserver un *slot* (plus personne n'a de rendez-vous aujourd'hui, seulement des créneaux de décollage, comme les avions), sa femme faisait du pied à Kevin sous la table. J'essaie d'échanger quelques mots avec les deux autres convives : un dircom masculin, animal en voie de disparition (celui-là a tout d'une fin de race) ; le genre de type à qui l'on a dû dire un jour qu'il était brillant et qui l'a cru. Dans son système de valeurs, tous ceux qui n'ont jamais publié un livre à plus de dix mille exemplaires ou exposé dans l'une des vingt premières galeries parisiennes sont transparents.

À sa droite, je découvre, un peu tard, la personne la plus intéressante de la tablée. Annie Le Meur est une femme d'une cinquantaine d'années, directrice marketing d'un grand groupe pharmaceutique. Elle semble bien connaître les ravages de l'épidémie de sida en Afrique du Sud, le travail des associations locales, les difficultés du gouvernement depuis le départ de Mandela. Elle est brillante, mais sans ostentation, directe et efficace. Françoise Giroud a dit un jour que les femmes seront les égales des hommes le jour où elles seront nommées des postes pour lesquels elles sont incompétentes. À en juger par l'échantillon que j'ai sous les yeux, il reste du chemin à parcourir.

Soudain, je me rends compte que Simon est en train de lui parler de l'Eflornithine. Je crois d'abord avoir mal entendu – difficile de saisir ce qui se passe à l'autre bout de la table quand, squattant votre oreille gauche, Gilbert Sens vous raconte comment, l'été dernier à Saint-Trop, l'ex-petit ami de la compagne d'Ariel Wizman a débarqué chez lui à cinq heures du matin, complètement shooté. J'essaie d'écouter leur conversation. À en juger par les réponses d'Annie Le Meur, Simon explore toutes les solutions pour relancer la fabrication de la pilule de la résurrection. Et moi qui croyais qu'il en ignorait jusqu'à l'existence !

— Vous avez raison, conclut Annie Le Meur. Mais mon laboratoire ne bougera pas. La solution passe peut-être par la création d'une joint-venture avec un laboratoire camerounais ou ivoirien.

À minuit, je demande l'autorisation d'aller me coucher. On se lève à six heures demain matin, pour un second safari. Le gendarme a déjà piqué du nez dans son assiette, la faute au décalage horaire (ou au décalage tout court). Le ranger qui doit m'accompagner jusqu'à ma chambre – c'est une femme, vêtue d'un short et d'une chemise kaki à manches longues – s'approche : personne n'a le droit de se déplacer seul dans le lodge, car des animaux sauvages peuvent surgir à tout moment. Simon se lève et me dit à voix basse, avant que je ne quitte la table :

— Je te croyais timide. Mais on dirait que tu n'as fait que cela toute ta vie. Si, après ça, on ne décroche pas le budget Dodido...

Je rougis sans raison. Kevin se lève à son tour :

— Ma chambre est au 18, ce n'est pas loin de la tienne – tu es au 16, non ? Je t'accompagne.

Simon fronce les sourcils et retourne s'asseoir.

Notre accompagnatrice nous explique en anglais que des gens très connus sont des habitués de ce lodge : Elton John, Edmund Black, Kevin Kostner. Kevin – le nôtre – ne connaît pas Black. Je lui explique que c'est un écrivain américain homosexuel, un mythe vivant. Je me souviens d'une phrase qu'il a prononcée chez Pivot (et que j'avais soigneusement notée pour William, qui était alors dans son trip littéraire) : « Les Français ont trop sacralisé l'écriture. Ils s'imaginent qu'elle vient directement de Dieu, ou pas du tout. Ils n'acceptent pas l'idée qu'un écrivain, ce monstre sacré, ait pu recevoir une formation, à l'égal des peintres et des musiciens. »

Kevin me regarde bizarrement. Je ne sais pas si c'est ma tirade qui le déroute ou le fait que nous arrivions devant la chambre 16, qui a été occupée par Claudia Schiffer quelques mois plus tôt. Je vais donc avoir la chance de dormir dans les mêmes draps qu'elle. Sans débourser un sou, contrairement à ces nouveaux riches qui paient des fortunes pour louer la résidence secondaire de célébrités américaines du rock ou de la politique (quinze mille euros pour batifoler pendant une semaine dans le lit de Mick Jagger, la cuisine de Tina Turner ou les toilettes de Madonna, ça doit sûrement laisser des souvenirs impérissables). Mais avant que j'aie pu lui confier mes impressions, Kevin me glisse :

— À voir comment tu es à trente-cinq ans, tu devais être canon à vingt.

J'encaisse le choc sans broncher, retenant une furieuse envie de rétorquer : « À voir comment tu es avec ton mètre soixante-dix, tu serais canon à un mètre quatre-vingt. »

Il ne comprendrait pas. Il a cru me faire un compliment. Je lui dis bonsoir, ainsi qu'à la ranger, et je rentre dans ma case. Pas fourbe, la jeune femme lance au moment où je franchis la porte :

— Si vous décidez de ressortir cette nuit, je vous en prie, appelez-moi.

J'imagine la scène. J'appelle l'accueil : pourriez-vous m'envoyer un ranger, oui, c'est pour aller de la chambre 16 à la chambre 18... Heureusement, je n'ai aucune envie de ressortir. Kevin n'est pas le genre de garçon avec lequel je conclurais un CDI (pas même un CDD). Peut-être était-il demandeur d'une pige (le fantasme de la femme mûre et expérimentée ?). En réalité, rien n'est moins sûr. Au moment où nous quittions la table, il m'a dit à propos de sa voisine :

— C'est le genre de nana qui quitte Aix-en-Provence pour Marseille parce qu'elle a déjà couché avec tout le monde à Aix.

Dans ce milieu, l'important n'est pas ce que vous avez fait mais qui vous vous êtes fait.

Ma chambre est accueillante, et le lit à baldaquin douillet avec son gros édredon de toile blanche. Il y a même une radio dans la salle de bains. Je m'empresse de procéder à mon test favori.

You're simply the best...

La première chanson que je reconnaisse, sur une station sud-africaine, est un vieux tube de Tina Turner : les augures sont avec nous.

Je mets deux pruneaux dans un verre d'eau pour demain matin. Quand je pars en voyage, j'emporte toujours le nombre de pruneaux nécessaires dans du papier alu ; et ils ne voyagent pas en soute, c'est trop risqué, mais dans mon bagage à main. Je peux me passer de pyjama, mais pas de pruneaux.

Je lis pendant cinq minutes un bouquin trop sérieux pour moi – *j6m.com, faut-il avoir peur de la nouvelle économie ?* – et m'endors comme une masse après m'être appliqué, au jugé, une dernière couche de spray antimoustiques.

Le lendemain matin, je suis réveillée par un cri déchirant. Je mets du temps à le reconnaître, alors qu'il se multiplie, paraissant surgir de tous les pavillons à la fois.

— Wassuuuuup !!!!!!!!!!!!!!!

C'est le cri de ralliement des accros de la bière Budweiser, qu'on a entendu sur les pistes tout l'hiver 2000 (en version originale : *what's up*, quoi de neuf). Éminemment contagieux. Comme dit Blandine, qui utilise cette technique quotidiennement dans son job, c'est « un chef-d'œuvre de marketing viral bien orchestré » (on lance une mode comme un virus : la première personne en contamine dix, qui en contaminent elles-mêmes cent autres, etc.). J'ai failli oublier que nous étions entre *influentials* et *trendsetters* : pour lancer ce cri débile, il a bien fallu qu'ils se l'appliquent à eux-mêmes.

Au petit déjeuner, il s'est formé un attroupement autour de la table d'une médiaplanneuse de l'agence

McQuinn. Elle raconte son aventure de la nuit pour la troisième fois :

— J'allais m'endormir lorsque j'entends un bruit d'ailes au-dessus de ma tête, comme si un oiseau était coincé dans le dôme qui surmonte le lit, au-dessus des pales du ventilateur. Soudain, j'entends tomber une masse sur l'oreiller à côté de moi. J'allume la lumière, et là, horreur : une chauve-souris ! Je bondis, je sors de ma hutte et je cours chez Jean-Christophe.

— Quand je l'ai entendue frapper à ma porte et crier, à deux heures du matin, je me suis douté qu'elle ne venait pas pour une partie de jambes en l'air, renchérit le dénommé Jean-Christophe, directeur des études marketing d'une grosse société américaine, un homme au physique déroutant – très mince, un peu raide, le regard en biais et une drôle de lèvre inférieure proéminente. Je suis sorti en pyjama et je l'ai accompagnée dans sa case. La chauve-souris était toujours là, sur l'oreiller. J'ai mis une serviette de toilette autour d'un parapluie, c'est tout ce que j'avais sous la main. C'est à ce moment-là qu'un ranger est arrivé, il avait dû entendre nos cris.

— Il avait une machette, reprend la publicitaire. Il a fendu la chauve-souris en deux. Le sang a giclé sur les oreillers, sur les draps, partout. Je ne pouvais plus dormir dans cette chambre. Heureusement que Jean-Christophe m'a proposé de venir dans la sienne...

— ... en tout bien tout honneur, précise l'intéressé qui, dans un film de Fellini, jouerait le rôle de l'ecclésiastique de haut rang rompu aux péchés de la chair (et adepte de la flagellation après l'action).

À la manière dont ils se regardent, ou plutôt ne se regardent pas, je jurerais que si le « tout bien » est vrai, le « tout honneur » est sujet à caution. J'imagine facilement la scène : la jeune femme effrayée, en nuisette, l'homme mûr venu à son secours, détournant les yeux devant ses appas jusque dans l'action finale...

Je m'assieds à la table de Gilbert. Il me demande si j'ai bien dormi, puis si c'est la première fois que je viens en Afrique du Sud. Pendant un quart de seconde, je me demande s'il blague : il m'a déjà posé la question hier soir. Je croyais que ces choses-là n'arrivaient qu'à Paris. Toutes ces vies en bulles de savon.

Ce matin, le 4 x 4 nous emmène au bord de la rivière Sabi Sabi. Des canots y sont amarrés. Nous allons la descendre en rafting. C'est, paraît-il, une autre manière de voir les animaux, lorsqu'ils viennent s'abreuver le matin, juste après l'aube. L'équipe du bateau est la même que celle du 4 x 4 – Héléna et Simon, la dircom et son para, Kevin, Sylvie Doll, Zane, Ekango, et moi ; notre ranger est aussi un barreur professionnel. Il nous explique les rudiments de la navigation, et le pisteur détache la ficelle. Il ne vient pas avec nous. Pendant que nous descendrons la rivière, il conduira la voiture lestée de toutes nos affaires au point de ralliement.

Chacun est assis en amazone sur le boudin, les pieds calés sous les boudins intérieurs, et rame de bon cœur. Héléna donne le rythme. Elle est assise à l'avant, sur la droite, avec Simon en vis-à-vis. Je suis juste derrière lui, avec Kevin en face qui ne cesse de m'encourager. Le canot descend bien droit, on a l'impression de faire corps avec la rivière. Peu avant les rapides, nous doublons même le canot de Claudine, parti une ou deux minutes avant nous mais moins bien coordonné. Elle a le teint moins jaune qu'hier.

C'est en arrivant dans les rapides que les choses se gâtent. Nous abordons un passage plus large, calme vu de loin, mais qui, de près, ressemble à un lac bouillonnant. Impossible de continuer tout droit, il faut contourner les courants et les tourbillons en évitant les rochers qui dépassent comme des icebergs. Le barreur choisit de longer la rive. Héléna, qui s'est retournée un instant pour demander de l'eau, se fait percuter par une branche basse. Elle est à moitié assommée, et une bosse enfle à vue d'œil sur sa tempe, à la racine des cheveux. On l'installe au fond du canot. Le para filme la scène, et elle trouve encore la force de regarder la caméra waterproof et de sourire. À croire qu'elle souffre d'héliotropisme, comme les tournesols : dès qu'il y a des sunlights dans les parages, elle se tourne vers leur lumière. Pro en toutes circonstances.

Le barreur annonce que nous abordons la zone la plus délicate du parcours et que si l'un d'entre nous tombe à l'eau maintenant, on ne pourra pas remonter à contre-courant pour le repêcher. Il devra rejoindre le rivage et terminer à pied.

— Nous ne sommes qu'à six ou sept kilomètres du point de ralliement. Ce n'est pas la mer à boire...

Il s'interrompt brusquement pour hurler :

— Droite ! Droite !!!

Trop tard. Nous percutons le rocher. Le bateau se plie en deux, et je bascule dans la rivière. Le contact de l'eau me glace malgré la combinaison. L'eau froide pénètre dans mes oreilles, j'ai horreur de ça. Pendant quelques secondes, je ne vois plus rien, je me débats, je cherche en vain la sortie. Soudain je sens qu'une main me pousse vers le haut.

C'est Simon qui a plongé. Le canot, lui, est déjà à vingt ou trente mètres. On entend les exhortations du barreur qui demande aux cinq derniers rameurs de lever leurs pagaies ensemble et de respecter ses ordres s'ils veulent éviter les prochains obstacles.

Nous rejoignons la rive tant bien que mal. Simon m'aide à me hisser sur la terre ferme.

— Tu vois qu'on n'a pas été mangés par les requins et les crocodiles.

Il me regarde en souriant. Je ne sais pas s'il se moque de moi. Il a les cheveux ébouriffés, et les sourcils curieusement relevés, à la diable. L'eau dégouline le long de ses oreilles.

— Tu veux te reposer avant qu'on entame la marche ?

— Je ne suis pas fatiguée... Et il vaut mieux marcher pour avoir une chance de sécher.

Impossible de se tromper de chemin : le sentier longe la rivière, dont il est à peine séparé par un buisson. La place est suffisante pour marcher à deux de front. Je regarde ma montre : cinq heures et demie.

— Il faut se dépêcher si l'on veut arriver de jour, dis-je.

— Ne t'inquiète pas, ils nous attendront de toute façon, répond Simon.

Nous parcourons le premier kilomètre sans rien dire, à grandes enjambées.

— Tu marches vite, c'est un bonheur, dit Simon, qui n'a pas remarqué que de temps en temps je dois faire deux ou trois petits pas plus rapides pour rester à sa hauteur.

Il y a toujours un moment où un homme vous prend par surprise en faisant état de ses critères discriminants : l'un appréciera que vous sachiez courir (les épaules basses, les bras le long du corps, bien en rythme), un autre que vous puissiez escalader une balustrade malgré votre robe, un troisième que vous « teniez » bien l'alcool, un autre, enfin, vous jugera au temps passé dans la salle de bains. Aucun ne parlera de vos dons de cuisinière ou de repasseuse (sauf s'il est vraiment mal élevé). Ce sont pourtant les seuls que vos géniteurs aient voulu vous inculquer.

Le ciel est rose, l'air doux et tiède, le silence à peine troublé par le clapotement de l'eau et le bruit de nos pas en cadence, pas vraiment militaire – un grouillement d'eau et de caoutchouc. Nous parlons doucement, comme si nos voix risquaient de perturber la nature. Je me sens bien, je voudrais marcher des heures. J'engrange des souvenirs, comme un écureuil : je sais déjà que ces deux heures de randonnée entreront au panthéon de mes balades, non loin de la virée dans les Rocheuses de l'été dernier et d'une mémorable ascension du monte Cinto, en Corse, avec Julien.

Simon me demande pourquoi je suis devenue journaliste, et je lui raconte comment je me suis retrouvée coincée à vie dans un job provisoire.

— Lorsque j'avais quinze ans, je rêvais d'être chirurgien-dentiste.

— Tu aimes faire souffrir les gens ?

— Au contraire, j'aurais voulu être le premier chirurgien-dentiste chez qui on serait allé avec plaisir. La réputation des dentistes est tellement injuste : ils calment la souffrance plus vite que les médecins, sans jamais commettre d'erreur de diagnostic, et vous refont un sourire plus durablement que les chirurgiens esthétiques.

— Et pourquoi serait-on venu chez toi avec plaisir... mis à part pour les raisons qui me semblent évidentes ?

— Il y aurait eu une chaîne stéréo et des rangées de CD près du fauteuil. Le patient aurait choisi du bout des doigts, et sans avoir besoin de bouger, la musique qu'il voulait entendre. Le cabinet n'aurait pas senti l'hôpital mais le bois et les parfums exotiques. J'aurais anesthésié mes malades même pour un détartrage. Et la piqûre de l'anesthésie ne leur aurait jamais fait mal.

— Tout un programme ! Pourquoi ne l'as-tu pas appliqué ?

— J'ai été prise dans une rafle – un stage d'été à *Elle*, puis un remplacement à *Marie-Claire* – et j'ai laissé tomber mes études de médecine.

— C'est tout ? Il y a un chaînon manquant, dans ton histoire.

Il sourit, je souris.

— On ne peut rien te cacher. J'étais tombée amoureuse de mon rédacteur en chef, je vivais avec lui, et il a été nommé correspondant de TF1 aux États-Unis. Emilio Veraghen, tu connais ? Je l'ai suivi. Mais ça n'a pas duré six mois. À toi maintenant.

— Rien de très original. J'ai débuté dans un cabinet d'expertise comptable.

Expert-comptable ! Il est bien trop extraverti (et trop mignon) pour se camoufler toute la journée derrière des rangées de chiffres. D'ailleurs il a vite compris qu'il s'était engagé dans une voie sans issue : après trois ans de bilans et de comptes d'exploitation, il a répondu à une annonce et a été recruté comme commercial à *Télé 7 jours*.

Une brise de poussière pénètre dans mes narines. J'éternue brusquement et mon nez commence à couler.

— C'est horrible, je n'ai pas de mouchoir.

Je jette des regards affolés alentour, comme si une boîte de kleenex allait surgir, accrochée aux buissons.

Aucun arbre dont je puisse arracher une feuille, seulement des arbustes aux extrémités minuscules. Simon m'observe avec indulgence :

— Ne te complique pas l'existence.

Il s'approche de moi, et pince mon nez entre son pouce et son index :

— Vas-y, souffle.

Je nasille :

— Je ne peux quand même pas faire ça !

— C'est comme ça que je fais avec mes filles, quand on est dans la nature.

J'obtempère et me mouche entre ses doigts. Il s'essuie la main sur le bas de sa combinaison.

— D'habitude, c'est sur les chaussettes, mais bon...

Je n'en reviens pas. Une idée extravagante me traverse l'esprit : peut-être qu'avec lui les petits détails qui tuent (la trace de tomate laissée par les spaghettis au coin de la bouche, le morceau de pruneau coincé entre les dents) ne sont pas mortels.

Il s'assoit sur un rocher et raconte qu'il supporte mal de ne pas voir ses filles régulièrement. J'ai l'impression d'avoir déjà entendu ça quelque part, mais cette fois, je compatis de tout mon cœur. Le ciel est rouge vif, la nuit approche. Les sourcils de Simon pointent vers le haut, et détonnent avec son regard doux. J'ai envie de les lisser (réprimer ce genre d'impulsion, c'est sûrement ça, être une femme responsable).

— Tu devrais tailler tes sourcils. On dirait Lucifer.

— Rien que ça ?

Par association d'idées, il parle de l'article de couverture du dernier *Eva*, « Sexualité : que reste-t-il du diable ? », d'Audrey Levasseur. Comme Simon avait déjà remarqué les articles de cette journaliste, il lui a demandé de rédiger un publi-reportage haut de gamme pour un annonceur. Le résultat l'a déçu. Je lui explique d'où vient le malentendu.

Audrey est une enquêteuse prodigieuse, mais elle ne sait pas rédiger ; Claudine ou moi passons des heures à reprendre ses papiers. On commence par la faire parler, car elle sait beaucoup de choses qu'elle ne parvient pas à restituer par écrit, puis on écrit à sa place.

On n'a pas vraiment le choix, il faut la supporter, elle est la fille de Lucien Leduc, le fondateur d'*Eva*, qui est toujours un gros actionnaire.

Visiblement, Simon n'avait pas fait le rapprochement entre Lucien Leduc et Audrey Levasseur. Il s'exclame :

— Mais c'est un chemin de croix !

— Parfois, oui. Il m'est arrivé de passer une journée entière sur ses textes. C'est un gros effort, mais c'est gratifiant, quelque part, de prendre un bloc informe pour le transformer en bijou. Oui, c'est satisfaisant.

— Tu sais quoi ? On a d'autres actionnaires qui ont aussi des filles à caser. Tu devrais en recruter une deuxième dans le même genre. Ce serait deux fois plus gratifiant.

Un fou rire nous secoue tous les deux. Notre attitude n'est guère généreuse, mais impossible de nous retenir. J'en ai le ventre douloureux. Lorsque nous reprenons notre souffle, à peu près au même moment, une évidence s'impose – puis un silence gênant. Simon se lève le premier.

Nous reprenons notre marche. L'image que j'avais de lui – celle du bellâtre, du séducteur commercial, un peu cynique et arriviste – a disparu. Pour descendre un rocher un peu raide, il passe le premier, puis me saisit par la taille. Je surprends sa grimace tandis qu'il me soulève. Je dois peser dix kilos de plus qu'Héléna.

— Tu vas te faire une hernie !

— Pas du tout.

— J'aurais pu passer toute seule !

Pendant la moitié de ma vie, mes parents m'ont reproché d'être un garçon manqué : « Ses copines apprennent le point de croix ou le point de Jésus, mais Marianne préfère les points de suture », a dit un jour mon père à l'interne qui venait de me recoudre le genou après ma première chute de scooter.

Au moment où Simon me repose sur le sol, nos visages se frôlent. Mais je n'ose pas le regarder. Lui qui est habitué à la perfection, il doit voir mes boutons, et mon tout dernier carnage, sous la narine gauche. Pourtant, il me sourit. Il parle doucement. Un halo lumineux entoure son visage, dans un décor beige et rose. Quelques minutes de plus, et j'entendrais LE concerto pour clarinette.

« Évidemment, Mozart, ça ne vaut pas Obispo », ironisait régulièrement Julien, quand il trouvait l'auto-radio de la voiture réglé sur RFM au lieu de Radio Classique.

Je ne serais pas plus étonnée que ça si Simon sortait une bouteille de shampoing, là, maintenant, de la poche de sa chemise. Je me crois déjà dans *Out of Africa* (premier film de mon panthéon, catégorie amour-passion, juste devant *La Route de Madison*). Quelque part entre Meryl Streep et Simone de Beauvoir version Nelson Algren – quand, à quarante et un ans, le porte-drapeau du féminisme s'est découvert avec ravissement une âme de midinette.

Je ris en marchant. Mon compagnon s'en aperçoit :

— Tu te moques de moi !

— Pas du tout.

Ne peut-il pas sentir la différence entre rire de moquerie et rire de bonheur ?

J'ai envie de toucher sa petite cicatrice, au coin de la lèvre.

Nous marchons encore trois quarts d'heure, en prenant nos vies à rebours, tandis que la nuit tombe. Simon a grandi au Brésil, aux États-Unis et dans plusieurs pays d'Europe du Nord ; son père était diplomate. Il a changé dix fois de lycée, ce qui lui a donné le goût des contacts, et la haine des études. Il s'est rattrapé sur le tard, en décrochant son diplôme d'expert-comptable.

Je lui raconte mon enfance à Cholet, l'usine de chaussures de mon père qui vivotait, l'émigration en région parisienne au milieu des années quatre-vingt.

Depuis quelques minutes, nous avons ralenti l'allure sans nous en rendre compte. Peine perdue, nous arrivons sur ce qui ressemble à l'aire de rassemblement décrite par notre barreur. Il n'y a personne. Va-t-il falloir rester là toute la nuit, en attendant qu'on vienne nous chercher ? Cette perspective ne me fait pas peur, je crois même que je la souhaite. Pas longtemps : un 4 x 4 est garé sous un baobab, tous phares allumés. Un Africain est au volant, et un autre tient une pioche, assis sur le strapontin.

— Je voulais te dire... commence Simon en se tournant vers moi.

Je ne saurai jamais ce qu'il voulait me dire. Sans doute une de ces gentillesses dont les commerciaux sont coutumiers, puisque nous sommes revenus en terre civilisée. La voix d'Héléna l'interrompt. Elle se précipite vers nous.

— Vous voilà ! Nous étions terriblement inquiets ! Nous allions partir à votre recherche !

Elle saute au cou de son ami. Elle est toujours belle à se rouler par terre. Son hématome sur le front lui donnerait presque un charme supplémentaire (vous avez remarqué comme les vedettes de cinéma, quand elles se font tabasser pour les besoins du scénario, ont toujours des blessures photogéniques ?). Et pas une auréole sous les bras, elle pourrait tourner un spot pour Narta. Je m'apprête à m'éclipser, quand Kevin surgit. Avant que j'aie le temps de réagir, il m'embrasse sur la bouche. Je suis tellement surprise que je ne réagis pas. Est-ce une coutume dans la pub ? Une manie des gens de son âge ? Dois-je le gifler, pour le principe ? Mais je me rappelle soudain qu'il a été élevé au Canada ; il nous a raconté ses exploits de patineur à Toronto pendant le déjeuner.

— Je ne t'ai pas vue tomber tout à l'heure ! Et quand je m'en suis aperçu, il était trop tard, Simon avait déjà sauté, le barreur avait besoin de moi pour ramener le bateau... Mais ça fait deux heures qu'on est arrivés et je commençais à angoisser. J'ai culpabilisé, tu n'imagines pas.

Nous grimpons derrière Simon et Héléna dans la Land Rover. Le retour est silencieux. Héléna a posé la joue sur l'épaule de son compagnon, et il a passé son bras autour de ses épaules. Kevin se rapproche de moi.

— Elle est gonflante, souffle-t-il. Elle n'a pas cessé de jacter une seconde. Je peux te raconter toutes les fois où Simon a failli avoir une jambe cassée ou une épaule démise. Je sais même qu'il se coupe régulièrement en se rasant, et qu'il cicatrise mal. En plus, tout lui est dû, à cette nana : il faut aller lui chercher de l'eau, lui faire de l'ombre, lui faire de l'air... C'est le genre de fille qui doit penser, quand tu lui offres une rose, que tu as oublié les vingt autres dans la voiture.

Je voudrais que Kevin se taise. Héléna et Simon sont en train de s'embrasser à pleine bouche.

— Mais ils sont canon, tous les deux, tu ne trouves pas ? ajoute-t-il un peu plus fort.

Canon, c'est le mot. Et dire que j'ai cru... Mais non, je n'ai rien cru du tout.

CHAPITRE 10

Vénus et Mars nous ont cassé la baraque. Le fond de commerce des magazines féminins, c'est le décodage des attitudes masculines. Ou, comme dit Claudine, « le déchiffrage des cruelles incompréhensions nées des attentes mal formulées, et qui pourrissent la vie des couples depuis Adam et Ève ». Un peu comme le « Décryptage » de *L'Expansion* et le « Téléphone rouge » de *L'Express* ou du *Nouvel Obs*. En clair, nous sommes là pour expliquer comment séduire un homme, ce qu'il faut faire pour le comprendre ou ne pas faire pour le garder.

Et puis un jour, John Gray est arrivé. Ce spécialiste des thérapies conjugales, Américain pur jus, a écrit *Les hommes viennent de Mars, les femmes viennent de Vénus*. Le bouquin s'est vendu à dix millions d'exemplaires dans le monde. Le jour où il est sorti en français, Claudine a déclaré sobrement :

— On n'a plus qu'à mettre la clé sous la porte.

Et puis, finalement, rien n'a changé. Les ventes d'*Eva* ont continué de grimper. Je crois avoir compris pourquoi : ce livre plein de bon sens n'est pas adapté aux Français. Même si les femmes et les hommes ont à peu près la même nature, les mêmes différences, les mêmes faiblesses des deux côtés de l'Atlantique, ils n'ont pas les mêmes relations. Trois siècles de marivaudage, de salons mixtes, de littérature romantique et de correspondances courtoises laissent des traces. Je suis convaincue qu'il existe chez nous une qualité de relation et de conversation entre les sexes qu'on ne trouve nulle part ailleurs. On préfère aux livres de recettes sur l'harmonie du couple le dialogue intellectualisé de Françoise Giroud et BHL, *Les Hommes et les Femmes*. En face, deux siècles de lutte pour la vie et les terres (tous ces pionniers, ces criminels et ces prostituées arrivés sur le *Mayflower*) ont laissé aussi des traces. La période de conquête de l'Amérique a formaté les rapports hommes-femmes en un rapprochement tacite d'intérêts objectifs. Qui dit efficacité dit partage des tâches et division sexuelle du travail. On n'est pas dans un salon, et l'on n'a pas le temps de parler. Chacun sait ce qu'il a à faire. Mais cette collaboration n'est pas dénuée de méfiance.

Bien sûr, le couple américain a évolué depuis la ruée vers l'Ouest. Il est adulte et constructif (la preuve : il lit *Les hommes viennent de Mars*...). Quand il est au bord de l'implosion, si les époux éprouvent le besoin de s'adresser la parole après vingt ans de mariage, ils partent en week-end à Palm Springs sans les enfants. Le Mariott Hotel et autres *resorts* sont faits pour ça, et l'ombre de Kofi Annan y plane comme celle de sainte Bernadette à Lourdes. Au milieu du désert, dans un immense complexe hôtelier dont ils ne sortiront pas pendant quarante-huit heures – il ont tout sur place : des piscines, un golf, des magasins, des restaurants... –, ils vont s'appliquer à communiquer. À critiquer les gens qui les entourent, les défauts du service, la télé qui braille dans la suite d'à côté. Et comme l'amour s'entretient grâce aux répulsions communes, ils reviennent avec un couple comme neuf.

Blandine m'a fait passer hier par e-mail une histoire drôle (une *joke*, comme on dit) qu'elle a trouvée sur Internet et qui raconte exactement ça : l'influence des cultures sur les rapports hommes-femmes. Un peu macho, mais bien vue. Je vais l'envoyer à mon tour à une dizaine de personnes (encore du « marketing viral », du bouche à oreille démultiplié par Internet). En commençant par mes interlocuteurs habituels : William, Alicia, et maintenant papa, qui, après avoir constaté qu'Internet devenait un PDS – un phénomène de société –, a fini par acheter un micro-ordinateur pour le salon. Un progrès considérable : désormais, quand on discute Mac ou PC, maman n'ouvre plus des yeux horrifiés, croyant qu'on parle de prostituées ou de communistes.

« Un groupe de passagers du *Titanic* a trouvé refuge sur une île déserte. Il y a là deux Italiens et une Italienne, deux Français et une Française, deux Allemands et une Allemande, deux Grecs et une Grecque, deux Anglais et une Anglaise, deux Russes et une Russe, deux Japonais et une Japonaise, deux Chinois et une Chinoise, deux Américains et une Américaine. Quand les secours arrivent, un mois après le naufrage, le naturel a repris le dessus :

• un des deux Italiens a tué l'autre pour pouvoir vivre avec la femme ;

• les deux Français et la Française vivent ensemble dans un harmonieux ménage à trois ;

• les deux Allemands ont établi un programme de visites très strict et voient la femme à tour de rôle ;

• les deux Grecs couchent ensemble, tandis que la femme s'occupe du ménage et de la cuisine ;

• les deux Anglais attendent toujours que quelqu'un les présente à leur compatriote ;

• les deux Russes ont longuement contemplé l'océan, puis la femme, et sont partis à la nage ;

• les deux Japonais ont envoyé un fax à Tokyo et attendent les instructions ;

• les deux Chinois ont monté une pharmacie/restaurant/vente d'alcools/laverie automatique et engrossé la femme pour fournir des employés pour la boutique ;

• les deux Américains réfléchissent au meilleur moyen de se suicider, parce que leur compatriote ne cesse de se plaindre de son corps, de rechercher la vraie nature du féminisme, de vouloir accomplir les mêmes performances qu'eux, de vérifier que la division des tâches ménagères est équitable, de se plaindre que le sable et les palmiers la font paraître grosse, ou de chercher des solutions pour que ses relations avec sa mère s'améliorent... »

J'ai longtemps cru que les Américains avaient un faible pour les Parisiennes parce qu'elles leur rappelaient Brigitte Bardot. En fait, ils épousent des Françaises comme les Français des Japonaises : pour avoir la paix. Parce que leurs compatriotes les soûlent. Mais pourquoi ne choisissent-ils pas des Anglaises, qui ont l'avantage de pratiquer le même idiome ? Parce qu'elles sont moins décoratives ? Non, tout simplement parce qu'ils ne les comprennent pas : elles ont beau parler la même langue qu'eux, elles ne parlent pas le même langage. Et ce n'est pas nouveau. J'avais écrit un article à ce propos dans un des premiers numéros d'*Eva*. Après la guerre, les jeunes Américains considéraient les jeunes Anglaises comme des filles faciles, tandis qu'elles voyaient en eux de dangereux personnages. Ce paradoxe était lié à une conception différente du baiser : pour les Américains, embrasser à pleine bouche était un geste sans gravité, donc ils s'en donnaient à cœur joie, choquant les Anglaises les plus timides. Pour elles, le grand baiser était l'étape ultime avant de faire l'amour. C'est pourquoi celles qui acceptaient d'embrasser avec la langue passaient ensuite, tout naturellement, à des caresses nettement plus intimes. Ce qui choquait, cette fois, les petits Américains bien sages...

John Gray s'est quand même bien vendu dans l'Hexagone, en dépit du caractère un peu fruste de ses théories. Celle de la « caverne » – une métaphore qui évoque la nécessité, pour l'homme, de s'isoler de temps en temps – est désormais un must, au moins pour les femmes qui cherchent à comprendre pourquoi leur mari de cinquante ans est parti avec la voisine de vingt-cinq. Quant à la subtile allégorie de l'élastique, si j'étais un homme, je me la ferais tatouer sur le front, tant elle est commode pour garder sa liberté : « au début de sa relation avec Maggie, Jeff était très amoureux et tout fringant, et son élastique était bien tendu » (*sic*). Mais « le désir de rapprochement s'étiole une fois que l'homme est dans l'intimité de la femme qu'il aime », donc le pauvre Jeff éprouve « un irrépressible besoin de s'éloigner » (comme un élastique, il se rétracte violemment lorsqu'il craint d'atteindre un point de non-retour). Il s'éloigne donc. Il s'aperçoit alors que sa compagne lui manque et qu'il ne peut vivre sans elle, et se « tend » à nouveau...

Et toutes ces petites solutions pratiques que Gray livre à ses lecteurs pour cinq euros seulement (en livre de poche). Les femmes des cavernes et les hommes caoutchouc crient au génie. Un exemple ? L'histoire du médecin-psychologue dont l'épouse déplore qu'il rentre tard le soir, et qu'il s'intéresse davantage à ses patients qu'à elle. Un beau matin, il décide qu'il ne prendra plus que sept patients par jour au lieu de huit (ainsi, il rentrera une heure plus tôt) et qu'il considérera sa femme « comme son huitième patient ». Se plaint-elle de l'analogie ? Pas du tout. Aussitôt, le couple va mieux. Chaque soir, le médecin écoute sa femme lui raconter sa journée, et elle est satisfaite. Évidemment, Gray ne dit pas comment se porte le compte en banque du psychothérapeute (ni comment réagira l'épouse lorsqu'elle s'apercevra qu'elle n'a plus les moyens d'acheter la petite lampe de Galée ou le tailleur Prada dont elle rêvait). Les implications de deuxième niveau, c'est comme les équations à deux inconnues : on apprend ça dans le secondaire. Il est vrai que lorsqu'on a écrit un ouvrage qui s'est vendu à dix millions d'exemplaires, on a le temps de voir venir.

Eva n'a donc pas abandonné les chroniques pédagogiques sur « ces hommes que vous croyez si bien connaître ». Le filon est inépuisable, même quand on s'adresse à des femmes CSP+++ (catégories socioprofessionnelles privilégiées). Cette nuit, dans l'avion qui nous ramenait de Johannesbourg, tandis que mon voisin ronflait, j'ai essayé de mettre noir sur blanc les *vraies* différences entre les hommes et les femmes (celles qui nous agacent le plus). Pour ma mère, la seule qui importe vraiment, c'est leur manie de ne jamais relever la lunette des W-C lorsqu'ils vont se soulager, inondant ainsi systématiquement le bord de la cuvette.

J'ai exclu, bien sûr, la plus connue et la plus fondamentale, leur conception du dialogue, à la source de neuf malentendus sur dix : les hommes parlent avec les femmes pour coucher avec elles, et les femmes couchent avec les hommes pour pouvoir leur parler (Woody Allen).

Titre possible : Le pentagone qui brise les couples
Sous-titre : les cinq différences à connaître et à accepter avant de vivre à deux

D'abord, il y a le regard. La manière qu'ils ont de regarder le sexe opposé dans la rue. Nous, quand on aperçoit un beau mâle, on garde l'œil sobre et mesuré. Personne ne se doute de rien, ni l'intéressé, ni celui qui nous tient la main. Eux, dès qu'ils voient une créature plaisante, tout le trottoir est au courant. Ils tirent sur la laisse, comme des pit-bull après six mois de chenil.

Ensuite, il y a le téléphone. On dirait que l'objet n'a pas la même fonction pour les hommes et les femmes. Pour nous, c'est un outil de communication. Nous l'utilisons donc pour discuter, commenter, dialoguer, informer, échanger... Pour eux, c'est un intrus. Ils se détournent automatiquement d'un téléphone qui sonne dans le salon ou le vestibule. Si malgré tout l'appel est pour eux, ils prennent l'objet du bout des doigts, s'expriment du bout des lèvres et se balancent d'une jambe sur l'autre pendant le (bref) temps que dure la conversation (avez-vous déjà vu un homme utiliser la chaise qui se trouve à côté du téléphone ?).

Bien sûr, le téléphone mobile les a fait évoluer : mais celui-là, leur téléphone privé, ne peut être un intrus : il ne reçoit que les appels de gens dûment sélectionnés. Néanmoins, même sur un portable, une discussion entre mecs ressemble toujours à un panier au basket. Rapide : une attaque, et on marque. Utilitaire : l'heure, le jour, le lieu. Les phrases n'ont pas d'adjectifs. Et pour cause : pour un homme, la conversation téléphonique est trop désincarnée : où est l'intérêt, si l'on ne peut pas regarder l'autre ou le toucher ? Pour les femmes, à l'inverse, téléphoner est une activité à part entière, concrète et vitale. Avec leur interlocuteur (-trice, en général) elles sont en rendez-vous. Comme dans un bistrot. Ce qu'elles se racontent est important. Pas pour les hommes : les moments passés au téléphone ne comptent pas. C'est comme s'ils n'avaient jamais existé.

Troisième différence majeure entre les sexes, le rapport au changement. Contrairement aux idées reçues, les hommes n'aiment pas le changement. Ils préfèrent la vieille chemise râpée à la neuve, comme s'ils craignaient qu'on n'ait pas retiré les épingles. La neuve les gratte, de toute façon. L'usure les rassure. Pour les femmes, c'est tout le contraire. Un chemisier neuf, c'est comme un cahier un jour de rentrée : le moment où on l'ouvre est magique. Le bruit du plastique qui craque nous fait craquer. Sa virginité, son odeur, ce côté impeccablement repassé qu'on ne retrouvera jamais... Les hommes, ces inconscients, croient nous faire plaisir en montrant qu'ils reconnaissent sur nous une petite robe familière. Et s'étonnent qu'on fasse la gueule : on n'a mis cette vieillerie que parce qu'on n'avait rien d'autre à se mettre...

Quatrième différence, la mémoire. Les hommes gardent en mémoire les dates historiques (1515, pas le jour de votre anniversaire) et les événements symboliques (Mitterrand entrant au Panthéon avec sa rose, pas votre première sortie au cinéma), les femmes les impressions, les ambiances, les notes de bas de page. C'est pourquoi les premiers ne rédigent jamais de carnets intimes : ils n'auraient rien à raconter. Offrez-leur plutôt une encyclopédie du sport.

Dernière différence à connaître lorsqu'on envisage une liaison durable (i.e. au-delà du lever du soleil), les hommes veulent toujours avoir raison. C'est un postulat de base, valable pour le macho comme pour le HIC. Vouloir absolument avoir raison, chez une femme, est une défaillance accidentelle. Pour une fois, elle est vraiment sûre d'elle-même. Chez un homme, c'est une constante. Et peu importe qu'il soit dans le vrai ou pas.

Je transfère mon « pentagone » de mon micro portable vers mon fixe. Il faut que je travaille le style. Mes yeux se ferment, je suis cassée : je n'ai dormi que dix heures en quatre jours (toute seule, en plus). Et je ne vais même pas avoir le temps de me poser. Il est midi, je déjeune avec Loïc, mon petit frère.

Loïc est le garçon le plus tendre que je connaisse. Le seul qui, le jour de la Saint-Valentin, appelle toutes les femmes qu'il aime, de sa grand-mère à ses grandes sœurs, pour leur dire qu'il les aime. Il m'attend devant la porte de l'immeuble. Il a garé sa 600 BMW sur le trottoir et gardé son casque intégral. Il commence à défaire la lanière en me voyant, mais je soulève la visière en plexiglas et l'embrasse sur ce que je trouve : l'arête du nez.

— Salut, petit frère.

— Salut, sœurette. Où veux-tu que je t'emmène ?

— Au Café des philosophes ? Avec ta bécane, on y est en cinq minutes.

Comme d'habitude quand je retrouve mon frère, je me dis qu'on devrait se voir plus souvent. J'adore mon frère. Dommage que mes copines soient trop vieilles pour lui, car c'est le genre de personne que je recommanderais sans hésiter à une fille capable de mesurer la chance qu'elle aurait. Le HIC label rouge. Authentique. Athlétique. Sympathique. Poétique, aussi (vous en connaissez beaucoup, des garçons canon qui écrivent des poèmes ? En général, ce sont les boutonneux qui utilisent cette arme, histoire de compenser). Je ne dis pas ça parce que c'est mon frère... mais c'est dommage qu'il le soit.

Loïc a vingt-cinq centimètres de plus que moi et six ans de moins (mes parents avaient toujours du mal à se décider). Aujourd'hui, ça ne nous empêche pas d'être les meilleurs amis du monde, mais lorsque j'avais treize ans et lui la moitié, le contact était incommode.

Pour moi, Loïc a grandi par à-coups – chaque fois que je m'en suis aperçue. Lorsqu'il avait sept ou huit ans, j'allais parfois le voir jouer au foot, le dimanche matin, dans l'équipe des minimes de Cholet.

— L'avenir est dans le bourrin, répétait-il lorsqu'il rentrait bredouille et couvert de bleus.

À cette époque, il était trop fluet pour jouer avant-centre et pas assez rugueux pour être efficace à l'arrière, alors il se faufilait sur les ailes pour faire marquer les autres. Dix ans plus tard, c'était un grand baraqué, puissant dans le rôle de défenseur central. J'ai en mémoire les deux images juxtaposées. Mais entre les deux, je n'ai rien vu.

Juste quand j'enfile le casque que Loïc a apporté pour moi, Simon Destouches sort de l'immeuble.

— Qui c'est, ce beau gosse ? demande Loïc.

— Notre directeur commercial... Avant-hier soir, en Afrique du Sud, nous avons passé un moment fabuleux ensemble.

— Waouh ! Aurais-tu trouvé l'âme sœur ?

Je lui sais gré de ne pas avoir dit *enfin*. Mon frère est un garçon réellement gentil. À côté de lui, j'ai toujours l'impression que les autres font semblant.

— Tu n'y es pas du tout. Il se marie cet été.

— Dommage. Il t'irait bien. Vous formeriez un couple divinement assorti.

— Qu'est-ce qui te fait dire ça ?

— Je ne sais pas. Une similitude de silhouettes.

Pendant la première moitié du repas, Loïc m'écoute patiemment raconter mon week-end de safari en Afrique du Sud. Puis il m'annonce d'un air indifférent qu'il s'est séparé de Chloé, sa petite amie depuis six mois, « d'un commun accord ».

— Tu aurais pu le dire plus tôt !

— Ce n'est pas un drame. On n'était pas ensemble depuis assez longtemps pour que ça me fasse un choc... Moi qui trouvais toutes les filles trop bavardes, je n'ai jamais pu m'habituer à son silence. Je ne savais jamais ce qu'elle pensait. Avant de me connaître, elle était sortie avec un type qui, trois ans de suite, a disparu sans rien dire pendant un mois, au printemps ou au début de l'été. C'est après leur rupture qu'elle a su la vérité : il était musulman. Pendant le ramadan, il ne pouvait faire l'amour qu'après le coucher du soleil. Et comme Chloé travaille à la Poste et se lève à cinq heures du matin, elle se couche rarement après huit heures du soir. Trop tôt pour lui... Mais elle ne lui avait jamais demandé d'explications !

— Elle n'était vraiment pas curieuse !

— Et puis elle écoutait trop de variétoche. La première fois que je l'ai amenée chez les parents, papa a parlé de je ne sais plus quel écrivain en disant qu'il était de la trempe de Chamfort. Elle a dit : « Alain ? »

Je suis certaine que le désamour de mon frère a commencé ce jour-là. Ce sont les petits détails qui tuent les couples, pas les grandes disputes. À quatorze ans, j'ai cessé d'être amoureuse de mon premier flirt, un Danny Wilde de quinze ans, parce qu'il avait écrit au dos d'une lettre : « Presse-toi, facteur, l'amour n'attend pas. » Je trouvais ça ridicule. Un collègue de bureau sur lequel j'avais flashé est tombé tout aussi brutalement de son piédestal lorsque je me suis aperçue qu'il confondait téléacteur et acteur de télé. La frontière entre l'amour et le non-amour – qu'on ne franchit que deux fois, au début d'une histoire et à la fin – est plus ténue que celle qui sépare la France de Monaco.

Pourtant, Loïc et Chloé avaient l'air de bien s'entendre sexuellement. Quand les repas de famille duraient trop longtemps, ils disparaissaient après le plat et réapparaissaient pour le café, les yeux battus. Il y a un mois encore, après un week-end à Cholet chez ma grand-mère, j'ai rapporté à mon frère quelques pommes de terre du pays. J'ai sonné chez lui, pas de réponse. Pourtant la moto était garée en bas, il était six heures du soir et il y avait de la lumière dans l'appartement. J'ai insisté bêtement. Finalement, la porte s'est ouverte. Mon frère était rouge écrevisse. Il a dit :

— Excuse-moi, j'étais sous la douche...

C'était la première fois que je voyais quelqu'un sortir de la douche avec les cheveux secs, l'air essoufflé, et le jeans tendu à l'entrejambe.

Je lui raconte l'anecdote, il rit de bon cœur.

— Tu sais que Chloé m'a fait une scène, ce jour-là, parce qu'on ne s'y remettait pas assez vite ? Elle m'a jeté méchamment : « La prochaine fois, ta sœur, tu lui diras de les garder, ses vingt kilos de patates ! » Tiens, ce sont peut-être les pommes de terre qui me sont restées sur l'estomac.

Je rentre à quinze heures trente au bureau. Peu importe, nous vivons dans un monde où il n'y a pas d'horaires, seulement des heures limites, des *deadlines* (ah, *deadline* ! Que de mensonges commis en ton nom !). Je me sens quand même vaguement coupable. Comme toujours dans ces cas-là, je tombe sur Claudine, qui n'était pas au bureau ce matin. Pour une fois, elle semble de bonne humeur. Je ne l'ai pas beaucoup fréquentée pendant le voyage, mais une fois réglés ses problèmes avec la Savarine, elle avait l'air de s'entendre à merveille avec un ponte de l'agence Alice.

— Alors, comment as-tu trouvé le voyage ? me demande-t-elle.

— Génial, pas toi ?

— Et Kevin ?

— Quoi, Kevin ?

— Tu aurais pu trouver pire. Après tout, de nos jours, la différence d'âge n'est plus un problème... Et il est riche !

— Pitié, Claudine... Si tu arrêtais de me marier avec tout humanoïde-à-spermatozoïdes ?

Le responsable de la fabrication nous interrompt :

— Il faut vite décider où on place l'encart Ozone.

— OK, j'arrive, dit Claudine.

Je rentre dans mon bureau en soupirant. Claudine veut absolument que je me case, elle qui s'est mariée et n'a pas été foutue de rester plus d'un an avec l'heureux élu – un type bien, je l'ai rencontré une fois, il dirige une agence de la BNP. Mais on veut toujours voir les autres réussir ce qu'on est incapable de faire soi-même (ou, moins glorieux, voir les autres échouer aussi, c'est réconfortant). De là à imaginer que moi et Kevin... Certes, il était un peu échauffé, le dernier soir, pendant le gala d'adieu au milieu du bush, mais il a dû draguer de la même façon toutes les femmes avec lesquelles il a dansé. D'ailleurs, je n'ai même pas eu besoin de lui mettre les points sur les i. Il a compris tout seul, lorsque j'ai pris un 4 x 4 différent du sien pour rentrer au lodge.

J'essaie de me concentrer sur les textes, mais le manque de sommeil me pèse. En plus, je travaille sur les pages de brèves, et ce ne sont pas les plus sexy cette semaine.

À Washington, un riche mécène, Harry Finley, a décidé de créer un musée des Règles.

Pas des mètres de charpentier ni des doubles décimètres. Des menstrues.

Il l'a dédié à sa maman.

Quelle charmante attention !

Le Menstruation Museum – c'est son nom – abrite une véritable collection de protections hygiéniques en tous genres, dont certaines datent d'avant la Première Guerre mondiale.

J'imagine les vitrines d'ici : « Le Tampax à travers les âges », « Comment l'épaisseur des serviettes périodiques a été divisée par dix en trente ans » ou encore « Du coton renforcé au plastique soyeux, les petites culottes lavables en un tour de main ».

Harry Finley a même prévu un site web, où l'on peut découvrir les coutumes menstruelles des peuplades du monde entier, et apprendre la vérité sur le syndrome prémenstruel (les femmes sont-elles vraiment de mauvaise humeur trois jours avant ?). On peut aussi participer à un débat en ligne : « Les règles sont-elles dépassées ? »

Je me demande qui visite ce genre de musée. Pas les touristes, en tout cas. Des mères avec leurs filles prépubères, peut-être ? De quoi dégoûter à jamais les gamines de devenir femmes. Les Américains ont vraiment des idées bizarres. Surtout lorsqu'ils habitent la Bible Belt, la ceinture religieuse des États-Unis (en réalité sa ceinture de chasteté : elle distingue les États du Sud, puritains, du Nord qui l'est moins). Dans certains villages, la mise en vente de « tout objet conçu pour servir à la stimulation des organes génitaux humains » est interdite depuis 1998 ! Autrement dit, les vibromasseurs sont à l'index... Et dans quinze des cinquante États américains – toujours les mêmes –, les relations bucco-génitales entre adultes hétérosexuels mariés et consentants sont illégales.

Le téléphone sonne. Mon rythme cardiaque ne s'accélère pas. C'est étonnant comme il a suffi que l'incertitude cesse pour que don Juan perde son pouvoir. Je ne décroche plus le combiné en frémissant ou en faisant un vœu. Il ne reste plus que la curiosité. Alicia, qui m'appelle rarement au bureau, attendait mon retour d'Afrique du Sud pour m'annoncer qu'elle a un ami, un vrai, en chair et en os (et en rides, c'est un auditeur de Radio Nostalgie, lui aussi). Elle m'avait bien caché son jeu, la miss ! L'heureux élu, un client du salon, venait se faire couper les cheveux toutes les semaines uniquement pour lui parler.

— J'ai fini par accepter de sortir avec lui, sinon, au rythme où ça allait, j'aurais dû lui raser la tête.

En fait, l'histoire dure depuis une semaine mais ça a l'air sérieux, elle a promis de me le présenter le week-end prochain. Il paraît qu'il est très proche du HIC (grand, brun, des mains puissantes, etc.). Je la soupçonne d'être en train d'aménager son idéal pour que son nouveau jules colle aux critères.

Je me replonge dans mes articles. On reste dans la lingerie féminine, mais en plus affriolant : voici le soutien-gorge intelligent (non, il ne s'ouvrira pas tout seul en reconnaissant le HIC). Le soutien-gorge intelligent est une invention qui change la vie des dames sportives et/ou trop charnues.

Ce soutien-gorge à mémoire de forme ajuste la longueur des bretelles et la souplesse des bonnets à la personne qui le porte. Ce petit bijou de technologie a été mis au point par les chercheurs de l'université de Wollongong. Son secret : une puce électronique. Les premiers essais cliniques ont été réalisés sur une douzaine de souris – pardon, de femmes – trop gâtées par la nature et dont le poids des seins, mal réparti, provoque des problèmes de dos.

Bon, je n'en suis pas encore là.

Il paraît que le remède est souverain.

Moi qui ai toujours déploré que les hommes mesurent l'intelligence des filles à la taille de leurs bonnets (et pas celui qui protège leur cerveau du froid)...

Et pour finir dans le même esprit, une information un peu plus sérieuse :

Les ventes de soutiens-gorge sont un excellent indicateur du moral des ménages. Elles sont directement pro-

portionnelles à l'optimisme des familles, et inversement proportionnelles au taux de chômage.

Explication ? Les maris stressés par le chômage enregistrent une chute de libido. Cette situation a d'ailleurs une influence directe sur la taille de leur pénis : un urologue brésilien a noté qu'en deux ans ses malades angoissés par l'inactivité avaient perdu, en moyenne, deux centimètres de virilité. Mais rassurons-nous, à peine ont-ils retrouvé un job qu'ils en redemandent. Alors on file acheter le soutien-gorge noir à dentelles et le string ficelle. Jusqu'aux attentats de Ben Laden, avec le chômage en baisse et le moral des ménages en hausse, le soutien-gorge était un marché porteur. Va-t-il s'effondrer à nouveau ?

Je me demande si je dois mettre un point d'exclamation entre parenthèses après *porteur* pour faire remarquer le jeu de mots (à défaut, toutes nos lectrices en percevront-elles toute la subtilité ?). Finalement, je m'abstiens. Après tout, les fans d'*Eva* sont censées appartenir aux CSP+++ : d'après nos études, elles ont entre 25 et 50 ans (âge moyen : 34,5 ans), elles gagnent plus de 3 000 euros par mois (à 52 %), ont obtenu un diplôme au moins équivalent à Bac+3 (75 %), occupent un job à responsabilités (47 %), et ont peu ou pas d'enfants (55 % n'en ont aucun). Il est vrai que la plupart sont des célibattantes – le mot que je déteste le plus après « vieille fille ». Il désigne d'ailleurs exactement la même chose, car la célibattante n'a qu'une obsession : ne pas le rester. En tout cas, ce portrait-robot me correspond tout à fait, je suis pile dans la cible. Sauf pour le salaire... il faudra que j'en parle à Claudine.

Les spécialistes du marketing ont décidé qu'avec un tel profil nos lectrices étaient forcément bardées de micro-ordinateurs à écran plat, de vidéoprojecteurs, d'appareils-photos numériques, bref, de tous ces objets dont personne n'a jamais spontanément éprouvé le besoin mais dont chacun se demande, après les avoir essayés, comment il a fait pour vivre sans. Ce qui nous permet d'aller solliciter les campagnes de publicité des fabricants de matériel informatique. Le contenu des articles s'en ressent forcement : on donne tous les mois à nos superwomen une demi-douzaine de pages « Techno ». Les PDA (Personal Digital Assistant, ces agendas électroniques type *Palm Pilot* qui permettent aussi de lire des mails, d'échanger des cartes de visite ou de montrer les photos de son petit ami), les ordinateurs ultra-portables, les téléphones UMTS n'ont plus de secret pour elles.

Je les imagine d'ici, nos lectrices : leur premier geste, en arrivant le matin au bureau, consiste à synchroniser leur Palm Pilot avec leur PC. Puis elles « chèquent » leur boîte aux lettres électronique et leur agenda partagé, vont lire les infos du jour sur le site du *New York Times*, avant de télécharger quelques morceaux de musique en format MP3 pour travailler dans une ambiance *trop cool*. Lorsqu'elles cherchent un restaurant dans Paris, elles dégainent leur téléphone WAP (doux-wap) sans craindre les crampes à l'index (il faut taper quarante-huit fois sur les touches pour écrire le mot « Champs-Élysées »). Et si, d'aventure, une cousine de province leur offre le dernier Le Clézio en guise d'étrennes, elles commencent par le retourner dans tous les sens pour trouver le port USB.

Parfois, je me demande si elles existent. Car, je l'avoue avec humilité, je ne les ai jamais rencontrées. En matière de high tech, autant le dire tout net : je ne suis pas en phase avec la cible. Si je devais m'occuper d'un magazine de techno, je serais renvoyée illico. Jusqu'à la semaine dernière, je ne savais pas accrocher une pièce jointe à un e-mail. Et si nos chères lectrices apprenaient que j'appelle toujours mon père pour programmer le magnétoscope et mon voisin de bureau (un grand brun aux yeux verts) pour reconfigurer mon PC, elles se feraient rembourser leur abonnement sur-le-champ.

Je suis en train de prendre de bonnes résolutions (apprendre à utiliser PowerPoint, acheter un Palm...) lorsqu'on frappe à la vitre de mon bureau. C'est Simon. Mon rythme cardiaque s'accélère. Il tient à la main un gros classeur bleu :

— Voilà ton album-souvenir du voyage en Afrique du Sud.

— Déjà ?

— Ce sont des photos numériques, on les avait expédiées au fur et à mesure. Tu vas voir, l'album est personnalisé.

Je le feuillette sous ses yeux. Une vingtaine de pages reliées couvertes de photos superbes : des éléphants, des lions, des girafes, notre équipe dans le 4 x 4, notre table le soir du dîner aux chandelles dans le bush, mon envolée triomphale en parachute ascensionnel (mon Dieu, ces poteaux...) et, pour finir, une photo où je danse la lambada avec Kevin. Chaud devant. Simon lance ironiquement :

— Je ne croyais pas ta vie sentimentale si agitée, Marianne.

— Ne crois pas que...

Il ne me laisse pas le temps de finir, et quitte mon bureau avec un geste qui signifie « peu importe, tout cela ne me regarde pas ». Je me précipite dans le bureau de Claudine :

— Qu'avez-vous tous imaginé ? Vous pensez que je suis sortie avec Kevin ?

— Ah bon, tu n'as pas couché avec lui ? Vous vous êtes tellement affichés, tous les deux... on a tous cru que tu avais laissé tomber ton milliardaire. Ou plutôt, échangé un milliardaire entre deux âges contre un héritier en bas âge. Mais apparemment, tu cumules : tout à l'heure, Simon t'a vue en train de bécoter un type sur une moto. Genre trente ans, balèze. Il m'a demandé si finalement tu préférais les vieux ou les jeunes, et combien ils étaient dans ta « cour »...

Je suis clouée au sol. Je vais devoir publier un démenti officiel. Loïc sera PTDR (pété de rire, en langue Internet) quand il saura qu'on le prend pour mon amant. Quant à Henkel... Ce voyage m'a fait du bien, je commence à l'oublier. Mais je ne lui ai pas envoyé ma carte postale. Il faut que je lui écrive une lettre en rentrant tout à l'heure.

Mais que lui dire ? Que je ne l'aime pas ? Il ne me croira pas. Qu'*il* ne m'aime pas ? Il ne comprendra pas pourquoi c'est important. Il est tellement au-dessus de tout ça. « Nous pouvons faire de grandes choses ensemble... » « Vous avez l'étoffe d'une reine... » Reine des cloches, oui ! Dans sa logique, refuser sa proposition est invraisemblable. À mon âge, c'est une chance qui ne se reproduira plus.

Mais tout de même, quelle idée de choisir le Père-Lachaise pour faire son *coming out* ! Je pourrais disserter pendant dix pages sur l'influence qu'ont les lieux sur les gens. Il faut être très amoureux pour ressentir du désir dans un terrain vague, la salle d'attente d'un notaire ou le fauteuil du dentiste, même sans fraiseuse dans la bouche. Et être vraiment ingrate pour ne pas avoir envie d'embrasser celui qui vous emmène sur la Côte d'Azur dans sa Triumph, cheveux au vent, ou au pied du Pain de Sucre en hélicoptère.

Pourquoi n'a-t-il jamais essayé de m'embrasser – mis à part le soir où il m'a quasiment chassée avec le *Don Juan* de Mozart ? Tout aurait été tellement plus simple. J'aurais su alors si j'en avais envie ou non. Mais comme dit Michel Foucault, nous avons substitué le discours sur le sexe au sexe lui-même. Henkel était peut-être le mari idéal, dans la catégorie « volcan éteint » (ou pas décidé à se rallumer pour moi). Qu'en penserait Simone de Beauvoir ?

Je feuillette à nouveau mon album de photos d'Afrique du Sud. Sur tous les clichés où ils figurent, Héléna et Simon captent le regard. Même celle où il m'a pris le bras au moment où le photographe s'approchait, sans lâcher celui de sa compagne : tout le monde sourit, mais son visage, tourné vers moi, est un peu flou, et tandis que je baisse les yeux, Héléna, radieuse, crève l'objectif.

CHAPITRE 11

Je me suis enfin décidée à organiser un dîner à la maison. Pas un dîner en ville, ce truc où des gens qui ne se connaissent pas, ne se reverront pas et ne sont pas faits pour s'entendre (sinon, ils se fréquenteraient déjà, Paris est un mouchoir de poche) passent quatre heures à essayer de se trouver des points communs. Non, je parle d'un dîner entre amis. Le format intermédiaire entre le dîner en ville, justement, et les pizza parties avec Blandine, Alicia et William. J'ai invité ma voisine du dessous (je lui dois bien ça, c'est toujours elle qui me dépanne quand il n'y a même plus un fond de boîte de maïs au frigo) et mon voisin du dessus, un tombeur dont le matelas à lattes est particulièrement bruyant. Loïc viendra aussi, avec sa nouvelle copine Louise. J'aurais bien invité Muriel, mais avec ma sœur, c'est toujours la même chose : elle doit trouver quelqu'un pour garder les enfants, partir à onze heures pour être à minuit chez elle... J'ai laissé tomber. Mais j'ai fait ma BA : j'ai ajouté Norbert Vigier-Lebrun sur ma liste. Mon invitation l'a pris au dépourvu, mais il vient. Ne laissant rien au hasard, je lui ai trouvé une cavalière : Géraldine, une copine de l'époque Piscine, avec qui j'ai joué aussi au tennis. Pas longtemps, d'ailleurs : elle est myope et, par coquetterie, ne porte pas ses lunettes, donc elle est toujours en retard sur la balle (mais je la comprends : ses verres sont si épais qu'en comparaison Karl Zéro a l'air de porter des lentilles de contact). Je l'ai croisée l'autre jour devant le kiosque à journaux, elle a failli ne pas me reconnaître. Elle a trente-cinq ans et n'est pas casée non plus. Pourtant, elle est fine et toute plate, avec des seins minuscules, tout en hauteur, très élégants sous un maillot de bain. C'est une fille originale. La première fois que nous avons joué ensemble, elle s'est confiée très spontanément, sous la douche :

— Je n'aime pas porter mes lunettes. Je me sens bien dans un monde flou. J'ai moins peur d'aller vers les autres quand je ne vois pas leurs expressions hostiles. Tiens, l'autre jour, mes lunettes sont tombées tandis que je ramassais par terre la pièce destinée au parcmètre. Un monsieur très grand qui attendait son tour s'est précipité pour m'aider. Nos épaules se sont touchées, nos mains aussi. Tandis qu'il ramassait mes lunettes, j'ai reconnu son parfum : *Anteus*, de Chanel, mon préféré. Mon cœur s'est emballé et j'ai pensé : c'est lui, l'homme de ma vie, celui que j'attendais. Puis j'ai posé les lunettes sur mon nez et je me suis dit : quoique...

Géraldine a perdu son dernier petit ami par amour des aiguilles. Elle avait la manie de tricoter le même pull – un débardeur jacquard multicolore plutôt pas mal – à ses boy-friends successifs. Et un soir, celui avec qui elle sortait a rencontré un de ses ex au restaurant. Ils ne se connaissaient pas, mais ont vite « compris le blème en voyant que tous les gens autour étaient morts de rire ». La scène était si grotesque que ni l'un ni l'autre ne lui pardonneront jamais. Philosophe, Géraldine en a tiré une leçon :

— Les mecs, c'est 50 % d'instinct de reproduction et 50 % d'orgueil.

Moi qui ne sais pas tricoter, j'aurais plutôt tendance à acheter à mes jules des vêtements identiques aux miens : une écharpe Kenzo multicolore, un tee-shirt rayé Agnès B... mais je me retiens, je sais que ça les agace, ces envies de gémellité. Alors je me rabats sur William. Lui, il adore être gâté.

Alicia est arrivée vers six heures pour me donner un coup de main. Assistance indispensable, car mon horoscope ne laissait guère d'espoir : « Vous aurez besoin d'aide pour atteindre les objectifs que vous vous êtes fixés ». Le test de la radio, auquel je n'ai pas résisté tandis que je prenais ma douche, m'a même carrément démoralisée :

Le temps ne fait rien à l'affaire
Quand on est con, on est con.

Je crois que c'était un vieux titre de Brassens sur ChanteFrance.

Bref, c'est Alicia qui va préparer la quiche, deuxième entrée du dîner (après ma fameuse salade de crabe, d'avocat et de pamplemousses). Alicia m'a donné dix fois la recette, mais chaque fois que j'ai essayé, j'ai raté mon coup. Aux Restos du cœur, l'année dernière, ils ne me laissaient même pas préparer l'omelette (ils prétendaient que j'avais trop de succès en serveuse pour rester en cuisine). C'est vrai que je n'ai pas la main cuisinière. Julien était convaincu que je ne voulais pas l'avoir, de même qu'il y avait des tonnes de choses que je ne voulais pas savoir (comme programmer la machine à laver la vaisselle ou passer l'aspirateur) : « Savoir crée des devoirs, répétait-il. Or je n'ai jamais entendu ce mot-là dans ta bouche ! »

La première fois qu'il m'avait vue balayer, il avait jugé le travail tellement médiocre qu'il l'avait recommencé. Et la fois suivante, il s'y était mis sans rien demander, me soupçonnant de bâcler pour qu'on ne me confie plus cette tâche.

Alicia et moi avons bu un whisky pour nous donner du courage, et comme nous ne nous étions pas vues depuis quinze jours, elle m'a raconté les derniers rebondissements de sa vie sentimentale. Alicia passe beaucoup de temps avec son nouvel ami, Édouard, quarante-sept ans, père de famille divorcé, qui dirige une petite affaire de machines à découper le tissu. Un vieux, quand les patrons d'aujourd'hui ont vingt-cinq ans, créent des start-up et distribuent des stock options. Mais un vieux social : il embauche des repris de justice et des SDF. Alicia a vingt ans de moins que lui, mais elle le trouve très « désireux d'évoluer » : elle lui a fait troquer sa vieille serviette de veau noir contre un sac à dos QuikSilver et ses chemises Pierre Cardin contre des Polo de Ralph Lauren et Hugo Boss.

Sans parler de sa coupe à la Barthez, héritage de la période de drague intensive. Et elle a fait évoluer son vocabulaire : avant de la connaître, les *stocks*, pour lui, c'était des rouleaux de tissu.

Il faut reconnaître que, de son côté, elle produit de sérieux efforts. Trop même : au début, elle bondissait de joie en se mettant au lit à dix heures et buvait du petit-lait en l'accompagnant chez les bouquinistes à la recherche d'un traité sur Alexandrie. Pour un peu, elle se serait mise à la broderie pendant qu'il remplissait ses imprimés de l'Urssaf. Maintenant, elle relativise.

— Le plus dur, ce sont les dîners avec ses amis, dit-elle en coupant le jambon en petits dés. Les vinyles des Rolling Stones ou de Janis Joplin sur la platine, le pétard qui passe de main en main, les gens avachis dans les canapés Roche & Bobois et le thé à la menthe dans le service de porcelaine. Tu n'imagines pas.

Si, j'imagine sans peine cette assemblée de *bobos*, avec leur discours à gauche et leur portefeuille à droite. Des gens qui affirment leur convictions, et feraient la révolution sans hésiter si on leur retirait leurs primes. Alicia prend une pose alanguie et, sans lâcher le couteau, tire une bouffée d'une cigarette imaginaire, avant de poursuivre :

— Et ceux qui vous disent à demi-mot que s'ils n'ont pas divorcé, c'est à cause de leurs livres : trop compliqués à trier, trop durs à partager, trop lourds à transporter. Le e-book va tuer des couples, je te jure.

Elle pointe le couteau vers moi et ajoute avec une moue :

— Remarque, pour la conversation, ce n'est pas difficile. À cet âge-là ils n'ont que trois sujets de discussion, qu'ils te resservent en boucle. D'abord, le fric. Le prix du mètre carré dans le 16e ou à Saint-Cloud, les locations d'été en Espagne ou au Grau-du-Roi, les charges sociales trop lourdes... Édouard n'est pas comme ça, mais ce sont ses amis depuis toujours, alors il les comprend, forcément.

Je n'arrive pas à imaginer Alicia, même si elle essaie de se vieillir (sa nouvelle coiffure, genre tôle ondulée, donne le ton), au milieu de ces quinquagénaires. Elle est l'antithèse de Blandine, que l'australopithèque a toujours fascinée – au même titre d'ailleurs que les ados à peine pubères et pleins de ressources. La pyramide des âges de ses conquêtes ressemble à un trognon de pomme.

— Ensuite, la culture. Évidemment, on ne lit pas les mêmes livres. Easton Ellis, pour eux, c'est un quartier de New York.

— Et Beigbeder ? Vous devez vous retrouver sur Beigbeder ?

— Oui, mais je les soupçonne de se forcer. Tu veux que je te dise ? Il n'y a qu'en cinéma que je n'ai pas l'air trop cruche, à condition de préciser que j'ai détesté le dernier Woody Allen, toujours moins bon que les précédents...

— Depuis le temps qu'il baisse, Woody Allen ne devrait plus trouver de distributeur !

— ... et que j'ai adoré le dernier Kassovitz.

Coup d'œil de connivence. Je sais à quoi elle pense. Un jour, nous avons élaboré ensemble une théorie sur le mensonge. Il existe quatre sortes de mensonges, qui tous ne sont pas des tromperies ni des contrevérités : d'abord, les mensonges de charité, dits « pieux mensonges » (« mais oui, ta R12 a encore fière allure... », « mais oui, tu peux encore plaire à quarante ans... ») ; ensuite, les mensonges de confort, qui évitent des crises graves pour des choses sans importance (il s'agit essentiellement des mensonges par omission : pourquoi aller raconter que l'on n'a pas été insensible au sourire de notre voisin dans l'avion, quand personne ne nous le demande ?) ; puis les mensonges auto-créateurs (une sous-catégorie des prophéties autoréalisatrices ; autrement dit, des anticipations de la vérité) ; et enfin, les mensonges délibérés, vicieux ou méchants, les seuls qui soient véritablement répréhensibles.

Je n'ose dire à Alicia que ses pieux mensonges auront forcément une limite : celui de sa propre personnalité.

— Mais le pire, c'est leur troisième sujet de conversation, continue-t-elle : la santé. Ils ne sont pas à l'âge où l'on meurt de vieillesse, mais ils ont toujours un copain qui en est à son troisième pontage ou une copine à qui on a fait « la totale ».

Je ne sais pas si Alicia se rend compte du procès qu'elle est en train d'instruire. Elle est intarissable, comme si elle avait besoin de s'épancher pour ne pas étouffer.

— Et puis, il y a leur langage. Pour eux, tout est grand : les grandes écoles (qu'ils n'ont pas faites), les grands desseins (leur époque trotskiste), les grands espoirs (leurs gosses feront l'Ena), la grand-maman (à la fraise de préférence), *Le Grand Meaulnes* (livre culte de chez culte), le Grand Pavois (comment peut-on aller au cinéma ailleurs ?)...

Les enfants d'Édouard aussi sont grands, sauf le dernier, six ans seulement, que notre récidiviste a eu d'un second lit (à croire qu'Édouard est un *serial husband*, fidèle, mais capable de monogamies successives). Alicia adore ce gamin. Pour lui, elle passe ses samedis au jardin d'Acclimatation et n'ignore plus rien du Space Mountain, du train fantôme ou de la chenille à bosses. Pour lui, elle se contente d'effleurements furtifs tandis qu'ils surveillent le gosse qui martyrise un poney ou s'extasie devant les cochons qui font caca.

— À vrai dire, c'est moi qui surveille. Côté éducation, on ne peut pas dire qu'il soit très strict. Plutôt le genre père-copain.

Édouard ne se remettra jamais de n'avoir pas défilé rue d'Assas en mai 68, à quelques mois près.

— Tu sais quoi ? continue Alicia. Si j'étais son ex-femme, je ne lui confierais jamais le gosse. Je comprends son air affolé, la pauvre mère, lorsqu'elle nous laisse Martin sur le pas de la porte. Le gamin, lui, il ne s'inquiète pas, il frime devant ses quasi frères et sœurs (sa mère vit avec un homme qui élève aussi les enfants qu'il a eus d'un premier mariage), il sait qu'on va l'emmener où il veut et qu'on fera exactement ce dont il a envie. Les enfants de divorcés ont quand même des compensations : leurs parents rivalisent d'imagination pour conquérir leur amour.

Alicia envisage déjà d'avoir des enfants. Elle ne craint pas les ménages patchwork, les familles recomposées, la pluriparentalité et la reparentalisation.

J'ai envie de lui demander comment ça se passe au lit, mais je n'ai pas assez bu. D'ailleurs elle y vient spontanément, après le deuxième whisky. La quiche est prête, il faudra juste penser à l'enfourner à sept heures et demie.

— C'est pour lui faire plaisir que j'ai acheté des porte-jarretelles. Il n'osait pas me le demander. Je ne savais pas qu'il fallait mettre la culotte par-dessus.

— Il te fait des trucs ?

— Tu veux dire sado-maso, donner le fouet et tout ça ? Non, bien sûr que non. À peine une fessée par-ci, par-là, histoire de se mettre en train. C'est un tendre. Mais j'ai remarqué qu'il démarrait plus vite avec les bas et les jarretelles. Et qu'il durait plus longtemps.

— Et dix minutes après ?

— C'est encore mieux que pendant.

Là, elle m'inquiète.

— Je te dis, c'est un tendre.

— Pourquoi n'est-il pas venu ce soir ?

— Une réunion au Medef. Il dit qu'il les déteste, qu'ils sont tous réac, mais il y va quand même. On s'est promis de ne pas rentrer après minuit, pour être en forme demain matin.

Elle doit sentir mes réticences, car elle ajoute :

— Tu sais, Édouard est très jeune d'esprit.

Newton a inventé la théorie de la gravitation universelle et le calcul infinitésimal à vingt-cinq ans. Einstein a publié sa théorie de la relativité générale à trente-six ans, mais il avait fait ses plus grandes découvertes, celles qui lui valurent le Nobel, à vingt-six. Après trente ans, les mathématiciens sont considérés comme vieux. On ne peut rien contre les lois de la nature : avec l'âge, on perd en énergie, en rapidité et en goût de la nouveauté. Bien sûr, on peut toujours échanger sa femme de quarante ans contre deux de vingt pour rester vert, boire davantage de café pour rester éveillé, et se forcer à sauter à l'élastique pour rester dans le mouvement. Mais on ne retrouve jamais sa folie naturelle.

« Être jeune d'esprit », c'est accepter, par amour, de faire ce que l'on n'a plus envie de faire.

— Au début, on rit de ses différences, m'a expliqué un jour William, qui a vécu deux ou trois fois avec des hommes plus vieux que lui. Puis on en pleure. Ensuite, on les enferme en soi, et c'est pire.

William a une manière bien à lui de classer les Français sur la pyramide des âges. En haut, il place la *bitte generation*, ceux qui ont vécu avec l'envahisseur allemand en 1940. Un cran en dessous, la *beat generation* : les soixante-huitards, enfants du baby boom, Woodstock, Vietnam, Peace and Love. Ensuite, la *bite generation*, les jeunes des années soixante-dix-quatre-vingt qui n'ont retenu des revendications de leurs aînés que la liberté sexuelle. Enfin, sur la dernière marche, la *bit generation*, les mordus de techno qui ont biberonné ordinateur et jeux vidéo, et découvert l'amour sous préservatif.

Je garde mes réflexions pour moi. Si Alicia trouve son bonheur avec Édouard et dix heures de sommeil, quelques neurones en déliquescence importent peu. Les grands écrivains, d'ailleurs, se bonifient en vieillissant : Dostoïevski, Goethe ou Tolstoï n'ont rien publié d'intéressant avant de devenir *seniors*. Il leur a fallu un demi-siècle pour affiner leur connaissance de la nature humaine. Et puis, la chirurgie des implants se banalise. La trottinette est redevenue tendance, comme les fraises Tagada, les chouquettes et Chantal Goya. Édouard n'aura pas besoin de sortir de son fauteuil pour être *in the move* : statistiquement, le Manège enchanté finira par repasser devant lui.

— Tu sais, c'est la première fois que j'ai le sentiment d'être vitale pour quelqu'un. Comment te dire ? Mon corps est la seule richesse que j'aie à offrir. C'est le plus beau cadeau que je puisse faire. Je suis contente qu'il apporte de la joie à quelqu'un.

J'ai l'impression d'avoir déjà entendu ça quelque part. La *pitié dangereuse* ? Non, ce n'est pas ça. Je fouille ma mémoire, en vain.

La seule chose qui chiffonne Alicia, c'est qu'elle puisse attirer quelqu'un qui, en même temps qu'il l'aime, aime les tripes, les pieds paquets et les slips kangourou remontés jusqu'au nombril.

Moi, je déteste l'idée qu'elle devienne caméléon, comme William, mais avec une sincérité dangereuse. C'était déjà le cas avec ses petits amis précédents : elle était devenue sportive avec un marathonien, incollable sur les films nordiques avec un Finlandais, fondue de techno avec un *bedroom DJ* (ces disc-jockeys qui ne mixent que pour les soirées entre amis). Je le lui dis. Visiblement, elle a déjà réfléchi à la question, car elle me répond :

— Stendhal a dit : « Nous n'avons de caractère qu'en fonction des autres. »

Je devrais la contrer en citant Sartre, mais je ne me souviens plus de la phrase exacte (*L'enfer, c'est les autres* ? Non, rien à voir). De toute façon, je ne la ferai pas changer d'avis : j'ai autant de chances de la guérir de son mal que de fourguer des aspirines à un masochiste. Finalement, Alicia s'occupe aussi du poulet au curry, et je joue les assistantes. La dernière fois que j'ai voulu servir un poulet – rôti, histoire de me rappeler les dimanches de mon enfance – j'avais oublié de le vider. Ou plutôt, en faisant mes courses, je m'étais trompée de linéaire au supermarché. Car le magasin était fautif : pourquoi vendait-il encore des poulets avec leurs entrailles alors que cela ne peut intéresser personne ?

Huit heures : Will est derrière la porte. Je reconnais son coup de sonnette : un bref, un long, un bref. Il a des fleurs et du champagne dans les bras.

— Qu'est-ce qu'on fête ? dis-je.

— Rien de spécial, sinon que je suis content de te voir ! Ça te choque ?

William semble en pleine forme. Les effets de son nouveau tapis de jogging relié à Internet ? Les résultats de ce gommage-peeling-masque au jojoba qu'il utilise depuis trois semaines et dont il n'arrête pas de me vanter les mérites ? Il m'adresse un clin d'œil, signe qu'il m'expliquera plus tard les motifs de sa gaieté. Blandine et Norbert Vigier-Lebrun le suivent de peu. Ils étaient arrivés avant lui, mais ils ont monté les six étages à pied : elle parce que c'est sa nouvelle lubie – l'exercice est souverain pour qui veut avoir un cœur d'acier et de jolies jambes, nous savons... –, lui par pure galanterie car il déteste tous les sports (sauf le sumo et la politique). Pourtant, à l'arrivée, il a l'air frais comme un gardon alors que mon amie crache ses poumons.

— C'est lui, le fils Vigier-Lebrun, « l'abominable parti » que tes parents t'ont choisi ? me souffle-t-elle tandis qu'il range son imperméable mastic. Tu charries, ma vieille. Ça aurait pu être pire !

— Tu veux rire ?

— Il n'est pas laid. Du moins quand on aime ce genre d'homme exagérément respectueux : bonjour, mademoiselle Zinzin, merci mademoiselle Zinzin, à votre service, mademoiselle Zinzin... On ne sait jamais ce que ça cache : l'envie de vous sauter dessus ou, au contraire, une mise au point rigoureuse (« personnellement, je ne joue pas à ces jeux-là ») ? Cela dit, tu n'arriveras pas à me persuader que ça compte pour une B.A.

Je m'efforce d'être objective et de regarder Norbert avec d'autres yeux que ceux qui, depuis vingt ans, croisent un garçon boutonneux et complexé dans des circonstances obligatoires (dîners, après-midi familiaux, théâtre avec les parents). Le genre de garçon qui tressaille chaque fois qu'une femme lui touche le bras et qui, dès qu'elle s'éloigne, ressemble à une grève à marée basse, abandonné et bosselé de désir.

Première surprise, il n'a plus de boutons. Sa peau est nette, il est rasé de près, et pas la moindre trace des crevasses laissées par des grattages récurrents (comme ceux que j'arbore honteusement sur les ailes de mon nez). Deuxième surprise, il a l'air à l'aise. Bon, évidemment, ce n'est pas Prince en concert, mais il s'est élancé spontanément vers Alicia pour l'aider à retirer les petits fours de la plaque chaude. Dommage qu'il ait toujours ce menton triste et ces yeux de chien battu. Du moins quand nos regards se croisent. Car lorsqu'il sourit à Alicia, il est presque consommable. Si elle n'était pas casée, je jurerais qu'elle serait intéressée. L'essentiel est pourtant qu'il plaise à Géraldine, qui vient d'arriver, en robe pailletée et maquillage de soirée. Elle devient rouge carmin en découvrant que nous sommes tous en jeans, et jette un regard désespéré dans ma direction. Je ne peux quand même pas lui prêter un pantalon, elle est plus mince que moi. Je fais mieux : je lui montre Norbert du doigt. Lui aussi est en costume de ville, limite guindé.

— Tu aurais pu lui dire, tu n'es pas charitable, me reproche William quelques minutes plus tard.

Il la rencontrait pour la première fois. À voir sa moue, ce sera aussi la dernière. Je me défends tant bien que mal.

— Au contraire, si elle ne reconnaît pas Norbert comme son pareil après ça...

De reconnaissance il n'est guère question pour l'instant. Ils ne pourraient pas être plus éloignés l'un de l'autre. Norbert est debout dans l'embrasure de la porte, à parler avec l'amie de mon frère. Elle s'est posée sur le canapé, et s'efforce de participer à la conversation. Loïc, lui, est en équilibre sur un bras de fauteuil, en pleine conversation avec Alicia. Les autres sont sagement assis autour de la table basse et des petits fours, sauf ma voisine du dessous et mon voisin du dessus qui font connaissance à l'autre bout de la pièce. Au rythme où ils se rapprochent, je risque d'avoir droit, ce soir, à des « encore, oui, encore, vas-y, c'est bon » jusqu'à trois heures du matin au-dessus de ma tête. Les planchers sont tellement minces dans cet immeuble. Enfin, avec un peu de chance, ils iront chez elle plutôt que chez lui. Le bruit monte moins qu'il ne descend. Mon voisin est appuyé contre l'interrupteur de la porte du salon et, à deux reprises, sans le vouloir, il a éteint la lumière de la pièce avec son dos. Sûrement un acte manqué... que Blandine ne peut pas laisser passer. Elle lance de sa voix tonitruante :

— Ne sois pas si pressé, mon grand, tu vas y arriver...

Parfois, je plains les hommes qui sortent avec elle. C'est le genre de fille capable de faire surgir dans la mémoire d'un homme, au premier regard, la liste de ses pires ratages sexuels.

Je sers le champagne dans les flûtes offertes par ma mère pour mes trente ans. La dernière fois qu'elle est venue, maman m'a reproché d'en avoir cassé sept sur les vingt-quatre que comprenait le service. Il est vrai que, statistiquement, on en casse une par dîner. Mais faut-il pour autant les laisser dormir dans l'armoire avec les assiettes Hilton Mac Conico et les serviettes brodées par ma grand-mère ? Déjà que je ne suis pas une cuisinière hors pair...

— Chez Marianne, on a le contenant, à défaut du contenu, ironise régulièrement William.

Tandis qu'ils boivent, je surveille le four. Un vieil *Eva*, *Maigrir avant l'été*, qui traînait sous la table basse a servi à lancer la conversation. Une astuce à retenir : en plaçant quelques journaux bien choisis en évidence, à des carrefours stratégiques de l'appartement, vous dirigez la conversation comme si vous y étiez.

— On dit que c'est la voiture, pas la nourriture, qui rend les Américains obèses, commence Louise, l'amie de mon frère, visiblement plus bavarde que celle qui l'a précédée. Ils ne peuvent plus marcher : il n'y a plus de trottoirs dans les banlieues, personne ne les utilisait. Et plus de petits magasins de proximité, tout le monde fréquente les centres commerciaux géants.

L'impact de la sédentarité sur le poids des Américains, voilà bien un sujet sans risque : il n'y a aucun surchargé pondéral parmi mes hôtes. Et le thème ne laisse personne indifférent.

— Les enfants ne vont plus à l'école à pied, par peur des pédophiles, note Géraldine.

— Les maisons neuves sont vendues avec des garages de trois places ! continue Louise.

Blandine l'interrompt :

— Lorsque je suis allée à Las Vegas pour le boulot l'année dernière, j'ai voulu, un matin, me rendre *downtown* à pied histoire de brûler quelques calories. Deux conducteurs se sont arrêtés pour me demander si j'avais besoin d'aide !

— C'est vrai : là-bas, les seules personnes qui marchent sont des automobilistes en panne d'essence.

— Ou les SDF.

— Mon frère, qui travaille à Philadelphie chez Saint-Gobain, m'a raconté que le maire avait lancé une grande campagne pour faire maigrir ses administrés, reprend Louise, décidément intarissable ; il a voulu leur faire perdre soixante-seize tonnes en soixante-seize jours ! Il sponsorise des pesées publiques à chaque coin de rue et des programmes de cuisine et d'aérobic sur les chaînes de télé locales...

— J'ai lu dans *Courrier* que les petits malins avaient mis au point des régimes amaigrissants fondés sur la Bible. On enseigne aux gens que Dieu peut les aider à s'arracher à l'attraction magnétique du réfrigérateur.

— Et ça marche ?

— Je n'en sais rien mais en attendant, certains fabricants de voitures ont décidé d'augmenter la taille de leurs sièges pour s'adapter à la morphologie des acheteurs : ils ne veulent pas que, chaque jour, quand ils s'assoient dans leurs véhicules, leurs clients se voient rappeler qu'ils ont grossi.

— C'est étonnant comme la race humaine enlaidit alors que le progrès devrait nous permettre à tous d'être sveltes et beaux, conclut Blandine.

Je jette un coup d'œil vers Will qui s'agite sur son siège. Il ne laissera pas passer ça. William, quand il n'est pas sur le Net ou dans une *rave*, est chercheur au CNRS. Depuis deux ans, il travaille sur les facteurs qui conditionnent la durée de vie en liaison avec un centre de recherches new-yorkais. Et ils ont découvert un truc génial : l'être humain, s'il avait été conçu dès l'origine pour durer cent cinquante ans, ne ressemblerait pas à Claudia Schiffer ou Estelle Hallyday mais, pour simplifier, au croisement de Josiane Balasko et d'un babouin. En clair : l'homme aurait plus de chances de dépasser sa date de péremption s'il était trapu, court sur pattes, penché en avant, avec un cou arqué, des genoux rentrants et des os épais.

— Le progrès ne nous rendra pas tous grands et minces, commence-t-il. Du moins si l'objectif est de vivre vraiment vieux. Car il faudrait d'abord qu'on abandonne notre stature toute droite : c'est un vice de conception. Elle exerce une trop grande pression sur les disques de la région lombaire.

William s'échauffe. Tout le monde l'écoute, vaguement effrayé.

— Et puis nos os sont trop fins, de même que notre masse musculaire. Il nous faudrait plus de graisse pour mieux protéger notre squelette et éviter qu'il ne s'affaiblisse. Si nos cuisses étaient plus grosses, les veines de nos jambes auraient davantage de valves, pour lutter contre les varices, et les genoux seraient capables de plier dans les deux sens, ce qui userait moins les articulations. Les risques de fracture de la hanche seraient éliminés grâce à des jarrets et des tendons plus solides.

Chacun imagine le tableau, ce qui jette un froid dans l'assistance. Pour changer de sujet, je propose à mes invités de passer à table. Je place Norbert à ma droite, avec Géraldine près de lui, et Will à ma gauche. Les autres s'installent spontanément. Tout cela manque d'hommes : j'avais compté l'ami d'Alicia qui n'est pas venu. Mais Loïc et Will font la conversation pour cinq. Norbert n'a pas adressé la parole à Géraldine (il est vrai que mon frère s'occupe d'elle, j'aurais dû lui donner des consignes plus strictes). Il intervient de temps en temps, pour formuler une remarque statistique qui, en général, met un point final au débat (du genre : « 70 % de salariés reconnaissent avoir envoyé au moins une fois un e-mail de nature sexuelle au bureau »). Heureusement, les convives n'ont aucun mal à trouver des sujets de conversation et, l'alcool aidant, le repas est de plus en plus animé. J'ai bu trois ou quatre verres de vin, ce qui me met en joie, mais je perds mes repères et c'est Alicia qui, par de petits signes discrets, me téléguide : elle m'indique le moment où je dois aller chercher le plat suivant, me signale ce qui manque sur la table, ou m'aide à desservir.

Au moment où, sur un signe d'Alicia, je m'apprête à aller chercher le fromage, Norbert se lève en même temps que moi, renversant un peu de vin sur sa cravate. Dans la cuisine, tandis que je l'asperge de sel (c'est souverain pour les taches de graisse, pourquoi pas pour les taches de vin ?), il ose :

— Marianne, pourquoi m'as-tu invité ?

— Je voulais te présenter des amies...

— Depuis quand te préoccupes-tu de mon activité sociale ?

— Écoute, si cela ne t'a pas fait plaisir, je suis désolée...

— Je n'ai pas besoin de ta pitié.

Que lui arrive-t-il ? Je ne l'ai jamais vu aussi direct. Est-ce parce que ses parents ne sont pas là ? Ou parce que mon invitation (une première, alors qu'on se connaît depuis vingt ans) a éveillé en lui des espoirs ? À moins que sa mère n'ait réussi à le convaincre que, vu mon âge, je n'allais pas tarder à craquer.

Je lui demande de m'aider à défaire les emballages du camembert et des chèvres, histoire de calmer le débat.

— Je t'aime, Marianne.

Voilà, ça devait arriver. Pourvu que personne n'entre dans la cuisine, il a mis un genou par terre. Il attend ma réponse et la seule qui me vienne à l'esprit est « non, ce n'est pas possible, on n'aime pas quelqu'un qui vous snobe depuis le jardin d'enfants ».

— J'étais déjà ton chevalier quand on jouait sur la plage, à Noirmoutiers, tu te souviens ?

Oui, c'est bien le problème. À l'époque déjà, mes parents n'auraient jamais dû l'inviter.

— Norbert, remets-toi debout, je t'en prie.

Mon Dieu, faites que personne n'entre.

— Et le jour où l'on a dansé ensemble, à la soirée du Secours catholique, tu te rappelles ? J'en ai rêvé pendant des mois.

Cette soirée a eu lieu il y a quinze ans, peut-être vingt. J'ai dû danser avec lui comme avec une dizaine d'autres garçons, et je ne m'en souviens même pas. Il faut que je lui dise que je ne l'aime pas, que je ne l'ai jamais aimé, que je ne l'aimerai jamais. En même temps, je me sens coupable : comment ai-je pu le laisser espérer pendant si longtemps ? Pourquoi n'ai-je pas mis les choses au point il y a quinze ans ?

— Écoute...

Blandine déboule dans la cuisine. Norbert se redresse et s'enfuit. Tandis que nous terminons toutes les deux de garnir le plateau de fromages, elle me fait la leçon :

— Ce type est fou de toi. Même ses regards sont du harcèlement sexuel ! Tu ne peux quand même pas le laisser dans cet état ?

— Excuse-moi, Blandine, mais tes conseils ne m'ont pas trop réussi ces derniers temps, dis-je en respirant à fond pour reprendre mes esprits. Martial, ça te dit quelque chose ? Oui, le flic. Le seul type avec qui j'aie couché depuis deux ans m'a traitée comme une prostituée ! Franchement, je préfère faire vœu de chasteté plutôt que suivre tes plans foireux.

— N'exagère pas. Tu n'avais pas besoin que je te pousse. Et puis, ce Norbert, c'est un garçon bien. Si tu voyais comment il te regarde ! Ce n'est pas de l'amour, c'est de l'adoration. Celui-là, il faudrait que tu le menaces avec un fusil pour qu'il te quitte à deux heures du matin...

Je m'empare du plateau, excédée, et je l'apporte sur la table. Les invités se jettent sur le fromage, c'est inhabituel. N'avaient-ils pas eu assez à manger auparavant ? Je retourne chercher le dessert, du sorbet et des gâteaux secs. À côté de moi, Norbert pique du nez dans son assiette. Je propose de retourner sur les canapés pour boire une tisane ou une liqueur de poire accompagnées de petits fours au chocolat et de mignardises. Mais d'abord, je dois mettre les choses au point avec Norbert.

— Norbert ? Tu veux m'aider à apporter les tasses ?

Il me suit avec cet air de chien battu que je déteste. Je voudrais être claire, et directe, et franche, sans lui faire trop de mal, mais c'est beaucoup à la fois, à la cuisine, entre la poire et le fromage (ou l'inverse justement).

— Tout à l'heure, s'il te plaît, reste un peu après les autres. Il faut que nous parlions.

Son visage s'éclaire. Que va-t-il s'imaginer ? J'essaie de rattraper ma phrase malheureuse :

— Non, ce n'est pas ce que tu...

— Merci, Marianne, tu n'imagines pas à quel point cela me fait plaisir.

— Mais...

— Si tu préfères, je partirai avec les derniers et je reviendrai discrètement dix minutes plus tard.

— N'imagine pas...

— Je n'imagine rien. Je suis très heureux.

— Tout de même, ne te méprends pas, mes intentions sont...

Cette fois, c'est Alicia qui interrompt notre aparté. Je ne suis pas certaine qu'il ait compris. Qu'importe, je lui expliquerai calmement tout à l'heure. Lorsqu'il a l'air gai, comme en ce moment, et en dépit de la cravate tachée qu'il n'a pas voulu enlever, il est presque mignon. Je ne sais pas ce qui me vaut cette admiration inconcevable. En passant devant la grande glace du vestibule, j'essaie de me regarder avec ses yeux : pas de miracle pourtant, les poteaux sont toujours là, et ces pommettes pas assez marquées, et cette bouche qui l'est trop... On dit que les belles femmes sont réservées aux hommes sans imagination. Norbert doit être un grand rêveur, sous son costume gris.

À minuit quarante-cinq, Alicia donne le signal du départ.

— Je vais avoir une heure de retard. Mais j'ai appelé chez *nous* à minuit cinq, et il n'était pas encore rentré, alors !

Tous les autres convives se lèvent, sauf William. On finit généralement les soirées tous les deux, affalés sur le tapis, à se raconter nos histoires (surtout les siennes). En plus, ce soir il avait des choses à me dire. Mais Norbert ne bouge pas de son fauteuil. Will me suit à la cuisine :

— Et lui, il reste dormir là ?

— Pas du tout, mais je dois lui parler.

— Je vois.

— Mais non, tu ne vois pas. Je veux lui PARLER.

— La conversation risque d'être un peu hachée, à en juger par sa manière de te dévorer des yeux.

— Arrête, Will, je t'en prie. Tu ne vas pas me faire une crise de jalousie, pas toi ?

— Je te reconnais bien là, femme ! Quand il y a du sexe dans l'air, on se moque bien de son MAG. En revanche, quand il s'agit d'essuyer les pleurs, on sait où le trouver...

Will revendique sa condition de meilleur ami gay. C'est lui qui a inventé l'expression. En réalité, la fonction du MAG n'est pas de consoler sa MAF (meilleure amie femme) mais de lui expliquer les réactions de son MEC (ce qui revient au même).

William s'en va, drapé dans sa dignité. Norbert s'apprête à le suivre, mais mon ami l'arrête :

— Ne te fatigue pas à donner le change. Je sais que tu restes là.

Je n'ai pas le temps de le foudroyer du regard, il a claqué la porte. Non seulement il a fait rougir Norbert, mais cette officialisation risque de le conforter dans le malentendu. On ne va plus pouvoir se contenter de frappes chirurgicales.

Je m'avance vers le canapé, empruntée et rougissante à mon tour.

— Je voulais te dire...

— Non, ne le dis pas. Pas avant que j'aie parlé. Tu me dois bien cela. Je t'aime depuis l'époque du bac à sable.

Du bac tout court serait déjà une performance. Mais je n'ai plus la force de protester.

Il est assis par terre, à côté du canapé, le visage levé vers moi. Je ne reconnais plus le grand garçon boutonneux. Il a un regard de siphon, je suis aspirée. Il raconte des épisodes que j'ai depuis longtemps oubliés. Je suis sûre qu'ils ne figurent même pas dans mes carnets intimes de cette époque – ces carnets que Julien a emmenés avec lui en prétendant que je les lui avais donnés : « Tu sais bien que mes pires coups de blues ne résistent pas à vingt pages de la période "Marianne 14-16 ans". J'en ai davantage besoin que toi, de ces carnets. »

Dans ces cahiers, ce qui l'amusait, c'était de trouver, sur le même plan, mes préoccupations mystiques, une mauvaise note en histoire-géo, et les lamentations de mes petits copains dont les caresses ne devaient pas descendre au-dessous de la ceinture (le leitmotiv de l'un d'eux – « si je tenais celui qui a inventé le slip » – était devenu la *private joke* préférée de Julien ; il appréciait aussi, du même auteur, « l'élastique de ta culotte est visible de la lune, comme la grande muraille de Chine »). Sous ma plume clinique, quoique friande de points de suspension, les premiers baisers ressemblaient à des concours d'apnée. Les soirs de grand blues, je déplorais que mes camarades de classe masculins s'intéressent davantage à mon tour de poitrine qu'à mes compétences en histoire-géo ou en maths. Les matins où je portais un chemisier neuf, c'était l'inverse qui me chagrinait.

C'est drôle comme les garçons adorent les préliminaires tout le temps que les filles les refusent. Et dire que, dix ans plus tard, ces jeux deviendront leur corvée, quand les femmes les réclameront.

Le passage préféré de Julien se trouvait dans le « Marianne 16-18 ans » : ma tentative de suicide aux médicaments homéopathiques. À cause d'un garçon trop bien pour moi, j'avais avalé d'un coup trois tubes de granules à bande rouge « ne pas dépasser la dose prescrite ». Pour un résultat piteux : pas le moindre vomissement ni mal de tête, pas même le début d'une aigreur d'estomac.

Norbert n'a pas vu que mon esprit vagabondait, et continue d'égrener ses souvenirs. On dirait Decaux racontant les grandes batailles de Napoléon. Decaux jeune.

— Ma première petite amie était ton sosie, et les deux suivantes s'appelaient Marianne...

Je ne veux pas être sa madeleine de Proust – encore moins son Odette.

— J'ai si souvent rêvé de te tenir dans mes bras, une fois dans ma vie...

Les phrases d'Alicia me reviennent à l'esprit (« C'est la première fois que j'ai le sentiment d'être vitale pour quelqu'un... Mon corps est la seule richesse que j'aie à offrir... Je suis contente qu'il donne de la joie à quelqu'un »). Mais je suis sûre qu'elles évoquent autre chose, et je n'arrive pas à savoir quoi.

Je sens ma volonté faiblir. Je pense à Martial, avec qui j'ai couché sans en avoir envie, pour me rassurer sur ma capacité à inspirer du désir. Pourquoi lui, et pas Norbert, qui en a vraiment envie ? Si encore j'avais des comptes à rendre à quelqu'un. Mais Julien est parti depuis deux ans. À qui devrais-je être fidèle ? L'image de Simon me traverse l'esprit, fugace, importune.

La seule chose que je puisse faire pour Norbert, c'est de l'aider à briser le mythe. Lorsqu'il aura fait l'amour avec moi, il comprendra que ça n'avait rien d'ahurissant, et il pourra passer à autre chose. C'est un service que je dois lui rendre.

Comme s'il avait écouté mon monologue intérieur, il s'arrête brusquement.

— Et toi, que voulais-tu me dire ?

Comment résister à quelqu'un qui vous trouve irrésistible ? Il faut beaucoup de courage pour dire « je ne t'aime pas », nettement moins pour se laisser embrasser. Et puis, de la constance naît la légitimité. Je sais gré à Norbert de m'épargner, ce soir, ces valses-hésitations – quand personne ne veut tendre la bouche le premier de peur d'être ridicule (la rançon de l'émancipation féminine, dirait don Juan).

N'empêche qu'il en fait un peu trop. Il se met à genoux, retire mes chaussures, et m'embrasse les pieds. Ce qui me met un peu mal à l'aise, car j'ai beaucoup marché aujourd'hui. Heureusement, il ne s'éternise pas sur mes orteils, il remonte jusqu'aux genoux, qu'il lèche consciencieusement. Pas désagréable. Zut, le voilà qui redescend sur mes rotules. Il me caresse en remontant, à rebrousse-poil. Il va voir que je pique, je me suis rasée hier... Au Bic, car à cent dix francs pour une « mi-jambes », l'épilation à la cire n'est pas donnée. Il n'a pas l'air de s'en apercevoir. Ses lèvres sont douces et humides.

On dirait qu'il est décidé à passer la soirée sur mes mollets. Mon impatience grandit. J'aimerais bien qu'il s'aventure jusqu'aux cuisses. Je tire sur ses épaules, mais il fait comme s'il ne comprenait pas. Il est en train d'embrasser le creux de mes genoux. Je ferme les yeux, j'essaie d'imaginer que nous sommes au bord de la mer, dans un champ de blé survolé par des mouettes (Blandine dirait que j'ai lu trop de romans : personne n'a jamais fait l'amour dans un champ de blé maritime survolé par les mouettes). Tant pis, je me contenterai d'une meule de foin. J'aurais voulu être une vraie fille de la campagne. Perdre ma virginité sur un lit de coquelicots. Mais à Cholet, c'est plutôt la chaussure qu'on cultivait.

Soudain, Norbert me soulève dans ses bras. Ça y est, il va m'emmener dans ma chambre. Erreur : il se dirige vers la cuisine. J'essaie de lui dire qu'il se trompe, que le lit est à l'opposé, il me fait taire en m'embrassant. Il pousse d'un coup d'épaule la porte de la cuisine, et me dépose sur la table encombrée de plats vides et d'emballages chiffonnés. Ma tête se coince dans un carton à pâtisseries, mais je n'ai pas le temps de me demander s'il restait de la chantilly sur les bords. Il remonte ma robe, puis mes genoux. Non, je rêve, il ne va pas recommencer à me caresser les jambes ! Je n'en peux plus d'attendre. Je me redresse, me penche vers lui et défais son ceinturon. Apparemment, c'est le signal qu'il attendait.

La suite me surprend. Le grand timide avait bien caché son jeu. Il révèle des réserves et une énergie insoupçonnées. J'ai du mal à croire qu'il avait gardé tout ça pour moi. M'étais-je à ce point trompée sur ce garçon ? Sa joie est contagieuse, elle me récompense de ma lâcheté. Norbert, au moins, n'a pas besoin de trouver des justifications à l'amour moderne (la famille nucléaire, support du capitalisme...) pour le faire.

On s'endort à cinq heures du matin, dans mon lit. Entre-temps, on a joui trois fois. Évidemment, ce n'est pas le Machu Picchu – plutôt les volcans d'Auvergne, ce qui n'est déjà pas si mal. Les mouettes n'ont pas suspendu leur cri au moment fatidique, mais il est vrai qu'il y a peu de mouettes dans le 6e arrondissement. En tout cas, me voilà rassurée : l'abstinence ne m'a pas rendue frigide. Blandine n'aura pas besoin de me prêter le Viagra pour femmes que lui a ramené un copain ivoirien (une crème à base de testostérone à appliquer sur le sexe, qui n'a qu'un inconvénient : elle fait pousser la moustache). De toute façon, je dois me faire une raison : en vieillissant, mes chances de battre le record établi avec Julien le 14 juillet 1993 – sept orgasmes en vingt-quatre heures, un feu d'artifice – s'amenuisent. Il est vrai que Julien et moi ne vivions pas encore ensemble à l'époque du record, et que nous ne l'avons jamais égalé par la suite. Classique : au début, on passe son temps à ça, et après, on n'a plus le temps avant onze heures du soir. C'est toute la différence entre les couples occasionnels et les couples installés, affirme Blandine : les seconds ne « remettent plus le couvert ».

À midi, lorsque j'émerge laborieusement, Norbert est assis sur le lit. Incroyable mais vrai, il est en pyjama rayé, et ce n'est pas l'un des miens (l'avait-il apporté hier soir, tant il était sûr de rester ? est-il allé le chercher dans sa voiture tandis que je dormais ?). Il a préparé des œufs au bacon (où a-t-il trouvé du bacon ? il n'y en avait plus au frigo), des céréales, du jus d'orange. Moi qui l'imaginais calviniste, se nourrissant de saucisson sec et de légumes verts ! Il propose une escapade à Deauville cet après-midi, une balade sur les bords de Seine ce soir, un voyage à Vienne à la fin du mois. Le roi du terrorisme romantique.

J'ai le vertige. Je n'ai pas eu besoin d'attendre dix minutes après l'amour pour savoir que cette histoire n'irait pas très loin (même si j'ai demandé deux rappels). Mais comment lui dire que la comédie s'arrête là ? Que j'ai seulement essayé d'être charitable ? Je sais, il y a des façons plus désagréables d'aider son prochain. Mais comment ai-je pu croire qu'il prendrait son cadeau avec un sourire et partirait en disant merci ?

Soudain, une connexion s'établit dans mon cerveau. Je sais ce qu'évoquaient les mots d'Alicia. C'est l'histoire de *Tendre est la nuit*, le roman de Scott Fitzgerald. Une femme s'offre à un jeune artiste sans le sou qui a rêvé d'elle, sans se rendre compte qu'elle crée ainsi, chez lui, de nouvelles attentes plus fortes encore. Lorsqu'il comprend qu'elle s'est jouée de lui, l'artiste sort un pistolet et essaie de la tuer (ou se tue devant elle, je ne sais plus). Je fonds en larmes dans mon oreiller, sous l'œil ébahi de Norbert. Pourquoi suis-je incapable de vivre des histoires normales ?

CHAPITRE 12

Une colonie de fourmis a envahi ma cuisine. Elles font irruption près de la fenêtre, longent le frigo et la cuisinière, et se dispersent derrière la poubelle. Julien les avait baptisées : « le baromètre à Todd's ». Leur apparition était signe de beau temps. Je pouvais sortir mes chaussures légères (et chères) sans crainte de les abîmer dans une flaque d'eau.

Mon baromètre interne, en revanche, est loin d'être au beau fixe. Même mes horoscopes sont unanimes, je suis bien obligée d'y croire. Le troisième décan du Lion est formel : « Mercure favorise vos remises en question ; il vous aide à donner de nouvelles perspectives à vos vieux conditionnements » (à moins qu'il ne fasse allusion aux bouteilles de Vittel vides qui s'entassent sous l'évier, c'est mauvais). Le premier décan de la Vierge n'est guère plus encourageant, quoique plus abscons : « C'est le moment d'avoir un nouvel aperçu sur vos anciens modes de sécurisation et de les transformer. » Quant au Verseau, mon ascendant, il ne laisse aucune échappatoire : « Faites le bilan de vos acquis et ressources personnelles et changez, s'il y a lieu, la manière dont vous les utilisez. »

Je viens de vivre, à quelques jours d'intervalle, deux scènes pénibles, l'une avec Norbert, l'autre avec Henkel. Le premier a menacé de se suicider lorsque je lui ai dit que la nuit que nous avions passée ensemble était une erreur (j'aurais dû dire : une balle perdue). Comme je ne le croyais pas, il m'a traitée de tous les noms et il est parti en claquant la porte et en oubliant son pyjama. Je n'ose pas le lui renvoyer, ce serait trop cynique.

Quant au second, je lui ai finalement écrit pour lui expliquer que ses grands desseins volaient trop haut pour moi et que je le décevrais forcément. J'aurais pu ajouter qu'on ne commence pas dans un cimetière une idylle censée finir à l'église. Et qu'à trente-trois ans, je crois encore au Père Noël, avec un grand A. J'ai reçu, par retour du courrier, un mot qu'il a dû dicter à sa secrétaire et qu'elle a signé en son nom. Une lettre si étrange que je me suis demandé si elle n'était pas plutôt destinée à un fournisseur qui, lui, aurait reçu la mienne par erreur.

Madame,
Je prends acte de votre réponse. Vous comprendrez aisément le préjudice qu'elle provoque. Dans cette nouvelle configuration, il est impossible d'envisager la poursuite de nos relations. Veuillez agréer, madame, etc.

Résultat, je finis par donner raison à ma mère. Je suis un monstre d'égoïsme. Une attardée. Une irresponsable. Incapable de gérer en adulte ses relations avec les hommes. Je ne me marierai jamais. Et ça vaut mieux pour mes victimes potentielles.

Maman ne connaît pas les deux derniers épisodes, et pourtant j'ai encore eu droit à ce couplet hier soir, après le dîner. Motif : j'avais refusé d'être aimable avec leur voisin de palier, propriétaire de deux boutiques de chaussures mais qui, apparemment, est incapable d'en trouver une à son pied. Divorcé, trois enfants, bedonnant (« mais tu sais bien que les gens qui ont un léger embonpoint ont une sexualité plus épanouie »), c'est ce qu'elle appelle un beau parti. Du moins quand elle est de bonne humeur. Quand elle est mal lunée, comme hier soir, ça devient « une chance inespérée, ma pauvre fille ».

Papa aussi en a pris pour son grade. Il s'était aventuré sous la cheminée pour essayer de neutraliser un courant d'air quand, actionnant malencontreusement la trappe, il a reçu deux litres de suie sur la tête. En quelques secondes, la pièce a été recouverte d'un fin nuage de poussière.

— Tu ne peux jamais rien faire comme personne ! a hurlé ma mère tandis que je traînais papa, aveuglé et noir de suie, dans le jardin.

Cinq minutes plus tôt, il avait réussi à réparer le couteau électrique, tombé en panne au moment crucial du tranchage du gigot. « Bravo », « chapeau », bises, maman n'avait pas eu assez de mots ni de gestes pour le remercier. Pauvre papa : le Capitole est bien proche de la roche Tarpéienne. Le beau parti à bedon se demandait où il était tombé.

En rentrant, à minuit passé, j'ai craqué : j'ai appelé Will.

— Will, j'ai besoin de tes conseils.

— Laisse-moi deviner. Tu te demandes si tu dois te mettre à la coke ou au Prozac.

— Presque.

— C'est vrai que tu as l'âge, maintenant. Tu es plus près de la ménopause que de la puberté.

Quand William donne dans l'humour déplacé, même Élisabeth Teissier devinerait qu'il déprime. J'ai donc oublié pendant une heure mes propres soucis pour m'intéresser aux siens. Il hésitait justement à m'appeler pour me raconter son dernier aller-retour, une aventure censée durer au moins six mois et qui n'a pas tenu quinze jours (validant, ce faisant, le « théorème de Will » : vous prenez la durée annoncée, vous divisez par deux, vous enlevez les deux tiers de ce qui reste, et vous obtenez la durée réelle). Son nouvel homme idéal, moustachu et quinquagénaire, était un prétendu petit cousin au troisième degré du comte de Paris, un champion de l'engagement humanitaire et de la lutte contre le sida. William l'avait rencontré lors d'une course de voiliers sponsorisés, sur la Seine. Celui de Pierre-Aldebert faisait sensation : sa coque était constituée de centaines de préservatifs gonflés à bloc et assemblés avec de minuscules cordelettes.

Mais William n'a pas eu le temps d'apprécier toutes les ressources de ce bricoleur de génie : le fils de famille est parti hier soir après lui avoir dressé l'inventaire de tous ses défauts rédhibitoires.

— Il paraît que j'ai des gestes « peuple » dont je dois me débarrasser si je veux réussir dans la vie, a soupiré William. Accroche-toi bien, voilà la liste : je lèche les cornets glacés au lieu de les goûter du bout des lèvres ; je suce mes doigts lorsque je mange une pêche ; je fais la grimace quand un plateau de fromages passe devant moi ; je fais de la muscu dans le salon le dimanche après le brunch.

Un silence. William a continué sur le même ton.

— Je te fais grâce du reste, ce n'est pas pour les petites filles. Mais Pierre-Aldebert est le premier qui ne part pas en disant que j'étais trop bien pour lui.

En échange, l'arrière-cousin a embarqué ses CD des Daft Punk, de Manu Chao et de Diziz la Peste.

J'ai essayé de lui remonter le moral en lui rappelant ses précédentes déceptions, si vite oubliées finalement : Romain, Anicet, Pierre-Jérôme... Mais je n'avais pas choisi la bonne tactique – après tout, personne n'aime se voir rappeler ses échecs. Jusqu'au moment où je l'ai entendu grommeler :

— De toute façon, ça ne pouvait pas coller entre nous. Pierre-Aldebert avait un trop joli nez en trompette.

— Et alors ?

— Les premiers temps, on trouve ça adorable, mais lorsqu'on le prend en grippe, on ne supporte plus de le retrouver chaque matin au réveil. On ne voit plus que ça. En plus, cet idiot me comprenait à demi-mot.

— Ce n'est pas une tare !

— Non, mais c'est pénible. Il ne me laissait pas finir mes phrases. Et puis, comme tous les hommes qui ont été longtemps mariés, il était toujours triste après vingt-deux heures quarante-cinq.

J'ai ouvert de grands yeux.

— Et pourquoi donc ?

— Un réflexe de Pavlov. À faire l'amour tous les soirs après le film de TF1, ils sont « tristus post coïtum » à heures fixes.

« Au moins, en amitié, on ne recherche pas la perfection, on prend l'autre tel qu'il est », avons-nous conclu en substance, histoire de nous passer mutuellement de la pommade. Et c'est vrai qu'on accepte naturellement d'un ami tous ces défauts qu'on s'obstine à vouloir corriger chez celui qu'on aime (même si, en général, on y renonce après quelques années de cohabitation) : qu'il rote à table, ronfle la nuit ou redessine ses lèvres avec un trait de crayon trop foncé, comme me l'a reproché Julien le jour où nous nous sommes séparés. Julien m'accusait aussi de vouloir faire trop de choses à la fois. Il m'imitait, rentrant dans l'immeuble le portable à la main, actionnant le digicode, ouvrant les trois serrures, enfournant un poulet mandarine dans le micro-ondes tout en enlevant mon slip et mon soutien-gorge – sans jamais cesser ma conversation téléphonique.

À peine les problèmes de mon meilleur ami me semblaient-ils moins dramatiques, que les miens ont repris le dessus. Mon cas, il est vrai, est autrement plus grave. Car, tout homo qu'il est, William n'a pas à s'inquiéter pour la transmission de ses gènes. S'il se décide à quatre-vingts ans, il ne sera pas trop tard (voyez Charlie Chaplin). Moi, il me reste deux ans avant de tomber dans la catégorie des « grossesses précieuses ».

— Pourquoi suis-je incapable de plaire à un homme normal ?

— Parce que ce que tu cherches, ce n'est pas un « homme normal » : c'est un homme beau, jeune, riche, intelligent et célibataire. Et ceux-là, ils sont tous gays, ma vieille.

— Will, dis-moi que je suis un beau parti, je n'y crois plus.

— Mais oui, tu es un parti idéal : tu gagnes bien ta vie, tu ne bois pas, tu ne fumes pas et...

— Oui ?

— ... tu acceptes les fumeurs.

Ce n'est pas exactement ce que j'espérais entendre.

J'ai préféré aller me coucher. Et ce matin, comme tous les samedis depuis trois semaines, Alicia m'a proposé de l'accompagner au square à l'heure du thé. C'est sa nouvelle lubie. Elle a convaincu son « soixante-huitard en mal de soixante-neuf », comme dit Blandine, de lui faire un bébé. Depuis, elle déserte le salon de coiffure le jour le plus chargé de la semaine pour aller au jardin d'enfants, et passe ses lundis à la Fnac plongée dans les livres de puériculture ou de préparation à l'accouchement. Le pauvre Édouard doit être soumis à un programme intensif, car, elle, je l'ai surprise plongée dans un bouquin sur les aliments santé, au chapitre « libidos en berne ». Depuis, elle gave son compagnon d'huîtres, de céleri, d'asperges, de poivre et de gingembre. Elle assaisonne sa cuisine à l'ail (bonjour l'haleine) et ne sert plus, en entrée, que du caviar, pourtant réputé réchauffer les femmes et refroidir les hommes (à cause du prix).

Nous sommes donc allées au square, en bas de chez elle. Alicia s'y est fait de nouvelles copines, trois femmes entre vingt-cinq et trente ans, inséparables, dont deux portent haut leurs ventres bourgeonnants. Ce sont des mères assumées, qui se sont consacrées à leur vocation, comme ma sœur. Pas le genre de femme qui ne rêve d'être enceinte qu'entre deux préservatifs.

Nous nous sommes assises sur le banc qui leur faisait face, séparées par le bac à sable (et à boue) dans lequel pataugent les enfants. Elles en ont six au total (sans que j'aie bien compris lesquels appartenaient à qui). Soit deux fois plus que de sujets de conversation. En l'occurrence : la grossesse, l'accouchement, et l'incompréhension masculine des servitudes liées aux enfants. Mais c'est justement ce qui passionne Alicia. Je fais promettre à mon amie qu'on parlera aussi d'autre chose, mais c'est comme si je demandais à Ben Laden de donner sa parole de scout qu'il n'embêtera plus jamais un Américain.

— Avoir un enfant, c'est la *plus* belle chose au monde, commence, d'une voix flûtée, la plus vieille des trois, une petite femme mal fagotée. C'est *tellement* merveilleux. Les moments difficiles sont si *vite* oubliés.

— De toute façon, moi, je ne veux pas de péridurale, s'enhardit Alicia.

— Vous avez bien raison, annonce sa voisine au menton chevalin, qui a enveloppé son ventre d'un grand bandeau rouge flashy, au cas où on ne le remarquerait pas. C'est aussi ce que je disais il y a trois ans. Mais après une demi-heure de contractions, j'ai supplié l'infirmière d'appeler l'anesthésiste. Pas pour moi, pour Gérard : j'ai cru qu'il allait tomber dans les pommes.

— Moi j'ai prévenu Édouard que j'avais besoin de sentir ce qui se passe, reprend Alicia, d'une voix encore très assurée.

Je tente une percée :

— C'est vrai qu'il a de l'expérience, lui. Que t'a-t-il répondu ?

— Que je serais bien trop occupée à hurler.

Un gamin d'âge indéterminé (un paléontologue daterait plus facilement le petit frère de Lucy) grimpe à califourchon sur mes cuisses en réclamant « à dada ». La femme de Gérard lance machinalement :

— Roberto, laisse la dame.

C'est moi, la dame. Ai-je l'air si vieille ?

Mais Roberto n'a aucune envie de me laisser. Il s'agrippe à mes seins comme le grimpeur à mains nues à la paroi. Curieusement, je n'ai pas non plus envie qu'il parte. Ses petites mains boudinées, ses yeux en amande, son sourire confiant, ça doit être ça, l'appel des ovaires. Au secours, Simone de Beauvoir.

La plus jeune des trois, chez qui la péridurale n'a pas fonctionné, raconte ses vingt-quatre heures de martyre. Heureusement, je n'en saisis que des bribes : Roberto, debout sur mes genoux avec ses chaussures pleines de sable, me tape vigoureusement sur la tête et me tire les cheveux. Je le soulève et le bascule dans mon dos, ce qui le fait éclater de rire. Sa mère nous observe du coin de l'œil, vaguement inquiète. La jeune femme poursuit sur sa lancée.

— On m'a endormie quand même, à la fin. Pour l'épisiotomie. La tête du bébé ne passait pas. Résultat, je n'ai pas pu marcher pendant trois jours. En puis, comme je voulais allaiter, j'avais les seins horriblement douloureux, au début. Le tire-lait, on n'en parle jamais, mais c'est un vrai supplice.

227

Je n'ai effectivement jamais entendu parler du tire-lait. À quoi peut bien ressembler cet instrument de torture ? Peut-être à cette drôle de ventouse métallique que les éleveurs branchent sur le pis des vaches ? Je garde ma question pour moi, car les quatre femmes ont l'air, elles, parfaitement au parfum. Je ne pose pas non plus celle qui me taraude depuis toujours : lorsqu'on décide de ne pas allaiter, que devient le lait ? Faut-il justement aspirer le contenu des seins avec le tire-lait ?

J'assois Roberto sur mes épaules, ses jambes encadrant mon cou, et je m'apprête à me lever avec lui. C'est alors que je constate que la semelle de sa chaussure droite est copieusement enduite de déjection canine. Je ne comprends pas que des mères qui ne supporteraient pas d'utiliser la même petite cuillère pour donner une purée-jambon et une compote de pommes à leur rejeton le laissent patauger dans ce marigot couvert de crottes de pigeon.

Tandis que je galope en rythme autour de l'espace de jeux, nos voisines font un retour chariot au chapitre grossesse.

— Être enceinte, c'est se réconcilier avec son corps. Pouvoir *enfin* grossir sans scrupules, dit la plus âgée.

— C'est un moment fabuleux, renchérit la plus enceinte des trois. Surtout entre le cinquième et le septième mois.

— Pendant les trois ou quatre premiers mois, explique la spécialiste de l'épisiotomie, il y a les nausées. Et après le septième mois, on se sent si lourde qu'on n'arrive plus à se traîner. Les toutes dernières semaines sont galère. C'est la période où apparaissent les varices et les hémorroïdes.

— Et la rétention d'eau. Moi, j'avais les jambes grosses comme des citrouilles.

— Sans parler des gaz, en cas de constipation chronique.

— Et les vergetures !

Vergetures : encore un mot dont je ne connais pas la signification. Peu probable qu'il vienne de « verge » et de « ligature ». J'accélère le trot, à la grande joie de Roberto.

— Il y a aussi les problèmes post-grossesse : la déprime de jeunes accouchées, les seins qui deviennent raplapla, les cheveux qui tombent... et les fesses qui s'affaissent.

N'en jetez plus. Je me demande pourquoi des millions de femmes ont quand même envie de faire des enfants. Pire : pourquoi j'en fais partie.

Mon seul vrai problème, c'est l'absence de père. De père consentant, du moins. Car trouver un jules pour dix secondes de plaisir n'est pas insurmontable (et d'ailleurs, qui parle de plaisir ? Un petit coup rapide suffit, nos aïeules en savent quelque chose).

Évidemment, je pourrais toujours aller à la banque du sperme. On ne sait jamais, il paraît que Hugh Grant a donné. Sauf que les chances de tomber sur lui sont plus minces que de gagner au loto.

Je pourrais aussi adopter. Beauvoir, qui haïssait les bébés mais voulait quand même une héritière, l'a choisie adulte, c'était plus pratique. Pas de biberons, pas de nuits blanches, pas de visites aux urgences quand la gamine a avalé l'œil de sa poupée, et pas de crise d'adolescence. Pas de câlins non plus, mais bon, on ne peut pas tout avoir. À moins d'acheter un Primo Puel, la dernière coqueluche des Japonaises. Ce bébé-robot doté de deux cent cinquante mots est capable de dire « Maman, tu rentres trop tard » ou « Tu vas me manquer » au bon moment. Ce tamagoshi humain est même équipé de capteurs pour réagir aux caresses. Et lorsqu'il s'est suffisamment égosillé, il suffit d'appuyer sur un bouton pour le faire taire. En position « silence », il peut même entrer dans les zones « child free » (sans enfants) qu'envisagent de créer les protestataires américaines après avoir gagné la bataille des zones non fumeurs.

Dernier avantage de l'enfant-robot, il ne vous fera pas un procès parce qu'il a les dents de travers ou que vous l'avez empêché de faire du piano à dix ans (personnellement, si je devais traîner mes parents devant le juge, ce serait plutôt pour m'avoir mis entre les mains, à douze ans, les *Mémoires d'une jeune fille rangée*).

Je ramène Alicia chez elle en essayant de la convaincre de m'accompagner aux vingt ans d'*Eva*. L'anniversaire se déroule au palais de Chaillot. Mais mon amie refuse tout net.

— Ce soir, c'est le grand soir, dit-elle.

Elle a préparé un gratin de céleri au gingembre, acheté un tamiseur de lumière et une nuisette rouge, et jeté négligemment un oreiller supplémentaire sur le lit (placé sous les fesses au moment opportun, il permet d'incliner le bassin pour faciliter la progression des spermatozoïdes).

— Si j'étais à ta place, Alicia, j'essaierais plutôt de m'arranger pour ne pas être trop enceinte l'été, sinon ce sera foutu pour la plage, dis-je. Attends encore quelques mois.

— Parce que tu crois qu'il suffit de claquer des doigts pour tomber enceinte au jour J ! rétorque la future maman. Tu te berces d'illusions, ma jolie. Non seulement il te faudrait le mari idéal (celui qui n'a jamais mis les pieds dans un bar topless), mais aussi la grossesse idéale (un kilo par mois, pas un de plus), et l'accouchement idéal (en trois heures montre en main, sous péridurale) !

Elle a raison, en théorie. En pratique, je serais plutôt du genre à perdre les eaux devant le rayon boucherie du Prisu, un jour de grève des anesthésistes et des taxis.

Tandis qu'Alicia rejoint ses fourneaux, je décide d'aller faire une heure de gym. Pas au club où je me suis inscrite il y a deux mois, inaugurant mon grand retour aux valeurs sûres : je n'ai tenu que trois semaines (et payé cinq cents euros pour six mois ; comment ces clubs survivraient-ils sans l'inconstance féminine ?). À ma décharge, j'ai accumulé les malchances : le retard de bouclage d'*Eva* qui m'empêchait d'arriver à l'heure, le prof libidineux qui voulait s'assurer du bon positionnement de mes pectoraux pendant l'effort, et les verrues plantaires venues sanctionner mes batifolages pieds nus sur le tapis de sol. Quand je n'ai pas volontairement séché le cours, de peur de rentrer les cheveux mouillés et d'attraper un rhume à la veille d'une rencontre importante.

Mais je crois avoir trouvé la solution à tous mes problèmes : je vais transpirer sur le Net. C'est bien plus pratique : je commence le cours à l'heure que je veux, en allumant l'ordinateur. Moins périlleux aussi, avec un prof en deux dimensions. Et comme je m'entraîne dans mon appartement, je baigne dans mes propres bactéries, c'est plus sain.

La première fois que j'ai essayé (hier soir, pour être honnête), j'ai quand même été déroutée. La gym en ligne demande un effort mental au moins autant qu'un effort physique. Je m'attendais à retrouver des Véronique et Davina relookées XXIe siècle, exhortant leurs émules à lever la jambe plus haut ou à tenir la position plus longtemps. Or la plupart des sites de gym vous expliquent les exercices avec du texte et des dessins... ou seulement du texte. Auquel cas ce n'est pas la foi qui sauve, mais l'imagination et le goût du jeu de piste. Exemple :

« Allongez-vous bien à plat sur le sol (*côté pile ou côté face ?*), les bras en croix et les genoux repliés (*bon, ça doit être sur le dos, sinon j'ai l'air d'un 747 en phase d'atterrissage*) ; descendez lentement vos genoux de chaque côté (*les deux du même côté ? ou un genou de chaque côté ?*) en maintenant fermement vos lombaires à l'horizontale (*difficile de faire autrement, à moins que les lombaires aient changé de localisation... mais on ne sait jamais : j'ai entendu l'autre jour, dans les vestiaires, une fille se plaindre d'une douleur intercostale en se tenant la cuisse*). Maintenez cette position quelques instants (*c'est-à-dire ? cinq secondes ou cinq minutes ?*) ; ensuite, faites remonter progressivement vos jambes en position initiale (*ouf*). »

Heureusement, j'ai ensuite déniché un site qui propose des vidéos. Là, pas de différence avec le club, sauf que, pour le programme « abdos en béton », je ne suis pas dans une salle de gym mais dans ma chambre, coincée entre le lit, le mur, et le bureau sur lequel repose mon ordinateur. Moins pratique pour dessiner l'alphabet dans l'espace avec les jambes tendues.

Et puis, techniquement, il faut s'accrocher. Car on ne peut à la fois être allongée, les paumes derrière la tête (ou accroupie, le front au sol pour faire l'autruche), et en train de lire les directives sur l'écran. Autre différence notable, le prof ne se donne pas la peine de refaire l'exercice avec vous. Il vous dit de recommencer dix fois, et hop, il disparaît. Si je m'arrête à cinq, qui me rappellera à l'ordre ? Allez, trois fois suffiront, ni vu ni connu.

D'autant que pour enchaîner l'exercice suivant, je dois me relever, aller jusqu'au bureau, cliquer sur la souris, et revenir me mettre en position. Je n'ai même pas droit, comme avec mon appareil-photo, aux vingt secondes du déclencheur automatique. En fait, l'exercice, c'est ça : les clics toutes les trois minutes (il paraît qu'on perd quatre-vingt-dix-huit calories à l'heure en maniant la souris) et les allers-retours incessants entre la moquette et le clavier.

Ce soir, pour une efficacité maximum, j'ai donc décidé d'aller sur un site payant. L'ergonomie y est mieux étudiée. On propose du sur-mesure. Je clique sur le forfait « fesses fermes » (tiens, il faudra que je donne l'adresse à Claudine). Ici, pas question de payer après résultats. Je suis priée de composer un numéro de téléphone et de taper un code. On m'annonce alors la couleur : 0,33 euro la minute. Autrement dit, je vais payer au temps passé, comme lorsque je fréquentais les clubs de rencontre sur Minitel. Bonjour la relaxation ! Je ne suis pas spécialement pingre, mais les conditions psychologiques sont-elles idéales pour profiter pleinement des exercices ? Inspirez, 0,33 euros. Soufflez, 0,66 euros... Ce n'est pas tout : avez-vous déjà essayé de placer vos paumes derrière la tête avec un téléphone coincé entre l'épaule et l'oreille ? J'ai les reins en compote et l'omoplate bloquée. C'est mon kiné qui va être content.

Sept heures cinq : je me suis endormie sur le lit pendant l'exercice de délassement. Diablement efficace, celui-là. Maintenant, il va falloir que je sprinte pour arriver à l'heure à Chaillot. Pas question de faire faux bond à mes chefs si je veux décrocher mon augmentation à la fin de l'année. Mais la soirée commence à huit heures, et à neuf, je rentrerai chez moi.

À huit heures moins cinq, je suis encore devant ma penderie. On ne pourrait pas glisser un CD deux titres entre les vêtements suspendus, et pourtant, je n'ai objectivement plus rien à me mettre. Je ne suis plus assez jeune pour porter cette robe orange, et pas assez vieille pour me rabattre sur le tailleur Yves Saint Laurent de maman. Je crains d'avoir perdu le goût de m'habiller. La preuve ? Je n'ai plus envie d'aller dans les magasins. L'autre jour, chez Max Mara, la vendeuse m'a vexée. J'avais cassé ma tirelire pour m'offrir un trench-coat à cinq cents euros et elle a eu le culot de me répondre, alors que je réclamais timidement un joli cintre :

— Je ne peux pas vous en donner un en bois, mais je vous en mets un en plastique, c'est le même usage de toute façon.

Je me suis retenue de lui rétorquer :

— Finalement, je vais aller acheter mon trench-coat chez Monoprix, c'est le même usage de toute façon.

À huit heures et quart, je suis toujours devant ma glace, au bord du suicide. Si mes yeux, on me l'a assez dit, sont mon principal atout (« de grands lacs sombres parsemés de paillettes vertes », disait Julien, à l'époque du record), ils sont impossibles à assortir aux vêtements. La seule contribution intéressante de maman à mon patrimoine génétique est un cadeau empoisonné.

À neuf heures moins dix, la chambre est jonchée de vêtements auxquels j'ai renoncé. Je mets la petite robe noire. Et j'appelle un taxi.

Une demi-heure plus tard, la voiture arrive au Trocadéro. En ouvrant la porte, j'accroche mon collant à un morceau de plastique qui dépasse de la portière. Je colle un peu de salive sur le trou minuscule qui ne demande qu'à s'élargir, et je pince le collant entre mes doigts. Pas très pratique pour marcher, mais je n'ai pas le choix.

Eva n'a pas fait les choses à moitié. La place du Trocadéro est sur son trente et un. Un immense tapis rouge descend l'escalier monumental du palais et conduit les invités, en file indienne, vers notre hôte et principal actionnaire, John Garrett. John est américain, il vit en France trois mois par an, mais il est incapable d'aligner deux phrases d'affilée en français. Murdy et Simon pavoisent à ses côtés. Le temps de descendre les marches, mon collant a filé sur toute la longueur. Rougissante, je leur serre la main sans entendre ce qu'ils disent, bafouille trois mots, et vais me cacher dans la foule. Dans la semi-obscurité, un chemin au moins est indiqué : celui du bar.

— Alcoolique ou aquatique ? me demande le serveur.

Je n'ai pas le temps de répondre. Une main se pose sur mon épaule :

— Marianne ! Que fais-tu ici ?

Je me retourne et repique un phare. En dépit du tutoiement, Christophe Cotteboule n'est ni un ami ni même un copain. Plutôt un mauvais souvenir d'enfance. Il était le septième d'une famille de sept garçons, ce qui le dotait, selon les croyances choletaises, d'un don : celui de guérir les malades du carreau. Personne ne sait ce qu'est le carreau, et si cette maladie a jamais existé. Mais quand j'avais dix ou douze ans, ma grand-mère Marie-Jeanne, qui y croyait dur comme fer, m'emmenait tous les mercredis consulter le petit Cotteboule. Les séances se déroulaient toujours de la même façon : je m'allongeais sur le vieux divan de skaï défoncé, je remontais mon pull au ras des seins (ou de ce qui commençait à y ressembler), et il posait sa main sur mon estomac pendant quinze minutes.

Je mourais de honte. Pas seulement parce que je détestais qu'il voie mon ventre et touche mon nombril. Mais aussi parce que le secret médical n'était pas son truc. Il frimait devant ses copains en leur racontant comment, pour trente francs et un paquet de gâteaux, il me tripotait tous les mercredis. À la récré, les garçons me montraient du doigt en rigolant. Le guérisseur virtuel est devenu informaticien à L'Hay-les-Roses et je le croise régulièrement chez des amis communs ; chaque fois, le voir fait resurgir, intacte, l'humiliation vieille d'un quart de siècle.

Christophe Cotteboule est en mission pour six mois dans notre groupe – il « reconfigure la hotline » – d'où son invitation à la fête.

— On aurait sûrement pu se croiser plus tôt, dit-il en jetant un regard appuyé sur mon collant filé.

On aurait aussi pu ne pas se croiser du tout. D'autant qu'il part demain en Turquie avec des amis. Cotteboule parle trop, de trop près, à croire qu'il me drague. Je n'ose pas le rembarrer ouvertement car, à trente-trois ans, l'âge où les top-models sont depuis longtemps à la retraite, il m'arrive de confondre la galanterie et la drague. Je scrute la foule, cherchant un prétexte pour m'enfuir. C'est alors que j'aperçois Simon. Je lui fais un signe et il s'approche.

— Christophe est un compatriote de Cholet.

— Vous avez connu Marianne à l'école primaire ? demande poliment le directeur commercial.

— Oui, c'était une charmante enfant. Un nombril inoubliable.

Il n'a pas pu se retenir. Quel rat ! Simon m'interroge du regard. Je n'ai pas le temps de répondre, Christophe prend les devants :

— Il fut une époque où Marianne venait me voir tous les mercredis pour que je lui caresse le nombril...

Comment interrompre ce flot de paroles qui va me discréditer à jamais vis-à-vis de Simon ? Mes joues et mes oreilles sont en feu, je voudrais rentrer sous terre.

— A-t-elle toujours la peau aussi douce ? conclut mon ancien camarade de classe avec une œillade en direction de Simon.

Je m'attends au pire. Mais Simon répond placidement :

— En tout cas, vous, ce n'est pas sur le ventre qu'on a envie de vous mettre la main, c'est sur la gueule.

Puis il ajoute à mon intention, tandis que Cotteboule, bouche ouverte, semble privé d'air :

— Viens, Marianne, on a assez perdu de temps avec cet individu. Je voudrais te présenter nos annonceurs.

J'ai envie de lui sauter au cou. Mais mon portable sonne au moment où je m'apprête à le remercier. Simon me fait signe de le rejoindre au fond de la salle lorsque j'aurai terminé. C'est Blandine, qui veut me raconter sa soirée de la veille. Elle a rencontré un homme de son âge (une fois n'est pas coutume) et a trouvé fabuleux de parler avec lui après avoir « copulé bestialement » (après une telle révélation, on n'en est plus à un pléonasme près).

— On était dans le même trip. On a discuté de deux heures à sept heures du matin !

Fabuleux, effectivement. Mon amie découvre le charme des causeries postcoïtales à la française, selon l'expression de Julien (encore une activité qui avait disparu longtemps avant la fin de notre vie commune). C'est la première fois qu'elle se sent bien avec un homme dix minutes après l'amour. Voire dix heures après, puisqu'ils sont restés ensemble jusqu'à midi. Elle exulte.

Blandine, qui rencontre la plupart de ses conquêtes lors de ses séances de *clubbing*, souffre du syndrome des noctambules (« on croit s'endormir avec Claudia Schiffer et on se réveille avec Josiane Balasko »). Et elle n'a pas encore digéré l'échec de sa dernière tentative de liaison « durable », il y a trois mois : un prof de philo pour qui elle s'était mise à lire Sartre et Anna Harendt (*Le Concept d'amour chez Augustin* a trôné une semaine sur la table de chevet, à la place du Donormyl). Mais l'intellectuel, cet ingrat, l'a lâchée dès la troisième nuit (non consécutive), lorsqu'il a découvert qu'elle confondait Barthez et Barthes.

— Et c'est pour me dire ça que tu m'appelles ?

— Oui, je suis dans mon bain, j'avais besoin de te parler.

Le portable nous change la vie. Avant, quand les gens n'avaient qu'un poste fixe, on était assuré d'un minimum de décence : au pire, ils sortaient de la baignoire en courant, une serviette autour de la taille, pour se précipiter sur le téléphone, dans le couloir. Maintenant, il n'y a plus de limites aux coups de fil sans fil. On vous appelle du fond d'un lit, de la salle d'attente du dentiste, des urinoirs publics : bref, de partout où l'on s'embête. L'autre jour, j'ai entendu une chasse d'eau en bruit de fond d'une conversation avec un pigiste.

D'ailleurs, les mobiles changent la nature des conversations téléphoniques. Toute discussion commence par une mise en situation : « Et tu appelles d'où ? » « Je ne vais pas pouvoir te parler longtemps, je suis au théâtre » ou « Écoute, je te rappelle, la police vient de m'arrêter parce que je téléphonais en voiture ». Le portable est un sport à risques. L'épouse interrompt son mari volage en pleine action, le client mécontent vient tancer son fournisseur au moment où il pavoise, au restaurant, avec un prospect. L'utilisateur du mobile jongle avec deux mondes parallèles. On le voit simultanément sous deux perspectives différentes. Du cubisme verbal, en somme.

Et puis il y a les « bugs » dont ces engins nous gratifient. La semaine dernière, le portable d'Alicia s'est déclenché dans son sac à main alors qu'elle était chez le gynéco. Le cher Édouard, dernier numéro appelé, a eu droit, en direct, à sa conversation avec l'homme de l'art. Maintenant, il sait que sa compagne doit impérativement aller faire pipi après chaque étreinte si elle ne veut pas attraper des cystites.

Avec des clapotements en bruit de fond, Blandine soupire.

— Toi qui passes ton temps à expliquer aux nanas comment se faire aimer, tu n'as pas une astuce pour moi ? Je voudrais qu'elle dure, cette histoire-là.

Bigre, nous voilà au pied du mur. Être toujours fraîche et souriante, ne pas monopoliser la salle de bains, ne pas abuser du téléphone, chercher à comprendre son compagnon, éveiller gentiment sa jalousie – si les conseils que nous donnions dans *Eva* étaient efficaces, serais-je encore, à trente-trois ans, à la recherche du HIC ? Je crains que la seule méthode infaillible pour se faire aimer ne soit de ne pas aimer. L'amour est comme un tapis à Marrakech : on a plus de chances de l'obtenir à bon prix quand on n'y tient pas vraiment.

Je laisse Blandine dans son jacuzzi et je pars à la recherche de Simon. Je le retrouve entouré d'un homme à casquette et de trois jolies filles. À mon approche, il sourit de toutes ses dents. Un sourire pareil, ça devrait être interdit.

— Je te présente François Hénot, de l'agence Carré.

L'homme, la soixantaine, des mâchoires à cisailler des amarres de cargo, est habillé en gentleman farmer. Je ne le connais pas depuis cinq minutes, que déjà il me raconte sa vie. J'ai toujours eu une tête à attirer les confessions. Hénot a été détective privé pendant dix ans. Sa spécialité : les constats d'adultère. En 1975, quand le code pénal a été réformé et les relations extramaritales dépénalisées, il a perdu les deux tiers de son activité. Restaient les filatures commandées par les maris jaloux, mais elles aussi sont devenues de moins en moins fréquentes. Et surtout moins drôles.

— Autrefois, les amants allaient au théâtre, au cinéma ou au zoo, ils se promenaient dans les jardins publics, puis ils dînaient, avant d'aller consommer à l'hôtel. Maintenant, c'est un Big Mac, un cornet de frites, et au lit. J'ai préféré entrer dans la pub. Ces dernières années, c'était *the place to be,* pour s'amuser.

Je passe d'un client à l'autre avec Simon, je prends plaisir à faire du *schmoozing* en sirotant du champagne. Je flotte. Mon compagnon, qui m'a déjà présentée à une bonne vingtaine d'annonceurs, semble passablement gai lui aussi. Mais peut-être est-ce l'attitude normale du bon commercial. Vers minuit, alors que la salle commence à se vider, nous nous retrouvons seuls près de l'entrée.

— Il va falloir que j'y aille, dis-je au hasard.

En réalité, je donnerais n'importe quoi pour poursuivre toute la nuit notre papillonnage. J'en ai oublié mon collant filé. Tout à l'heure, un incident autrement plus mémorable s'est produit, dont je ne me remets pas. Un patron d'agence effectuait un petit sondage pour l'élection de l'homme du XXe siècle. Il nous a fait remplir un bulletin chacun. Cinq minutes plus tard, il revenait en protestant :

— Marianne, Simon, ce n'est pas du jeu. Je vous avais dit de ne pas vous concerter.

Nous lui avions donné les mêmes noms : Gorbatchev, Gandhi, Einstein pour lui ; Gandhi, Gorbatchev, Einstein pour moi. Sans nous concerter... Alors que les personnalités les plus souvent citées étaient de Gaulle, Kennedy, Lénine, Picasso et les Beatles. Personne, à part nous, n'avait cité Gandhi, et Gorbatchev ne l'avait été que deux fois.

— Tu veux que je te raccompagne ? propose Simon. J'ai garé ma voiture au parking.

Mon cœur joue les marteaux-piqueurs.

— Tu n'attends pas Héléna ?

— Héléna n'est pas là. Elle devait assister à un dîner important.

Nous quittons le palais de Chaillot ensemble. Ma tête tourne, je jurerais que la sienne aussi. Nous rions pour un rien, et nos regards se croisent, toujours une seconde de trop. J'évite de le regarder, tant je crains de ressembler à Mamzelle Jeanne adressant ses regards sucrés à Gaston Lagaffe. Un corps étranger, au creux de mon estomac, me pousse vers mon compagnon, comme la roulette vrillée d'un chariot d'hypermarché ramène sans cesse l'acheteur vers le linéaire.

Nous descendons dans le parking l'un derrière l'autre, lui devant, moi derrière. Que regarderait un homme dans ce cas-là ? Les fesses, évidemment. Les siennes, musclées à souhait, se découpent joliment sous son pantalon de flanelle. Mais ce sont ses épaules qui me font craquer. Nous arrivons au troisième sous-sol ; il se retourne pour ouvrir la porte. La musique d'ambiance – une chanson de Garou qui passe une fois par heure sur Chérie FM – me cloue sur place :

Je n'attendais que vous, nulle autre que vous
J'attendais votre voix, vos soupirs
Donnez-moi votre air qu'enfin je respire...

Simon me regarde fixement. Il n'est pas dans son état normal. Il s'approche. Un cil est tombé sur sa joue. Il me prend par les épaules et me plaque contre le mur. Je fais un effort surhumain pour dire :

— Je croyais que tu te mariais l'été prochain.

Dans le genre « dernier sursaut de lucidité », je pouvais difficilement trouver mieux. Un véritable uppercut au foie.

— Ah oui, j'oubliais, dit-il en reculant. Qui te l'a dit ?

— La chose est publique.

Il semble soudain fatigué, lassé de tout, plus commercial du tout. Il répète :

— Qui te l'a dit ?

— Claudine, je crois. Pourquoi ? Elle n'aurait pas dû ? Tu n'es pas marié que tu rêves déjà de polygamie ?

Il grimace :

— Comment peux-tu dire ça, Marianne ? Toi qui entretiens cette cour invraisemblable d'admirateurs ?

— L'autre jour, le garçon à moto que tu as vu avec moi, c'était Loïc, mon petit frère ! Quant à Kevin, je n'ai pas flirté avec lui en Afrique du Sud. Pas plus qu'avec le propriétaire de la Porsche qui fait jaser tout le bureau. Cet homme voulait m'épouser, c'est la seule chose qui l'intéressait. Il ne m'aimait pas et je ne l'aimais pas non plus – d'ailleurs, à vrai dire, jusqu'ici, je n'ai jamais pu aimer quelqu'un qui ne m'aimait pas.

Pourquoi ai-je dit « jusqu'ici » ? Heureusement, Simon ne cherche pas à comprendre. Il continue de me regarder sans bouger. Puis son visage s'approche du mien, et ce qui devait arriver arrive : je ferme les yeux.

Son baiser me fait frémir de la tête aux pieds. J'ai beau savoir qu'il est ivre, que je devrai oublier cet écart demain matin, il me semble que de ma vie je n'ai goûté aussi intensément le contact d'une bouche. J'en oublie de classer ce bisou en tête de mon *best of*. À égalité avec la morsure dans le cou qui le suit (laquelle provoque carrément une secousse sismique le long de ma colonne vertébrale).

Je préfère ignorer les effets de ce rapprochement sur le réchauffement de la couche d'ozone. Le bonheur est une maladie mentale, un fonctionnement anormal du système nerveux que des grands pontes de la médecine classent parmi les troubles psychiatriques. Il n'empêche que je me sens merveilleusement, définitivement, incroyablement bien dans ma peau.

— N'arrête pas, je t'en prie, n'arrête pas, répète Simon sans cesser de m'embrasser.

Comme s'il fallait me le dire deux fois ! Je ne peux pas m'éloigner. Je suis scotchée. Nos bouches, nos poitrines, nos bras ne demandent qu'à fusionner. Nous pourrions avoir un orgasme simultané rien qu'en nous embrassant. Je donnerais n'importe quoi pour être dans un lit, un champ de blé, ou un cagibi à photocopieuse.

Au moment précis où, sans cesser d'activer sa langue dans ma bouche, il glisse sa main le long de ma cuisse, et où je renonce à mettre un nom sur ce que je ressens (nirvana, extase, béatitude... et la piqûre d'un clou au niveau de mon omoplate droite encore douloureuse), un bruit de pas nous ramène à la réalité. Quelqu'un descend l'escalier.

Nous rejoignons son Audi. Une heure moins cinq au tableau de bord. Ce baiser à rallonge a donc duré trois quarts d'heure.

— Excuse-moi, lâche Simon.

Il m'a embrassée pendant quarante-cinq minutes, j'ai le menton labouré et l'épaule endolorie, et voilà tout ce qu'il trouve à dire : excuse-moi. Son regard paraît maintenant inquiet. Il regrette d'être allé trop loin. Dans un parking, de surcroît, c'est sordide. Même si nos batifolages en sous-sol sont aux ébats de Catherine M. ce que la goélette est au supertanker.

Au moment où la voiture démarre, la musique d'ambiance me crucifie à nouveau :

Si tout est moyen
Si la vie est un film de rien
Ce passage-là était vraiment bien
Ce passage-là était bien...

Nous descendons l'avenue jusqu'au pont de l'Alma. C'est beau, la Seine, la nuit. Simon s'arrête dans une contre-allée.

— Si nous marchions un peu sur les quais pour reprendre nos esprits ? propose-t-il.

Sans doute n'ose-t-il pas rentrer chez lui dans cet état. Moi, personne ne m'attend, mais je ne vois aucune raison de refuser. Je m'imprègne de tous ces détails que je devrai oublier, mais qui resteront associés au PLBH (plus-long-baiser-de-l'Histoire) : la manière dont il secoue la tête en me parlant, son polo qui se gonfle sous l'effet du vent, son sourire contrit. Tant pis pour les dégâts collatéraux.

Nous marchons sans rien dire, à un mètre l'un de l'autre, pendant dix minutes. Un de ses lacets se défait, et il reste en arrière pour le renouer. Je m'accoude à la rambarde, devant une péniche en bois doré, pimpante, avec de minuscules rideaux blanc et rouge comme la maison des Sept Nains. Je pose un pied sur la barre métallique, et je me penche en avant. Je n'entends pas Simon arriver derrière moi.

Lorsque je comprends, il est trop tard : il a saisi mes mains, tiré mes bras à l'horizontale, et il nous fait vivre la scène la plus romantique de *Titanic* : Leonardo DiCaprio et Kate Winslet debout, en figures de proue à l'avant du navire, les bras en croix et le visage fouetté par le vent. Facile, mais efficace. Comme des millions de cœurs sensibles, j'ai failli craquer devant cette scène. Là, en V.O., je craque vraiment.

Pour tout arranger, le contact de sa poitrine contre mon dos éveille une sensation de déjà-vécu, ce rêve de ski interrompu par Alicia il y a quelques semaines. Je sais maintenant qui était le skieur, le double de l'agent 007.

Mon cerveau déclenche l'alerte rouge. J'essaie de contrôler le processus chimique qui entre en action. Je fais donner la sirène des pompiers, je hisse la grande échelle. Je n'ai plus qu'à sauter à pieds joints dans la toile.

— Excuse-moi, dit-il brusquement, en laissant retomber mes mains.

Encore ces excuses. Je coupe court aux explications humiliantes.

— Ramène-moi, Simon, s'il te plaît.

Nous remontons silencieusement. Il m'ouvre la porte de l'Audi en regardant ailleurs. Pendant le trajet, nous nous contentons d'échanger des données techniques : à gauche, à droite, je m'arrête là.

Il semble très, très loin. Il doit se maudire. Il pense à Héléna, forcément. J'essaie de le rassurer, tandis qu'il me dépose au pied de mon immeuble :

— Ne t'inquiète pas, nous avions trop bu ce soir, demain tout sera oublié.

Et je m'éloigne bêtement, les larmes aux yeux, avec le sentiment d'avoir été héroïque. Et parfaitement stupide.

CHAPITRE 13

— Les hommes sont fous, gémit Alicia au téléphone. Ils jouent avec la planète. L'environnement est le cadet de leurs soucis. Le monde va dans le mur.

Même le sien s'effondre : Édouard ne l'a pas touchée depuis quatre jours.

— Tu sais quoi ? Je vais me faire *Pretty Woman* ce soir, avec une pizza au céleri.

J'essaie d'émettre un soupir compatissant, mais la communication n'est pas bonne, ça ne servirait à rien. Alicia ne pense pas à demander de mes nouvelles, elle doit être bien bas. Sauf qu'elle ne peut pas l'être davantage que moi.

Une semaine a passé depuis la soirée de Chaillot et le baiser dans le parking. La semaine la plus horrible de mon existence. Le lendemain, je n'ai pas soufflé mot à mes amis de ce qui m'était arrivé. Je ne devinais que trop leur désapprobation : flirter avec un homme divorcé, lesté de deux filles, quasiment remarié avec une présentatrice de télé, et qui sera mon boss un jour ou l'autre... « No future », aurait dit William, qui ne parle plus qu'anglais depuis qu'il est avec un yeti (un *young entrepreneur of technologies*, un de ces petits jeunes qui ont créé une start-up Internet, un des rares à avoir survécu à l'hécatombe). « La galère assurée », aurait renchéri Blandine. Quant à Alicia, elle aurait eu la larme à l'œil pour dire : « Laisse tomber, ça vaut mieux. » Et tous auraient eu raison : s'attacher à un homme virtuellement marié, c'est la formule gagnante quand on cherche les complications, la dissimulation – bref, le sordide.

Pourtant, j'avais appris, la semaine dernière, des choses étonnantes sur Simon. À en croire Claudine, il passe chaque année deux semaines de vacances en Afrique dans des camps humanitaires. Il fait aussi partie du comité de soutien de plusieurs associations. Quand je me suis réjouie que Simon soit un bon Samaritain, Claudine a rétorqué :

— Sa fiancée, elle, préfère la Samaritaine.

Lundi matin, à neuf heures, il a débarqué dans mon bureau. Je l'ai salué du bout de mes lèvres endolories. Le plus-long-baiser-de-l'Histoire avait laissé des traces, de bizarres courbatures des muscles de la bouche. Je ne savais même pas que cela pouvait exister. Dans un autre contexte, la sensation aurait été délicieuse.

— Viens prendre un café, j'aimerais qu'on parle, a dit Simon.

Je me doutais que cette discussion mettrait un point final à notre relation. Devant la machine, il a repris son air embarrassé de samedi soir.

— Puis-je te poser une question, Marianne ?

— Essaie toujours.

— Tu disais vrai, l'autre jour ? Tu vis seule ?

La réponse me faisait presque honte.

— Oui, depuis deux ans.

Pourquoi faire une telle confidence à cet homme trop beau et trop bien pour moi ? De toute façon, les hommes qui me plaisent sont toujours trop beaux ou/et trop bien pour moi.

— Je crois que tu es une fille super, Marianne. Pardonne-moi pour samedi soir. Je n'ai pas pu résister.

Il aurait dit « tu es une brave fille », ça n'aurait pas été pire. Je ne voulais pas de son lot de consolation. Je l'ai planté là et suis allée verser des larmes idiotes dans les toilettes de l'étage. Je n'ai pas répondu quand il a frappé à la porte.

Depuis, je sais que Simon est un de ces hommes trop gâtés par la vie : leur cave est remplie de Dom Pérignon et de Château-Margaux, mais ils se laissent tenter par une bière fraîche les jours de grosse chaleur.

Après une telle entrée en matière, la semaine ne pouvait qu'être rude. J'ai dû déclencher le plan Orsec. Cela peut paraître disproportionné, un programme de désintoxication pour un simple baiser. Mais je me connais : je me souviens mieux de mes flirts que de mes nuits d'amour.

Lundi soir, j'ai donc couché sur le papier les avantages et les inconvénients du célibat. C'est un exercice auquel je me livre régulièrement, parce que la liste (affichée en permanence au-dessus de mon frigo) se périme rapidement. Un peu comme un sac à main ou des mocassins : vous n'êtes pas obligé de les renouveler chaque fois que vous achetez une veste ou un pantalon, mais au bout de quelque temps, si vous ne faites rien, vous êtes *out*.

Avantages du célibat

1/ Le célibataire est tendance, et *la* célibataire plus encore (depuis que *L'Express* et le *Nouvel Obs* font des couvertures sur les « solos », le célibat a été promu au rang de PDS) ;

2/ On peut sourire à tous les hommes dans la rue sans en trahir aucun ;

3/ On ne frôle pas le divorce chaque fois qu'on rentre après huit heures ;

4/ On peut porter le dimanche matin un slip qui bouloche et un soutien-gorge qui a déteint au lavage ;

5/ On peut regarder un film trois soirs de suite en le coupant en tranches ;

6/ On peut pleurer devant *L'Impossible M. Bébé* (avec Cary Grant) ;

7/ On peut manger de la purée ultraliquide avec du jambon coupé très fin même quand on n'est pas malade ;

8/ On peut passer ses coups de fil allongée sur le divan, les jambes en l'air (exercice souverain pour la circulation sanguine et le dégonflement des chevilles).

Inconvénients du célibat

1/ On est seule pour faire tout ça.

Évidemment, cette activité sanitaire n'a pas suffi. J'ai donc décidé de prendre un jour de RTT, mardi, et je me suis enfoncée dans la déprime. Vingt-quatre heures de blues solitaire, à maudire l'égoïsme des hommes, mon sentimentalisme prépubère et l'absence de self-control qui me réduisent à cette navrante extrémité.

J'en étais là de mon drame intérieur lorsque William a débarqué sans prévenir. En trente secondes, il a mesuré l'étendue du désastre (les pommes de terre carbonisées au fond de la casserole, les quarante-sept mails en attente, *Chapeau melon et bottes de cuir* à la télé...). En trois minutes, il a rameuté Blandine et Alicia. Trois heures plus tard, ils connaissaient toute l'histoire.

Ils n'ont pas fait de commentaire, ce qui a aggravé mes craintes. Ensuite, ils se sont réparti mes soirées. Un vrai Yalta. Dommage qu'ils n'aient pas cru bon de les organiser sur-le-champ – cela m'aurait évité de dîner trois soirs de suite chez le Chinois, de voir deux fois le dernier Chatiliez et de finir, jeudi soir, au bord du coma éthylique. C'est pourquoi vendredi – ce matin – j'ai décidé de me reprendre en main. J'ai consacré l'heure du déjeuner à écumer les grands magasins du boulevard Haussmann à la recherche d'un maillot de bain qui ne boudine pas les seins et d'un pantalon d'été qui ne moule pas les jambes – une tâche qui exige une concentration de tous les instants et qui, avec une gueule de bois persistante, n'a pas grand-chose à envier au supplice de la roue.

Bien sûr, j'ai suivi les consignes anti-incendie élémentaires et effectué les gestes qui sauvent. Depuis trois jours, j'évite soigneusement tous les endroits où je pourrais rencontrer Simon (ça n'a pas été trop difficile, il était en voyage mercredi et jeudi). Je quitte mon bureau chaque fois qu'il entre dans celui de Claudine. J'ai même séché lâchement une réunion à laquelle il assistait. Tout à l'heure, il m'a envoyé un mail : « Veux-tu que nous reprenions notre conversation là où nous l'avons laissée lundi ? » Je ne lui ai pas répondu.

Je n'ai pas envie de discuter avec lui. Ce genre de conversation ne mène nulle part. On ne devrait pas laisser en liberté un type capable d'exaucer les vœux de toutes les midinettes du monde (celles qui ont vu *Titanic*, en tout cas). Je dois trouver un gentil garçon, « à ma taille », comme dirait ma mère. Discuter avec Simon ne peut que retarder la réalisation de cet objectif.

Et puis, bien sûr, je travaille. Je m'acharne sur tout ce qui passe. Claudine n'en revient pas de me voir arriver à huit heures et demie et partir à sept. Je plonge sur les chroniques, ma servitude hebdomadaire, avec l'enthousiasme masochiste qui devient ma seconde nature. Et la douloureuse impression que tous les articles traitent de mon problème. Même le papier sur « Les docteurs du Net », écrit par Sylvie, notre meilleure plume, me fait replonger dans mes affres.

« Quelques indices permettent de savoir assez vite à quel genre de site médical on a affaire. D'abord, le style de sujets abordés dans la page d'accueil. Entre "Bientôt le cannabis en spray" et "Comment traiter la dégénérescence maculaire", on sent une différence d'approche équivalente à celle qui sépare *Paris Match* du *Monde diplo*. D'autres sites semblent considérer que l'actualité médicale la plus brûlante du moment réside dans des titres comme "L'amant parfait" ou encore "Le sexe au bureau : c'est rigolo". Des spécialistes de la santé du dessous de la ceinture, sans doute. »

Pourquoi ne puis-je m'empêcher de me sentir concernée ? Aurais-je volé mon employeur pour quelques baisers en service commandé ? Cet embryon de flirt dans un parking peut-il entrer dans la catégorie « le sexe au bureau, c'est rigolo » ?

Je lis sans lire. Je coupe au jugé. Je reprends deux fois le même paragraphe. Décidément, mon horoscope du jour a tapé dans le mille : « natifs du troisième décan, concentrez-vous si vous voulez être efficace ». Et dire qu'il aurait suffi que je naisse quinze jours plus tôt pour bosser comme une déesse cette semaine.

« Avez-vous déjà eu peur de votre ordinateur ? Peur : les mains moites, le cœur qui bat la chamade... Moi aussi, je croyais qu'un seul message du genre "Votre disque dur s'autodétruira dans les trente secondes" pouvait vous mettre dans un tel état. C'était avant de tomber sur le diabolique notredocteur.com. »

Virginie interrompt ma lecture. Notre secrétaire de rédaction me tend un « bon à tirer » – un texte qui va partir dès que j'aurai apposé ma signature. Encore un sujet chaud. Une nouvelle pénurie touche le Brésil à six mois du carnaval. Les pois chiches ? L'électricité ? Le Coca-Cola ? Non, plus grave : le silicone. À force d'utiliser *Playboy* comme catalogue de chirurgie esthétique, les Brésiliennes ont épuisé les réserves d'implants de deux cents à deux cent cinquante millilitres, ceux qui permettent d'obtenir les seins les plus volumineux. La chirurgie mammaire s'est tellement banalisée qu'à Rio, les chanteurs engagés ne protestent plus contre les inégalités raciales, mais contre les excès de cette mode (les Rita Mitsouko locaux font un tabac avec *J'ai des seins sans silicone*). Je remarque que le texte est mal illustré.

— Pourquoi a-t-on mis une photo du carnaval de Rio ?

— On n'a pas réussi à trouver la version brésilienne de *Playboy*, me répond Virginie.

— On aurait pu prendre un gros plan sur une danseuse aux seins siliconés.

— Et comment reconnais-tu qu'elle est siliconée ?

Je laisse tomber. Manque de courage. J'ai le moral dans les chaussettes.

En sortant de mon bureau, Virginie percute Claudine qui y entre comme une tornade.

— J'ai un scoop !

Je lève à peine les yeux. Pas la peine de la supplier, Claudine va forcément cracher le morceau dans les trente secondes. Johnny trompe Laetitia ? Michèle Morgan s'est fait refaire les seins ? Le Fouquet's baisse ses prix ? Elle se colle contre mon bureau, pose une main sur mon micro-ordinateur pour m'obliger à la regarder, et annonce en détachant ses mots :

— Héléna et Simon ne sont plus ensemble.

Bigre. J'encaisse le choc sans piper mot. Pourvu qu'elle n'entende pas le barouf dans ma poitrine.

— Ah bon, depuis quand ?

— Je ne sais pas. L'assistante de Simon vient de me le dire. C'est tout frais. Mais il y aurait eu de l'eau dans le gaz depuis longtemps. Elle s'attend à ce que Simon se remette avec son ex-femme : il aurait dîné avec elle la semaine dernière.

Cette rupture ne me concerne pas. Pas plus que les hypothèses échafaudées par la secrétaire. Je voudrais que Claudine cesse de parler de Simon, et en même temps, je l'écoute avidement. Ma nature profonde est masochiste.

Par bonheur, le téléphone sonne. Un vendredi soir à dix-sept heures, ça ne peut être qu'un embêtement. Bingo ! C'est Norbert. Je l'avais oublié, celui-là.

— Puis-je venir récupérer mon pyjama chez toi ?

Il y a deux mois, après notre explication houleuse, il a laissé un message vengeur sur mon répondeur. Puis il m'a *spammée* de mails incendiaires. L'un d'eux précisait que je pouvais garder son pyjama en souvenir. Mais je l'avais rangé dans un tiroir et oublié.

— Je peux te l'envoyer par la poste, si tu veux.

— Non, c'est urgent.

— Je fais passer un coursier chez toi demain matin ?

— Écoute, pour tout dire, j'en ai besoin ce soir.

Un soupçon peu charitable me traverse l'esprit. Norbert n'aurait qu'un seul pyjama présentable et projetterait de l'utiliser ce soir ? Il s'est donc *déjà* consolé ? Si c'est le cas, je me suis trompée sur toute la ligne en ce qui concerne mon ex-admirateur transi.

— OK, passe chez moi ce soir, vers dix-neuf heures.

— Je ne ferai que passer, promis-juré.

J'occupe ma dernière heure de travail en réécrivant un papier sur la phobie des araignées. Les technologies de réalité virtuelle permettent désormais de guérir cette maladie. Un film en 3D, un écran, un casque et douze séances suffisent. Dès la troisième, vous écrasez une araignée à la main – sur l'écran tactile, mais quand même –, et à la cinquième, vous pouvez passer à côté d'une vraie toile sans hurler. La capacité de ce programme à leurrer le cerveau est efficace pour traiter d'autres phobies, comme celle de l'avion, ou pour soigner les souvenirs traumatisants : écroulement des tours du World Trade Center, accidents de voiture, guerre du Vietnam... Durant la thérapie, les malades sont plongés dans des situations proches de celles qu'ils ont vécues. Mais un psychologue leur tient la main : avec un pied dans le cabinet, et l'autre dans le flash-back, le souvenir perd peu à peu son intensité douloureuse.

La 3D soigne aussi, sûrement, les chagrins d'amour. J'imagine déjà des séances sur mesure : retour dans le parking du Trocadéro, dans les bras de Simon. Une impulsion électrique à chaque baiser afin de m'en dégoûter (sauf qu'il n'y en a eu qu'un seul, et qu'il constituait à lui seul une infinie décharge d'électricité). Ou alors, le psychologue nous interrompt en pleine action, et il faut recommencer des dizaines de fois, jusqu'à l'usure de la sensation. Dommage que l'article ne donne ni le prix du traitement ni les coordonnées du spécialiste.

À sept heures moins cinq, je m'affale sur le canapé de mon appartement. Norbert a laissé un message sur le répondeur pour confirmer son passage d'« une minute trente maximum ». J'ai pourtant une frayeur au moment où il arrive, à sept heures précises, un bouquet de roses rouges à la main. Heureusement, les fleurs ne me sont pas destinées. Mais pourquoi ne les a-t-il pas laissées dans sa voiture ? Il s'excuse.

— Je les ai achetées juste en bas, et comme je suis garé à un kilomètre, je n'ai pas eu le courage d'aller les porter à la voiture avant de monter chez toi.

Un nouveau soupçon (toujours aussi peu charitable) m'assaille : essaierait-il d'exciter ma jalousie ? De me montrer comme il s'est vite consolé de son éviction ? Je note de nouvelles transformations dans son allure : il a troqué ses lunettes pour des lentilles de contact. Ses cheveux sont mieux coupés, et ses vêtements n'ont plus l'air d'avoir été achetés par sa mère. Je lui propose un apéritif en espérant qu'il refuse.

— Non merci. Je suis pressé de chez pressé.

Tiens, il parle branché maintenant. Je vais chercher son pyjama et le lui tends, roulé en boule.

— Il n'est ni lavé ni repassé, excuse-moi...

La sonnerie de la porte d'entrée retentit au moment où il pose ses fleurs pour mettre le pyjama dans la poche de sa parka. J'ouvre. C'est Simon, un énorme bouquet de roses dans les bras. Comme d'habitude, mon cœur exécute un triple saut périlleux dans ma poitrine.

— Il vaut mieux que je te laisse, ricane Norbert.

Simon regarde mon visiteur, son pyjama en rouleau de printemps et les fleurs sur la table. Son sourire s'efface. Il fronce les sourcils.

— Et lui, tu vas sûrement me dire que c'est ton cousin de province ?

— Écoute, je vais t'expliquer...

Peine perdue. Simon disparaît dans l'escalier. Je m'élance à sa poursuite.

— Attends ! Ce n'est pas ce que tu crois...

J'entends Norbert qui descend derrière moi. Quand j'arrive en bas, la porte cochère vient de se refermer. Simon a disparu. Norbert me rejoint sur le trottoir. Je retiens une furieuse envie de l'étrangler.

— Qui était-ce ? demande-t-il, un sourire en coin.

— Un ami.

— J'espère que je n'ai pas créé de malentendu, dit-il, narquois.

Mon Dieu, faites disparaître Norbert de ma vue, sinon je ne réponds plus de rien. J'ai beau me dire qu'avec Simon, on n'en est plus à un quiproquo près, celui-là a fait déborder le vase. Je ne sais pas où il habite, je n'ai pas son numéro de portable, je ne le verrai pas avant lundi. Et je ne m'imagine pas faire le siège de son bureau, pour lui dire... lui dire quoi, d'ailleurs ? Rien ne prouve que les fleurs m'étaient destinées. Et même si elles l'étaient (il n'est pas aussi goujat que Norbert), sans doute voulait-il simplement s'excuser

pour l'autre jour. D'ailleurs, je m'en souviens maintenant, les roses étaient jaunes.

— Si je peux t'aider à rattraper le coup, insiste Norbert, fais-le-moi savoir.

— C'est ça. Et bonne soirée.

Norbert s'éloigne en sifflotant, son pyjama à la main.
Je reste quelques secondes appuyée contre la porte
cochère. Un homme d'une cinquantaine d'années, sur
le trottoir d'en face, me détaille de la tête aux pieds
(« déshabille du regard » serait plus juste). Pourquoi
les hommes arrêtés aux feux rouges ou dans les
embouteillages ont-ils des airs de plus en plus lou-
ches ? Je crains que le problème ne vienne de moi : je
suis vieille maintenant, les hommes jeunes et sains
ne me regardent plus. Encore vingt ans, et j'aurai
des cheveux bleus, des robes mauves, et des vieillards
lubriques en guise de soupirants. Déjà, la liste des
choses accomplies, finies, qu'on ne refait pas, s'allonge
derrière moi, tandis que s'étiole, devant, la liste des
choses qui restent à accomplir. Déprimant.

Je monte les étages à pied, la tête vide. En entrant
dans l'appartement dont la porte est restée ouverte, je
constate que Norbert a oublié ses roses. Je me retiens
de les jeter sur le palier. J'ai des tentations de légume :
me planter devant un jeu télévisé débile ou une série
américaine, dans l'espoir, de moins en moins réaliste,
de trouver des gens plus nuls que moi.

Bon, ce n'est pas le moment de craquer. Je me traîne
dans la salle de bains, et je m'asperge d'eau fraîche. La
sonnerie de l'entrée retentit à nouveau. Norbert n'a
pas traîné. Je saisis les fleurs, j'ouvre la porte. Surprise, c'est Simon. À nouveau, j'ai un cabri dans la poitrine. Je le supplie :

— Ne t'enfuis pas cette fois.

Il y a quelques roses rouges dans son bouquet.
Étaient-elles là tout à l'heure ?

— Je n'en ai pas l'intention, dit-il.

Je jette le bouquet de Norbert sur le palier. Simon
dépose le sien sur la table, et se tourne vers moi.
Son sourire est trop beau pour être vrai, et le pire,
c'est qu'il a l'air vrai. Je n'ai jamais autant vibré pour

quelqu'un. Soudain, le radio-réveil se met en marche (qu'est-ce qui lui prend ? Il est huit heures du soir, pas du matin ! J'ai encore dû me tromper en remettant les piles). Comble de l'horreur : c'est Nostalgie. Pourquoi n'ai-je pas programmé France Info ou même France Musique ? Le rouge au front, je me précipite pour faire taire Sardou, dont la voix nasillarde hurle dans tout l'appartement :

Et pour aimer, comme l'on doit aimer, lorsqu'on aime vraiment
Même en mille ans, je n'aurai pas le temps...

— Il a raison, Marianne, dit Simon en écartant les bras pour me barrer le passage. Si on commençait tout de suite ?

REMERCIEMENTS

Je voudrais témoigner ici ma reconnaissance à tous ceux dont les idées, les anecdotes, les histoires ont enrichi ce livre : Jean-Max, le plus grand pourvoyeur, Katherine, Sylvie, Thierry, Sophie, Jacques, Éric, Christian, Dominique, Michel, Daniel, et Sylvie Bommel pour ses inénarrables chroniques dans *Newbiz*.

Je voudrais aussi remercier *Courrier International* et les magazines féminins *Elle*, *Marie-Claire*, *Madame Figaro*, *Cosmo* et *Biba*, qui ont constitué une source d'inspiration permanente.

Avec une mention particulière pour les chroniques de Constance Chaillet, Alix Girod de l'Ain et Gilles d'Ambra.

6884

Composition Nord Compo
Achevé d'imprimer en France (Manchecourt)
par Maury-Eurolivres
le 10 février 2004.
Dépôt légal février 2004. ISBN 2-290-32997-5

Éditions J'ai lu
84, rue de Grenelle, 75007 Paris
Diffusion France et étranger : Flammarion